한림신서 일본현대문학대표작선 13

겨울집

한림신서 일본현대문학대표작선 ⑬

겨울집

아베 도모지 지음 · 이원희 옮김

小花

겨울집

한림신서 일본현대문학대표작선 **⓭**

초판인쇄   1999년 6월 15일
초판발행   1999년 6월 22일

지은이   아베 도모지
옮긴이   이원희
발행인   고화숙
발   행   도서출판 소화
등   록   제13-412호
주   소   서울시 영등포구 영등포동 94-97
전   화   677-5890, 636-6393
팩   스   636-6393

ISBN 89-8410-123-0
ISBN 89-8410-108-7 (세트)

값 5,500원

차례

옮긴이의 말

문화의 시대, 정보의 시대라고 일컬어지는 21세기를 목전에 두고, 이문화(異文化)에 대한 지식과 이해의 필요성을 새삼스레 절감하고 있는 것이 우리의 현실이다. 그나마 최근 일본의 대중 문화 개방이 발표되긴 했지만, 우리들은 고도의 상업성이 가미된 일본의 문화상품이, 일본 문화의 전부인 양 착각한 채 신경질적인 과민반응만을 보여 왔고, 또 현재도 보이고 있는 것은 아닐까?

그런 맥락에서, 일본 문화의 총체적인 집적물이라고 할수 있는 양질의 소설만을 가려내어 우리말로 번역, 소개하는 한림대학교 일본학연구소의 이번 기획은, 대단히 의미있고 절실히 필요했던 작업이라고 생각된다. 번역 작업에 참가한 한 사람으로서가 아니라, 한 시민으로서 성원의 박수를 아끼지 않는 바이다.

이 소설은 일본의 주지파 문학의 대표격인 아베 도모지(阿部知二)의 출세작이며 대표작이라고 할 수 있는데, 대중적인 인기는 그다지 없지만, 일본의 지식인 문학의 일면을 이해하는 데, 또 다이쇼(大正)에서 쇼와(昭和)에 걸친 시대 상황을 이해하는 데 매우 중요한 작품이라고 할 수 있다. 따라서, 지금까지 소개된 일본의 소설과는 또 다른 맛을 독자들에게 제공하리라고 사료된다. 일본의 저급한 대중문화가 범람하고, 통속적이고 상업적인 소설의 번역 출판이 주류를 이루고 있는 가운데서, 이런 고급소설을 번역, 소개할 수 있게 된 것은 역자의 보람이기도 하다.

하지만, 이 소설은 매우 난삽한 문장과, 우리말로 번역하기 힘든 표현들이 많아서, 번역을 하는 데 애를 먹은 것도 사실이다. 물론 역자의 능력이 모자란 탓도 있겠지만. 어쨌든 되도록이면 원문이 가지는 맛과 분위기를 다치지 않는 범위에서, 원문에 충실한 번역이 되도록 노력했다. 따라서 우리말로서는 어색한 표현이 되어 버린 부분도 더러 보이겠지만, 독자 제위의 너그러운 이해를 구하는 바이다. 오역 등 번역상의 모든 책임은 역자에게 있음과, 참고로 번역의 텍스트로는 1968년 일본 슈에이사(集英社)에서 나온 일본문학전집 제61권을 사용했음을 밝혀 둔다.

마지막으로 이 책을 나오게 애써 주신 지명관 교수님께 감사를 드리며, 역자의 일을 도와준 문영애 양과 김은희 양에게도 감사를 표한다.

1999년 2월

이원희

제1장

　…내 기억은 모두 어떤 계절의 색깔로 물들어 있다. 그것은 영화 필름이 각 화면마다 다양한 색깔을 띠는 것과 마찬가지다. 그러나 그 기억의 필름 색은 언제나 정확한 달력상의 계절과 일치한다고는 할 수 없는 것이다. 여름날 있었던 일이 가을의 느낌으로 떠오를 때도 있고, 가을의 일들이 늦은 봄의 달콤한 색으로 물들어 생각나는 경우도 있다. 또 어느 해 겨울을 떠올리면, 겨울에 삼일 간 계속해서 일어났던 일이―첫날은 정말로 겨울처럼, 그 다음날은 봄, 또 그 다음날은 가을의 일이었던 것처럼 착각될 때도 있다. 이것은 그 사건의 성질이나, 그때의 내 마음 상태, 그 사건에 등장하는 인물들의 성격, 용모 등에 따라 그렇게 되는 것이라고 생각된다.

　…지금, 수년 전에 기리시마(霧島) 집에 임시로 기거하고 있었을 때의 일을 떠올리면, 그 가을부터 봄에 걸쳐 일어난 일 모두가, 처음부터 끝까지 한치의 틈도 없이 어둡게 냉각된 겨울색으로 칠해져 있는데, 이는 그 기리시마 일가의 생

활 상태, 그 당시의 내 기분, 그 모든 것에 봄이나 여름 같은 분위기가 하나도 없었기 때문일 것이다. 그 무렵의 나는 지방의 고등학교를 나와 도쿄에 있는 큰아버지댁에 머물고 있었는데, 학교에도 별로 가지 않고, 쾌활하게 친구들과 어울리지도 않았으며, 사람 만나는 것을 무척이나 싫어했다. 그 시대의 풍조로서, 가까운 친구들이 앞다투어 사회운동에 투신하는 것을 바라보면서, 허전한 마음으로 오래된 외국 문학만 읽고 있었다. 화려한 큰아버지댁의 분위기에 반발하면서도, 사촌 여동생들 주변에 있는 아가씨들과 연애를 해 보기도 하고, 또 그만두기도 했었다. 그중에서, 이하라 하마에라는 음악을 좋아하는 소녀와 잠시 친하게 지냈으나, 그녀마저 여름 피서지에서 다른 청년을 만나고부터는 나를 바보취급하기 시작했고, 친구들이 하나둘씩 관헌에 체포되는 일이 일어나기도 했기 때문에, 나는 더욱 고독한 기분이 들어, 어딘가의 하숙집에서 혼자 살고 싶어졌다. 학교와도 친구들과도 큰아버지댁과도 가능한 한 멀리 떨어진 곳으로 가고 싶었다.

밝고 따사로운 늦가을의 어느 날, 나는 국철(國鐵) K역에 발길 닿는 대로 내려서, 그 부근의 집을 찾아보았다. 선로 안쪽의 높은 지대에는 큰 저택들이 숲에 둘러싸인 계단처럼 늘어서 있었기 때문에, 나를 재워줄 만한 집은 없을 것이라고 생각했다. 반대편으로 나가자, 교외 가도(郊外街道)의 양쪽에 작고 초라한 가게들이 이어지고, 마을 뒤편의 저지대에는 지저분한 작은 공장들이 모여 있어서, 거기에도 찾을 만한 집이 있다고는 생각되지 않았다. 하는 수 없이, 다음 역까지 걸어가기로 마음먹고 걷기 시작하는데, 한참 동안 시궁창 냄새가 심하게 나는 어두침침한 빈민가의 집들이 쭉 이어져 있어서, 이런 나지막한 집들이 한없이 이어질 것처럼 보이자, 자신이 어디로 가고 있는지 얼마 동안은 짐작조차 할 수 없었지만, 이윽고 저지대의 폭은 점차 좁아져서, 조그만 비누공장이 있는 데까지 오자, 좁은 길이 그 공장 뒤쪽에서 퇴색한 잡초로 뒤덮인 낭떠러지와 맞닥뜨렸다. 낭떠러지 위에는 나무와 지붕이, 지기 시작한 석양에 온통 진홍빛으로 물들어 있는 소주택가가 있는 것 같았다. 더러운 옷을 입고 놀고 있던 아이들에게서 수상쩍은 눈총을 받으면서 벼랑을 따라 그 주택가로 올라가자, 그곳은 일대가 매우 울퉁불퉁한 높은 지대로, 아래쪽 공장의 연기로 새까매진 지붕이 나무에 둘러싸여 불규칙하게 서 있었고, 허술한 울타리 뒤에는 빠듯한 월급쟁이들의 주택 같아 보이는 집들이 어깨를 나란히 하고 있었다. 한가운데쯤 왔다고 생각했을 때, 옛 무사시노(武藏野 : 도쿄 서부에서 사이타마현 부근에 이르는 평야)의 자취라고도 여겨지는 높은 느티나무가 우뚝 솟아 있었고, 지금은 가을의 석양 속에 노랗게 물든 하늘에서 황금빛의 이파리들이 비가 내리듯 떨어지고 있었다. 그 뒤쪽에, 지붕에 낙엽이 쌓인 작고 오래된 이층집이 벼랑과 한 덩어리가 되어 벼랑에 바싹 붙어 있었다. 그곳만큼은 매우 조용한 분위기가 감돌았다. 벼랑에 한 무더기의 하얀 꽃 무리가 보이길래 다가가보니, 그것은 한창 피었다가 이제 막 색깔이 바래기 시작한 들국화였다. 그때, 나는 한 집의 격자문에 '셋방'이라고 가느다란 여자의 필체로 쓰여진 반절 종이가 반쯤 떨어져 바람에 펄럭이고 있는 것을 보았다. 안으로 들어가자 서른을 좀 지난, 피부가 흰 여자가 나와서 품위 있게 인사를 했다. 그녀는 시골 어머니가 옛날에 입었던 것 같은, 그윽한 푸른빛의 수수한 비단옷을 입고 있었는데, 푸르게 빛나는 기모노에 싸인 그녀의 하얗고 둥근 얼굴, 부처 눈썹, 검고 눈초리가 길게 찢어진 듯한 눈, 흙으로 빚은 인형처럼 벌어진 입, 또 정맥이 하나하나 드러난 것 같은 뽀얀 손등, 그 모두가 내게는 오래된 도기(陶器)의 광택, 단단함, 빛깔, 차가움을 떠오르게 했다. 방을 봤으면 좋겠다고 하자, 어느 지방인가의 사투리가 남아 있는 거침없는 말로 얼굴을 붉히면서, 좀 경계하듯이 다니는 학교와 지금까지 있었던 곳과 고향을 물었는데, 학교와는 너무나 동떨어진 이런 곳에 방을 찾으러 온 것을 좀 이상하게 여긴 듯했지만, 그냥 조용한 생활을 하고 싶어서라고 설명하자, 달리 경계할 필요도 없다고 여겼는지, 고풍스런 병풍이 놓인 현관으로부터 싸구려 목재가 삐걱거리는 좁은 계단을 올라가 이층으로 안내해 주었다.

이층에는 육조(六疊 : 다다미 여섯 장)와 사조 반(四疊半)의 방이 있었다. 남서로 향한 육조 방을 세놓으려 했던 것이다. 창밖에는 잎이 드문드문 달려 있는 느티나무가 정면으로 보였고, 그 가지 사이로는 석양에 물든 인근 경사지에 늘어선 집들이, 건너편 공장, 또 그 건너편의 고지대로 이어지고 있었다. 석양이 들어와 까칠까칠한 벽면을 비추고 있는 방안에서, 내 눈에 띈 것들도, 이 여자의 얼굴과 기모노에 못지 않게 색다른 점이 있었다. 조그마한 마루에는 낡은 하이쿠(俳句 : 일본의 5, 7, 5의 3句 17字로 된 정형시) 족자가 걸려 있었다. 나는 그 초서에서 '청귀뚜라미의⋯' 까지밖에 판독할 수 없었다. 벽 정면에는, 연미복을 입은 남자의 반신상 사진이 있었다. 그는 머리를 짧게 깎은 거한으로, 짙은 눈썹과 치켜 올라간 큰 눈과 둥근 코, 새까만 콧수염 아래 큰 입을 가진 네모난 얼굴이 바로 정면에서 이쪽을 향해 매섭게 쏘아보고 있었는데, 옷깃에는 조화인 국화를 꽂고, 팔은 등뒤로 돌려 몸을 젖히고 있었다. 나는 웃음이 나올 것 같았지만, 옆에 서서, 그 사진을 보고 있는 나의 표정을 살피며, 환한 빛 속에서 뺨을 붉히고 있는 그녀를 보자, 꾹 참고 시선을 딴 데로 돌렸다. 그러자 반대편 벽에는 괜찮은 느낌의 소묘 판화가 있었다. 숲 속 풀밭에서 마주보며 편안히 몸을 눕히고 있는 남녀의 소묘였다. 다가가서 보니 '마티스'라는 서명이 있었다. 거한의 사진은, 이 서정적인 그림을, 석양으로 달아오른 방안에서 매섭게 쏘아보고 있는 것이다. 다시 눈을 돌려, 맹장지 문틈으로 옆 방을 들여다보자, 이 집 아이들 것으로 보이는 책상이 있고, 소학교 교과서가 놓여 있었는데, 그 앞에는 진한 컬러의 그리스도 그림이 두 장 있었다. 하나는, 새하얀 나체에 못이 박혀 피를 시뻘겋게 흘리고 있는 그림이었고, 다른 하나는 무릎을 꿇고 하늘에 기도하고 있는 그림이었다.

잠시 후 나는 세세한 조건 따위는 듣지도 않고, 어느 틈엔가 이 방을 빌리기로 약속을 해 버린 자신을 의식하게 되었다. 벌써 해는 건너편 언덕으로 넘어가, 방은 어두컴컴해지고, 마티스도 거한도 그리스도도 하이쿠도 희미해졌으며, 차가운 도자기 표면 같은 그녀의 얼굴만이 창백하게 빛나고 있었다. 앞으로 어떻게 될까 하는 생각을 하며, 선금을 주고 서둘러 집을 나왔다. 방에서 본 여러 가지들, 그녀, 기모노 모두가 호기심을 끈 것은 사실이었지만, 나는 그것들을 어떤 식으로 연결시켜, 그 집에 대해 어떻게 생각하면 좋을지 몰랐다.

그 집으로 이사하기로 정했노라고 큰아버지에게 말씀드리자, 큰아버지는 그 집에서 학교까지는 지금보다 두 배로 멀어진다며 쓴웃음을 지었지만, 더 이상 말해 봐야 소용없다고 생각했기 때문인지, 아니면 자기 자식들에게 타락한 풍습을 전염시키는 나를 이전부터 멀리하고 싶었던 탓인지, 붙잡으려고도 하지 않았다. 나중에 나의 이사 소식을 들은 친구들도, 내가 무슨 꿍꿍이가 있어 그랬을 거라는 추측은 커녕, 그저 멍한 정신 상태의 남자에게 흔히 있는 변덕일 거라는 식으로 해석하는 것 같았다.

이사하기로 한 날, 아침에 일어나 보니, 차가운 장마비가 줄기차게 내리고 있었는데, 그 비는 때로는 얼음 조각이 섞인 진눈깨비가 되기도 하고, 강한 바람을 동반하기도 하면서 결국 삼일 간이나 계속 내렸다. 그 사이에 그 집에 대해 느낀 약간의 호기심도 식어 버렸고 마티스도 그리스도도 그녀도 사진도 이미 강한 인상을 주는 것도 아니어서, 차츰 이사가 귀찮아졌다. 맑게 개인 나흘째에 몸을 일으켜 짐을 정리한 것은, 단지 약속을 했으므로 그것을 실행해야 된다는 부담감을 느끼고 있었기 때문이었다.

짐이 도착되었으리라고 생각될 즈음, 그 집을 향해 언덕길을 올라가면서 진창이 깊은 그 길에서 바라본 그 일대의 풍경은, 그때와는 다른 풍경이라는 생각이 들 정도로 변해 있었다. 아직 완전히 개지 않아서, 때때로 눈을 머금은 잿빛 구름이 낮게 드리워져 주위를 덮었고, 느티나무는 그 한 차례의 비에 황금빛 잎이 완전히 떨어져 버려 앙상하게 마른 가지만이 하늘을 향해 뻗어 있었다. 벼랑길에 핀 국화는 비에 썩어 있었다. 나를 맞아준 그녀의 얼굴은 한층 창백해져, 그 석양 속에서 달아올랐던 도기의 광택이 아니라, 어두운 겨울 저녁 무렵의 주위 공기보다도 더 차가워져서 빛을 그 바닥에 얼어붙게 만들어 버린 도기와도 같았고, 그 말투도 쌀쌀맞고 톡톡 쏘는 듯한 느낌이 있었다. 방에는 아이들의 책상도, 연미복 사진도 떼어 내어 오로지 마티스 그림만이 남아 있었다. 마술처럼 변해 버린 '겨울 집'으로 나는 들어와 버린 것이다. 마티스의 그림을 보았을 때 그것을 분명히 느낄 수 있었다. 나흘 전에 보았을 때는, 그 그림의 성긴 숲에는, 가지와 줄기 사이에 부드럽게 빛나는 새싹이 달려 있었고, 나무들 저 안쪽에서는 작은 새들의 노랫소리가 들렸고, 시냇물이나 샘물이 흐르는 소리마저 들려왔고, 남녀는 푸르고 무성한, 군데군데 꽃이 핀 풀밭에서, 포옹한 뒤의 노곤함 때문인지 몸을 눕히면서, 서글서글한 눈빛으로 서로를 사랑으로 충만된 마음을 담아 바라보면서, 땀이 난 피부를 시내인지 샘인지에서 씻으려 하고 있는 것처럼 보였던 것이다. 실제로 그들의 발언저리에 거칠게 그려진 풀의 선은, 싹이 움터 나오는 초록색, 마가렛의 하얀색, 양귀비의 빨간색조차도 마음의 눈에 스며들 것처럼 느껴졌었다. 따스한 바람과, 진한 공기 냄새가 화면에서 흘러나오고 있었던 것이다. 그러나 지금은, 숲은 그저 나목(裸木)의 뼈대밖에 보이지 않았고, 그 성긴 나무 사이에서는 차가운 바람이 불었고, 땅은 얼어붙었으며, 마른 풀 위의 남녀는 돌이킬 수 없는 과거를 서로 한탄하고 원망하면서, 몸을 움츠리며 추위를 견디고 있는 것으로밖에 보이지 않는 것이다.

여자는 차를 권하면서, 나의 신분과 경력에 대해 간략하게 물었다. 이번에는 내가 이 기리시마 집안에 대해 물을 차례였으나, 나는 세상 물정에 밝은 사람처럼 그녀에게 캐묻는 방법을 몰랐다. 벽면에 하얀 자취를 남기고 사라진 연미복의 남자가, 이 집의 주인, 문패에 적혀 있는 기리시마 가몬(霧島嘉門)인지 아닌지, 도대체 이 집은 무엇을 하며 살고 있는지, 그런 것을 좀 물어 보고는 싶었지만, 서둘러 물을 일도 아닌 것 같아 결국 그만두었다. 여자는 내 마음을 읽은 것일까? 담담한 어조로 설명했다.

"그 이상한 사진이 제 남편입니다. 오늘은 조금 있으면 퇴근할 거예요. 그런데 제 남편은 괴짜라서 여러 가지로 실례를 범할지도 모르겠군요. 널리 이해해 주세요. 그리고 소학교 3학년인 데루오라는 사내 아이와, 1학년인 사키코라는 여자 애가 있어요. 데루오 녀석은 장난꾸러기이고, 사키코는 울보예요. 저희 아이들이 시끄럽게 굴더라도 양해해 주세요. 우린 3년쯤 전에 중국 지방(일본 혼슈의 서남부 지방)에서 이곳으로 왔어요."

그렇게 말하고, 그녀는 내려가려다가, 맹장지 쪽에서 멈추어 서서는, "저, 혹시 기독교 신자는 아니신지요?"라고 물었다.

"아닙니다."

"그럼 기독교를 싫어하지는 않으세요?"

"좋아하지도 싫어하지도 않습니다." 나는 냉담하게 대답했다.

그녀는 "우린 크리스찬입니다"라고, 놀랄 만큼 강하고 단호하게 말하고 내려갔다.

혼자서 짐을 풀고 있을 때, 아이들이 돌아온 소리가 나자마자, 찬송가 소리가 들려왔다.

맑은 강가에 이윽고 다달아

하늘 나라로 마침내 오르리라

거기엔 사내 아이의 새된 목소리와, 약하디 약한 여자 아이의 목소리를 구별할 수 있었고, 그중 가장 높이 울리고 미친 듯한 정열을 띠고 있는 것은 부인의 목소리였다. 참으로 엄청난 곳에 왔구나. 이보다는 큰아버지댁의 경박한 쾌활함이 차라리 더 나을지도 모르겠다고 생각하고 있을 때, 부인의 손에 이끌려 아이들이 인사를 하러 올라왔다. 남매는 모두 부인을 닮아 얼굴이 뽀얀데, 오빠 데루오는 신경질적인 눈매와, 짙은 눈썹을 갖고 있었다. 동생 사키코는 긴 속눈썹 탓인지 여리게 보이는 모습으로, 부인 뒤에 숨어서 고개를 까딱이고는, 부끄러운 듯이 내려갔다. 그때 오빠가 눈썹을 실룩거리면서 갑자기 여동생의 머리카락을 잡아당겼다. 사키코는 찔끔찔끔 울기 시작했다. 나는 얼른 사촌 여동생이 전별기념으로 준 과자를 사키코에게 주고 머리를 쓰다듬어 주었는데, 그 피부는 거품을 만지는 것처럼 부드러워, 녹아버릴 것 같았다. 나를 머뭇거리면서 올려다보는 갈색 눈에서는 눈물이 하염없이 흐르고 있었다.

아래층에서는 저녁 식사로 고기 조리는 냄새가 났고, 주인 여자의 찬송가 소리와 사키코의 울음 소리가, 그 뒤로도 한동안, 높고 낮게 계속되는 저녁 무렵 거리의 소음과 느티나무 가지 끝에 이는 바람 소리에 섞여 들려 왔다. 나는 피곤하여 짐정리를 하다 말고, 이불더미에 벌렁 드러누워 눈을 감고서, 그 냄새를 맡고 소리를 들으며 먼 곳에 홀로 여행이라도 온 듯한 느낌에 젖어 들었다. 그러자 이번에는 계단이 삐걱삐걱 크게 울려 눈을 뜨고 돌아다보니, 어두운 층계참에, 짧게 깎은 거대한 머리가 먼저 보이고, 중국인이 『수호전』의 호걸들에게 '잠자고 있는 누에'라고 형용한 굵은 눈썹이 보이고, 그 다음에 치켜 올라가고 좀 충혈된 눈동자, 면도 자국이 푸른 뺨, 큰 입, 사각턱이 차례로 나타나, 떡하니 이쪽을 바라보았다. 그 사진의 주인공이로구나 하고 생각하는 사이에, 딱바라지고 올라간 어깨, 두툼한 가슴, 불룩 튀어나온 배, 굵직한 허리, 큰 다리가, 파도 밑에서 나온다는 푸른 바다거북처럼 계단으로부터 떠올라와서, 그 육척에 가까운 신체가 문지방 앞에 똑바로 섰다가, 갑자기 내 앞에 앉아, 내가 앉음새를 고칠 사이도 없이, 귓가가 쟁쟁하도록 큰 소리로 말을 꺼냈다.

"내가 기리시마 가몬이라는 사람입니다. 내각조사국(內閣調査局)에 근무하고 있습니다."

나는 짧게 내 소개를 했다.

"나는 집을 자주 비웁니다. 잘 부탁합니다. 집을 자주 비워서…"라며 매우 조심스럽게 나를 응시했다.

그의 몸집은 겁날 정도로 위압감을 주었고, 목소리도 컸으나, 조금 시간이 지나면서, 거기엔 어떤 악의도 없는 단순함이 있을 뿐, 난폭하게 보이는 얼굴 표정조차도, 마치 거만하게 구는 아이 얼굴처럼 철이 없어 보일 정도로 여유가 생겼기 때문에, 나는 가져온 과자와 담배를 권했다.

"난 크리스찬이라 담배는 피우지 않습니다." 이때 그 목소리의 크기가, 이제 겨우 안정을 찾기 시작한 나를, 또다시 한 번 흠칫 놀라게 했다. 그 목소리는 집 전체를 진동시킨 것이다. 그러고 보니, 그때 이미 그의 손은 담배 한 개비를 쥐고, 숨을 헐떡이듯 낮은 목소리로, "한 개비만 얻읍시다"라고 말했다.

"실은 집사람에게 들리도록 그렇게 말했던 거요." 그가 첫 연기를 두터운 가슴속 깊이 빨아들일 때에 가늘게 뜬 눈빛, 푸우! 하고 뿜어냈을 때에 커진 눈이 빛나는 것을 보고 있자니, 그것은 단순한 담배가 아니라, 마치 세상에 드문 마취약이라도 되는 것 같았다.

"우리 집은 영락해 버렸어요. 근래에 몹시 어려워져서, 남에게 방까지 세를 놓는 신세가 되어 버렸죠. 앞으로 잘 부탁드립니다."

나는 이쯤에서 대충 이 집의 상황을 상상할 수 있었다. 이 주인 남자, 부인, 아이들의 체질이나 용모에도, 어딘가 특이한 데가 있고, 방의 세간이나 복장에서도 남다른 데가 있는 것도, 과거에 그들이 지방의 내력 있는 집안이기라도 했다는 설명이 되는 셈이다. 어떻게 하다 몰락했는지, 그런 사람들이 왜 기독교 신자가 되었는지? 그런 것 따위는 알 수 없더라도, 그것은 별반 낭만적인 호기심을 불러일으킬 만한

일도 아니라고, 지금까지의 내 호기심을 비웃고 나니, 조금
은 맥이 풀렸다.

가몬은 과자를 게걸스럽게 먹고, 담배 냄새를 없애기 위
해서인지, 차를 몇 모금씩이나 마시고 쩝쩝 소리를 내며, 일
어서서 목욕탕에 가자고 했다. 그를 따라 계단을 내려가자,
사내 아이가 나에게 입을 삐죽거리며 "이, 이, 이"라고 야유
를 퍼부었다. 그건 아마 내가 그의 여동생을 너무 귀여워했
다고 생각하고서 조롱한 것일 게다. 가몬은 "마쓰코! 우리
목욕탕에 갔다올 테니까 빨리 저녁 준비하고 기다려!"라고
고함치며, 그는 낡고 때가 낀 노란 바탕에 줄무늬가 있는 비
단 솜옷으로 갈아입고, 어깨를 흔들며 해질녘의 거리로 나
를 데리고 나섰다. 저녁 식사 전의 목욕탕은 사람들로 가득
찼는데, 노동자보다는 월급쟁이가 많은 듯, 모두 나와 비슷
한 핼쑥하고 얄팍하고 가느다란 나체가 수증기 속에 뒤범벅
이 되어 있었다. 그 무리 속에 알몸으로 선 가몬의 당당한
체구는 담박에 모두를 압도해 버렸다. 시커멓게 털이 난 앞
가슴, 큰 배, 허리, 넓적다리가, 사람들을 헤치고 나갈 때에,
다른 사람들의 몸은 그림자로밖에 보이지 않았다. 그는 새
삼스럽게 내 몸을 보고는, 동정 어린 표정을 지었다. 그리고
는 가장 뜨거운 물이 나오는 곳으로 첨벙 뛰어 들어가, 머리
까지 물 속에 담갔다가, 잠시 후 깊은 숨을 내쉬며 머리만

물 밖으로 내밀고, 굵은 목에 붙어 있는 머리를, 바다표범처럼 세차게 흔들면서 물을 털어내고는, 다시 놀랄 만큼 오랫동안 몸을 담그고 있다가, 이윽고 물보라를 일으키며 전신을 드러냈다. 온몸은 진홍빛으로 빛나고 있었다. 나는 그저 감탄하며 그를 바라보았다.

저녁밥은 모두 함께 먹었다. 젓가락을 들고 먹으려 할 때, 문득 모두가 고개를 숙이고 있는 것을 보았다. 마쓰코가 조용히 저녁 식사 기도를 드리고 있었던 것이다. 가몬은 "아멘"이라고 큰 소리로 말하자마자, 고기를 집어먹고, 그 뒤에 밥을 몇 공기나 비우고는, 반찬이 적다고 말했다. 데루오는 옆에 앉아 있는 사키코를 시종 못살게 굴고 있었다. 가몬은 바쁘게 입을 움직이는 틈틈이 그걸 보고 데루오를 꾸짖었다. 마쓰코는 데루오를 감싸며 가몬을 나무랐다.

"뭣이 어째! 당신 교육이 더 나빠." 가몬이 아내에게 대들었다. 사키코는 그 사이에 벌써 찔찔 짜고 있었다.

"부끄럽군요." 마쓰코는 눈을 내리깔며 말했다.

"하하하! 크리스찬이라 해도 우린 아직 독실하질 못해서, 마누라한테 억지로 끌려서 다니고 있어요"라고 가몬은 말했다. 그러고 나서, 그는 푸념 반 자랑 반, 자기 가문의 역사를 들려주었다. 훌륭했던 역사 부분에서는, 마쓰코도 동의하는 눈빛이었으나, 영락해 가는 대목대목—그것은 모두,

가몬의 어리석은 행동 때문이었는데, 가몬이 그 점을 얼버무리면서 이야기할 때는, 못내 유감스런 표정을 보이다가는 체념의 빛을 띠었다.

…기리시마 가몬은 세토나이카이(瀬戸內海 : 혼슈, 시코쿠, 규슈에 둘러싸인 긴 내해)에 면한, 북쪽으로는 산을 짊어진 지방의 유력한 집안이었다. 옛날에는, 전답과 광대한 염전과 회송선(回送船)을 소유하고 있었고, 가몬은 그 집안의 장남으로 태어나 한껏 호강을 하며 살았다. 그 지방에서 처음으로 자전거를 탄 것도, 오토바이를 산 것도 그였다. 중학교에도 못 갈 정도로 제멋대로 놀아서, 이미 소년기 때 방탕의 맛을 알아 버렸다. 스무 살이 좀 넘었을 때 아버지를 잃고 나서는 완전히 기분내키는 대로 살았다. 방적공장을 세워 사장이 되었지만, 곧 싫증이 나, 다른 사람에게 넘겨 줘 버렸다. 또 주위 사람들의 부추김에 넘어가 군의회의원이 되었다.

"아아, 이층에 걸려 있던 사진 보았습니까? 그건 그 무렵의 나예요. 그때가 입헌민주당의 이누타 쓰요시(犬田 剛) 선생님을 모시고 연설회를 했을 때, 내가 사회를 한 기념입니다"라고 말하면서 가몬은 일어서서 뒷짐을 지고 가슴을 턱 펴고는, 터질 듯한 큰 목소리로, "제군들! 금번 정치계의 제일인자이신 이누타 선생님을 모시고…"라며 외쳐 보였다.

마쓰코는 얼굴을 찌푸리고 있었다.

　…너무나 바보 같은 짓만 저질러서, 친척들이 억지로 이 마쓰코와 결혼하도록 권한 것은, 꽤 나이가 들어서였다고 말했지만, 연령 차이로 보면 마쓰코는 두번째 아내일지도 몰랐으나, 그 점에 대해서는 그때 말하지 않았다. 그저 근처의 퇴락한 명문 집안에서 아무것도 모르는 처녀를 데려온 것이라는 사실은, 마쓰코가 지금도 부모님을 원망하고, 자신의 자각이 모자랐던 것을 후회하고 있다고, 나중에 내게 말해 주어서 알게 되었다. 나는 어느 해 봄인가 기리시마 집안의 고향 근처를 여행한 적이 있었다. 화강암질로 된 산은 군데군데 허연 피부를 드러내며, 소나무로 뒤덮여 있었고, 나무 그늘에는 빨간색과 보랏빛 진달래가 피어 있었다. 바다는 자백색(紫白色)으로 한가롭게 햇살에 빛나고, 산에서 바다에 걸쳐서는 희미하게 뽀얀 안개가 온통 자욱하게 끼여 있었다. 산과 바다 사이에는 좁은 평지가 있어서 보리가 자라고 유채꽃이 피고, 종달새가 안개 속으로 높이 날아오르며 울고 있었다. 감귤이 익은 언덕 뒤쪽의 바다로 흘러 들어가는 강 가장자리에는 하얀 창고가 달린 집이 있었고, 돛대가 집들의 지붕 너머 저쪽으로 보였다. 소나무 가로수를 넘으면 넓은 염전이 펼쳐져 있고, 그 건너편엔 바다가 빛났으며, 멀리 보이는 섬의 형체가 보랏빛으로 보였다. 마쓰코는

이런 지방의 하얀 길을, 긴 행렬을 따라 기리시마 집안으로 옮겨 가 하룻밤 만에 이 거대하고 난폭한 남자에게 몸을 맡겨버린 것이었다. 그리고, 아기가 태어날 무렵에는 기리시마 집안의 재산은 완전히 바닥이 나 버렸다.

몰락의 직접적인 동기는 방탕도 정치 운동도 아니었고, 그가 살던 현(縣)의 생사(生絲)를 전부, 어떤 사람이 권하는 대로 샀는데, 그것이 제1차 세계대전이 끝남과 때를 같이하여 값이 폭락해 버렸기 때문이었다. 가몬은 재산을 정리한 친척들로부터 약간의 돈만 배당받고 금치산자가 되었다. 고향마을에서 거만하게 굴던 그는, 수치스러움을 견디지 못해, 그 돈을 가지고 도쿄로 나와서, 뭔가 안정된 장사라도 할 작정이었다. 그의 전성 시대에 그가 도와주었던 화가들이 상당히 유명해져 있었기 때문에, 그는 그들과 의논한 끝에 화상(畫商)이 되었다. 그러나 그것 또한 실패를 거듭했다. 그는 남은 돈을 들고, 자신에게 빌붙어 있던 화가들과 함께 집을 나와, 교토(京都), 나라(奈良), 벳푸(別府), 나가사키(長崎) 등지를 놀면서 돌아다녔고, 그가 집으로 돌아왔을 때는 한 푼의 돈도 남아 있지 않았다. 그가 집을 비웠을 때부터, 마쓰코는 자신과 두 아이를 기르기 위해, 생활을 꾸려나가야만 했다. 편물을 배워, 그 벌이로 근근히 살아갔다. 돌아온 가몬은, 아는 사람의 도움으로 취직은 했으나, 얼마 안 되는 월급을 아내 손에 건네는 일이 거의 없었다. 마쓰코는 그 무렵, 사람들의 권유로 교회에 다니기 시작했다. 그렇게라도 하지 않으면, 그녀는 그 부당한 운명을 견뎌낼 수 없었을 것이다. 그녀는 가몬까지 억지로 개종시키고, 술과 담배를 끊겠다고 맹세하게 만들었다.

"지금까지 내가 시키는 대로 하는 인형 같은 여자였는데, 크리스찬이 되더니 성격이 완전히 변했어요. 하나님 아버지라는 말을 꺼내고는 갑자기 나를 되려 호되게 꾸짖기까지 하게 되었어요. 기독교는 무서운 거예요. 하지만, 난 그녀를 너무 고생시켰기 때문에 참고 있을 수밖에요."

가몬이 이렇게 말하며 긴 이야기를 끝냈을 때, 마쓰코는 너무나도 쌀쌀한 눈빛으로 경멸하듯이 남편을 쳐다보고 있었다. 그 눈빛이 이 집의 차가운 겨울 분위기의 근원이 되고 있는 것이라고 나는 생각했다. 그리고 나는, 뭐라 꼬집어 말할 수 없는 쑥스러움 때문에, 마구 화풀이를 하려고 인상이 바뀌기 시작한 가몬을 남겨 두고 이층으로 올라갔는데, 채다 올라가기도 전에 나는, 가몬의 감정 기복이 심한 노호의 폭발과, 더욱더 차갑고 냉랭한 마쓰코의 목소리, 사키코의 울음 소리를 들었다.

가몬은 그리고 나서 밖으로 나갔는데, 한참 있다가 돌아오자, 내 방으로 올라왔다.

"집안에까지 여자 목사가 있다는 건 견딜 수가 없어요. 하지만, 화를 내고 나가봤자, 바람은 차갑고, 호주머니엔 돈 한 푼 없고, 술은 마시지 못하지, 담배는 없지, 목욕한 뒤라 춤기도 하고…저, 담배 한 대 주겠소?"

내가 내민 담배 몇 개비에 그의 마음은 다시 진정되었다.

"그런데 이 사실을 아내에게는 비밀로 해 주면 좋겠어요. 실은 작년까지는 집안에서도 몰래 피우고 있었는데, 꽁초를 모두 화로 재 밑에 묻어 두었다가, 청소할 때 그만 들켜 버렸지 뭐요. 또 아내가 그 사실을 교회 목사에게 일러바쳐서, 나를 훈계하도록 부탁했기 때문에, 온 교회의 웃음거리가 되버렸거든요."

나는 그의 기분을 바꾸려고, 벽의 마티스를 가리키며 "그림은 좋아하세요?"라고 물었다.

"아, 예! 좋아합니다. 저것보다 훨씬 괜찮은 판화를 외국에서 들여와 팔았으나 왕창 손해를 보았죠. 그래도 장사와 관계없이 그림은 좋은 거예요. 팔다가 남은 작품을 많이 갖고 있었는데, 이젠 하나도 없어요. 세잔느, 고흐…아니, 솔직하게 말하면, 그런 것보다는 여자 그림이 좋아요. 고야, 앙그르, 르느와르…르느와르의 여자는 말이죠."

그는 침을 꿀꺽 삼키면서 눈을 반쯤 감았다.

"장사를 그만두었지만, 그런 나체 그림만은 소중히 두었는데, 그 놈의 기독교 때문에, 아내가 내 눈앞에서 모두 태워버렸죠. 나체의 여자가 활활 불탔어요. 아까워서 죽을 뻔했지만…당신은 그런 그림 없나요? 만약 가지고 있다면 여기서 한 장 태워 봅시다. 태우면 참을 수 없을 만큼 아름답게 보여요. 나는 그때, 여자 몸이 타는 걸 보고 흥분해서 넋을 잃었어요. 글쎄, 옛날 제왕은 여자를 태웠다고 하는데 그런 기분이었을 거요."

나는 그의 상기된 얼굴로 황홀경에 빠져, 허공에 환상을 쫓고 있는 모습을 보고는, 어쩐지 기분이 나빠졌다. 이 남자에게는 포악한 군주인 걸주(桀紂)와 칼리큘라와 같은 피가 흐르고 있는 것이다. 그는 잠시 후, 화상 시절에 사귄 화가들이, 지금은 자기를 거들떠보지도 않는다고 했는데, 그가 열거한 이름들이 정말이라면, 그 이름 중에는 꽤 유명한 화가들의 이름도 포함되어 있었다.

…가뇽이 아래층으로 내려가고 집안이 조용해지고 난 뒤, 나는 잠을 청하려 했으나, 낯선 집에서의 첫날 밤은 잠이 잘 오질 않았다. 기이한 이 집의 인상을 머리에서 떨쳐버리고 자려 했으나, 그럴수록 눈은 더 초롱초롱해지고, 바람이 부는지, 느티나무가 슬픈 듯 내는 소리가 또렷이 베갯맡까지 들려왔다. 꽤 밤이 깊어서, 화장실에 가려고 아래층으로 내려갔다. 복도의 유리 미닫이문 사이로, 언뜻 보니 가뇽

과 두 아이는 벌써 자고 있었다. 가몬의 얼굴은 거대한 아이 얼굴 같았고, 그의 코고는 소리는 복도까지 들려왔다. 방 한쪽 구석의 어두운 불빛 속에는, 피로에 지치고 창백한 마쓰코가 쓰러질 듯이 앉아 있었는데, 순백색과 담홍색 털실을 무릎 위에 어지러이 흩어놓고는, 나도 알아채지 못한 채 열심히 뜨개질을 하고 있었다. 그 뜨개질이, 거기서 자고 있는 아이들 것이 아니라, 누군가에게서 부탁받은 일이라는 건 나도 알 수 있었다. 이층으로 돌아와 시계를 보니 벌써 두 시가 가까워져 있었다.

이리하여 기리시마 집안에서의 내 생활이 시작되었다.

정말로 우연하게, 그 순간까지 존재하는 줄도 몰랐던 사람들이 구성하고 있는 집안에 들어와 버린 것이다. 나는 이 관계를, 생물의 단면도를 보는 것과 같다고 생각했다. 나 자신은 그들의 생활과 유기적 관계를 갖고 있지는 않다. 자기 가족 속에서, 친구들 속에서의 자신의 위치는, 자신도 그 유기체 구성의 혈육적인 요소의 하나이다. 하지만 하숙집에서는, 일정한 액수의 돈을 치르는 관계 이외에는 아무것도 없다. 그럼에도 불구하고, 자기 가족 속에서보다도 더 명확히, 또렷이, 세밀하게 그 가족의 모든 생태를 보는 것이다. 이것은 어떤 생물을 절단한 해부도를 보는 것과 마찬가지다. 여기에 내장이 있고, 여기에 신경이 지나고 있고, 여기에 혈관이 분기되고 있다는 냉혹하고 치밀한 지식을 원하는 대로 얻을 수 있는 것이다.

그러나, 이런 지식은, 동시에 매우 부자연스러운 것이기도 하다. 꽃의 단면도를 보거나 여자의 단면도를 보는 것과, 그것을 바깥쪽에서 바라보며 꽃을 사랑하거나 여자를 사랑하는 것과는 다르다. 그중 어느쪽이 좋은가 하면, 물론 단면도보다는 막연하나마 살아 있는 전체 모습을 사랑하는 쪽을 인간은 택해야만 할 것이다. 그러나 그 해 겨울, 기리시마 가정으로 들어간 나는, 감정적인 대인 관계에 지쳐, 사람을 매우 싫어하고 있었다. 나는 이 집의 남편과 아내, 아버지와 아들, 아버지와 딸, 어머니와 아들, 어머니와 딸, 오빠와 여동생이라는 관계의 단면, 그 생리적 심리적인 반발과 집착의 단면을 보며, 그 냉정하고 신선한 지식의 각도를 기뻐했다. 그리고 가능한 한 비인간적인 관계에 자신을 놓아 두고 그 지식욕을 채우려 했다. 이 후 기리시마 집에서의 나의 생활은, 나의 이런 태도와, 그럼에도 불구하고 자연스레 나에게 연결되어 가는 이 집 사람들과의 인정적인 관계와의 착종이었다.

제2장

　나는 아침에는 늦게까지 잠자리에 든 채로, 햇볕이 동쪽에서 남쪽 창까지 지나와서 벽에 걸린 마티스의 그림과, 책상 위에 어제 저녁부터 펼쳐둔 채로인 책들을 비추는 것을 물끄러미 바라보고 있었다. 잠이 덜 깬 내 귀에는, 아래에서 남매가 아침 일찍 학교 갈 준비를 하는 소리가 들려온다. 사키코는 여느 때처럼 오빠가 울려, 찔찔 우는 소리가 주위를 몹시 썰렁하게 흔들고 있었다. 잠시 후에는, 반드시 가몬이 뭐라고 고함을 치면서 몹시 거칠게 격자문을 열고 나간다. 아내를 호통치지 않을 때는, "아아, 이렇게 추운데, 쥐꼬리만한 월급으로 사람을 혹사시키다니"라며 이층은 물론, 옆집에까지 울려 퍼지는 목소리로 푸념을 늘어놓고 나서 크게 하품을 하며 나가기도 했다.

　그 후 한동안 정적이 계속되고, 그 고요함의 밑바닥에서 가늘게 솟아오르는 샘처럼 마쓰코의 찬송가가 들려온다. 처음엔 가냘프고 차가운 목소리로 주위에 신경을 쓰는 듯이 부르다가, 어느 틈엔가 몰아지경에 들어가, 열광적이고 날카로운 소리로 불러 제낀다. 정식으로 발성 훈련을 받은 것도 아닌데다, 또한 이런 찬송가는 나이가 들어서 배운 것이라, 묘한 민요풍의 가락이 섞이기도, 반음이 틀리기도 했다. 그래서 나는, 마치 내가 부끄러워진 것처럼, 이부자리 속으로 목을 움츠리기도 했는데, 그러는 동안에 이래서는 못 견디겠다고 생각을 하면서도, 왠지 알 수 없는 슬픔과 외로움에 휩싸여 버린다. 이러한 아침의 감정적 혼란을, 그녀의 노래도 그치고 한낮이 가까운 햇살로 공기가 따뜻해질 무렵 겨우 진정시키고, 나는 아래층으로 내려갔다. 마쓰코는 벌써 무릎 가득히 색색의 털실을 흐트러 놓고 뜨개질을 시작하고 있었다. 나는 그 옆에서, 식어 빠진 된장국으로 아침밥을 먹으며 "어제 밤늦게까지 책을 읽었더니만…"이라고 변명을 했다.

"졸업논문이라는 게 그렇게 어렵다면서요. 일전에 편물 가르치러 간 댁에도 대학에 다니는 분이 있어서 그런 얘기를 들었어요."

"그 때문에, 시끄러운 큰아버지댁에서 나온 셈이지만, 제 논문은 워낙 엉터리라서, 지금은 학교도 가지 않고, 늦잠 잘 수 있는 데까지 자는 게 버는 거라고 생각해요…. 그런데, 부탁이 하나 있어요. 성서를 좀 빌려 주시지 않겠습니까? 지금 조사하고 있는 부분과 관계 있거든요." 나는 지금 조사하고 있는 콜리지(S. T. Coleridge)의 시(詩)와 관련해서 성서가 필요하다는 걸 떠올리고는 멋쩍게 말했다.

"기꺼이 빌려드리죠" 하고는 일어나서 자신의 성서를 가져다 주었는데, 얼굴을 조금 붉히면서 나를 쳐다보며 말했다.

"교회에 한 번 가시지 않겠어요? 이번 일요일에라도. 좋은 분의 설교가 있어요."

"나는 도저히…"

"하지만, 충분히 이해해 주시리라고 생각해서 드리는 말씀입니다만, 그렇게 해 주신다면 정말 좋겠는데요. 전번에 이층에 사시던 분도, 처음엔 싫어하셨는데, 제가 억지로 권하고 나서, 나중엔 정말로 독실한 크리스찬이 되셨습니다. 게다가 교회에서 좋은 아가씨를 만나 결혼하셨지요."

나는 조금 전의 멜로디가 틀린 찬송가를 떠올렸다.

'이거 큰일났군' 이라고 속으로 중얼거리며, 성서를 들고는, "때가 되면 언젠가"라는 애매한 대답을 하고 이층으로 달아났다.

그 후에도 여러 번 권유를 받았다. 그래서 그 뒤로는, 일요일마다, 특히 늦게까지 잠자는 척하며 누워 있기도 하고, 배가 고파도 모두가 교회에 가 버리기 전에는 절대로 일어나지 않았다.

아침이 늘상 이런 식이었던 것은 아니었다. 가몬의 근무 방식은 조금 특이했다. 아침 일찍 나가서, 그날 밤은 돌아오지 않고 다음날 오후에 돌아와서, 아내를 호통치고는 어두워질 때까지 잔다. 저녁 무렵에 일어나서는 내 방에 와서 담배를 피우고, 목욕탕에 가자고 하기도 한다. 나흘에 한 번 정도는 하루 종일 일하러 나가지도 않고 집에서 빈둥거리고 있었다. 그런 아침은, 아홉 시경이 되면, 어김없이 내가 자고 있는 방에 우편물을 가져다 주었는데, 물론 그것은 구실이고, 실은 담배를 피우고 싶었기 때문인데, 내가 일어나는 점심 때까지 참을 수가 없었던 것이다. 그리하여, 나도 그를 상대로 이부자리 속에서 담배를 피우며, 점심 때까지 시시콜콜한 이야기를 하며 시간을 보낸다. 나는 이런 습관을 처음엔 혐오했지만, 어느 틈엔가 그 악습의 매력에 익숙해져, 은근히 그를 기다리게 되었다. 잠에서 막 깨어나 얼떨떨한 나에게 그가 해 주는 이야기는, 그의 신변이나 항간에 떠도는 우스갯소리 내지는 외설적인 이야기로, 그것이 그의 입에서 나오면, 묘하게 끈적끈적하고 의뭉스런 매력이 되는 것이었다.

"하시는 일은 잘 되어갑니까?"라고 언젠가 물어 본 적이 있었다.

"그건 사무가 있을 때와 없을 때에 따라 달라서 말이죠.

하하하! 내각조사국도 괜찮긴 한데 불규칙해서 애를 먹어요. 하하하!" 가몬은 웃으면서 대답했다.

나는 내각조사국이 어떤 사무를 보는 덴지 몰랐고, 또 알려고도 하지 않았기 때문에, 그럴 거라고 생각했다. 그러던 어느 날 목욕탕에서 이웃집에 사는 보험 사원이 사실을 가르쳐 주었다. 그 남자는 겨우 안면을 튼 정도의 사이였는데도, 허물없이 내 옆으로 와서 등을 밀어주겠다고 하길래, 난 거절했지만 막무가내였다. 그리고는 보험 이야기를 꺼냈는데, 내가 호락호락 넘어가지 않자, 갑자기 귓가에 입을 갖다대고 "당신은 기리시마 씨의 직업이 뭔지 아세요? 사실은요" 하고는, 내가 호기심이 조금 발동한 것을 알아차리고는, 등 미는 것도 잊고 이야기하기 시작했다.

"…그게 말입니다. 내각조사국은 틀림없지만, 수위에요. 나도 오랫동안 속았다니까요. 매우 으시대며 내각조사국에 다니고 있다고 해서, 우리들은 완전히 주눅이 들었죠. 나도 집사람도 애들도 그를 매우 존경했었죠. 분하지 않아요? 대개 수위라면, 정식으로 제복을 입고 집을 나서는 게 보통이지만, 그 친구는 항상 낡은 모닝코트인지 뭔지를 입고 한껏 거들먹거리며 출근하는 데는 놀랠 노자지요. 풍체는 또 오죽이나 좋나요. 대부분 속기 십상이죠. 그런데, 그 조사국에 가서 옷을 갈아입는데요. 금단추와 금테가 달린 수위복으로 말이예요. 그리고 근무가 끝나면 또 옷을 갈아입고는 집으로 돌아오죠…거짓말이 아닙니다. 내가 이 두 눈으로 확인했거든요. 고향 선배에게 보험에 들어달라고 부탁하러 그 조사국에 갔는데 글쎄, 접수계에 그 친구가 있더라구요. 막 웃음이 터져 나오려는 걸 꾹 참고, 아는 사이였기에 아는 척하며 내가 '아! 기리시마 씨' 하고 부르자, 그 친구는 무서운 얼굴로 노려보며, '성명은? 용건은?'이라며 사무적인 투로 말하는 거예요. 그리고 턱 버티고 앉아 있었지만, 역시 매우 당황스러워하며 얼굴을 붉히더라구요. 나도 웃음을 참으며, '나는 이런 사람입니다' 라며 명함을 내밀었죠…. 그날부터 벌써 한달 정도, 집 앞에서 마주쳐도 기리시마 씨는 나를 외면해 버리더군요."

나는 이 이야기를 듣고, 어쩐지 이 보험 사원이 싫어져서, 그 즉시 목욕탕에서 나와 버렸다. 그 후로는 가몬의 직장에 대해서는 그에게도 그의 아내에게도 언급을 않기로 했다. 마쓰코는 나중에 나에게 가몬의 이런저런 성격에 대해 털어 놓았지만, 그 말만은 결코 하지 않았다. 서로 마음이 떠난 이 부부 사이에, 아직도 이런 암묵적인 공동 방위태세의 심정이 있는 걸 보고, 부부라는 것의 기괴한 깊이를 들여다보는 듯한 느낌이 들었다.

잔뜩 흐려 뼛속까지 시린 십이월 초순의 어느 날 아침, 비번인 가몬은 우편물을 가지고 내게로 와서, 싱글벙글 웃으며 한 통의 편지로 내 뺨을 가볍게 두드렸다. 그건 내가 큰아버지댁에 있었을 때 사귀던 이하라 하마에라는 소녀로부터 오랜만에 온 편지였다. 쓴웃음을 지으며 뜯어 보니, 오랫동안 만나지 못했지만, 졸업논문은 잘 되고 있는지, 빨리 끝내고 크리스마스에는 놀러오라고 앞 부분에 쓰여 있었지만, 대부분은 최근 새로 온 피아노 선생의 얘기였다. 그 독신인 중년 부인이 피아노를 잘 치고, 인간성 좋고, 고상한 아름다움을 가지고 있으며, 교양이 깊다는 것과, 또 지금 뭘 배우고 있는지에 대해 장황하게 쓰고는, 이제는 그 선생님한테 배우는 게 무엇보다도 즐겁다고 했다. 나는 그 글의 행간에서 그녀의 속셈을 빤히 읽을 수 있었다. 여름부터 친해진 운동 선수에 관해 쓰지 않은 것은 당연한 일이라고 하더라도, 이 피아노 선생에 대해 이렇게까지 자세하게 쓴 건 무슨 속셈일까? 나의 주의를 끌어 볼려고 천박한 수단을 쓸 여자도 아닐 테고. 그 수법에 넘어가서 내가 다시 순순히 자기를 찾아올 것이라는 계산을 할 만큼, 나를 단순하게 생각지는 않을 것이다. 내가 이 편지를 불쾌하게 받아들여서, 내 마음이 그녀로부터 멀어져 가리라는 것을 확실히 계산에 넣고 있었던 것이다. 그 방편으로, 동성(同性)과의 친애라는 애매한 소

38

재를 이용한 완곡함 속에, 그것이 의식적이 아니라면, 더 더욱 놀랄 만한 여성 특유의 감각이, 철없는 젊은 여성의 내부에 본능적으로 갖춰져 있음을 나타내는 것이다.

가몬은 그때의 내 표정을 보고 알아챌 정도로 민감하지 않았다. 그는 그저 주홍색 꽃모양이 있는 봉투와 하늘색 편지지에 깊이 감동할 정도의 능력밖에는 갖고 있지 못했기 때문에, 담배 연기를 내 얼굴 위로 내뿜으며, 거대한 손으로 내 어깨를 흔들었다.

"어떤 여자죠? 사진 있소?"

"사진은 없어요. 찢어 버렸으니까요."

"애석한 짓을 했군요. 내가 감정해 드릴 텐데. 어쨌든 여자는 허리가 가는 것이 제일이죠."

그는 허공 속에서 두 손으로 젖가슴 모양을 몇 번씩이나 만들어 보이고는, 가운데가 잘록한 X형을 그려 보이며, 눈을 가늘게 뜨고는, "그래요 이 모양의 여자만이 진짜 여자지요"라고 했다.

나는 문득 마쓰코의 갸날픈 몸매를 허공에 그려보았다. 그러자 우울해졌다. 손을 뻗어 머리맡의 책상 서랍을 열고 위스키가 조금 남아 있는 작은 병을 꺼냈다. 이것만은, 마쓰코를 의식하여 가몬에게 보여 주지 않았었는데, 그것을 한 입 마시고 나서, 그에게 내밀었다. 그는 단숨에 꿀꺽 마셔 버렸다. 순식간에 그의 얼굴 전체가 빛을 받은 것처럼 변하고, 눈은 게슴츠레하게 가늘어졌다.

"흠! 맛있군. 이거야, 이겁니다"라며, 그는 연거푸 세 모금쯤 마시고 나서, 내 머리맡에 퍼질러 앉아 여자 이야기를 시작했다.

"들어보시오. 난 마누라 몸에 손도 못 댑니다. 그건 내가 나쁜 짓을 한 벌인 줄은 알지만 불쌍하지 않습니까? 그리스도는 막달라 마리아와… 아니, 난 그런 건 잘 모르지만, 어쨌든 그리스도의 가르침에도 술과 여자는 있지 않습니까?"

"그렇군요."

"그런데, 당신과 그 아가씨는 어떤 관계죠?"

"아무 관계도 아닙니다."

"당신은 숨기는군요. 당신 같은 대학생이 여자 두세 명 정도 건드리지 않았을 리가 없지. 현재 나만 해도, 이 내각 조사국에 근무하는 늙은이가 말이요…당신이 말하지 않으니까, 내가 말할게요. 됐어요?…"

그가 이야기하는 바에 의하면, 이전에 마쓰코에게 편물을 배우러 온 아가씨들을 대부분 유혹했기 때문에, 그 후로 마쓰코는 여자 제자들을 일절 집으로 부르지 않게 되었다는 것이다. 난 그 이야기에서, 마쓰코의 필사적인 발버둥, 가문의 영혼을 구제하려는 노력이 헛수고임을 느꼈는데, 그

이야기 자체를 조금도 못 믿겠다는 표정을 지었으므로, 그는 이번엔 이건 진짜라는 듯이 과거 이야기를 하기 시작했다.

그는 또 소년 시절부터 알기 시작한 방탕생활을 이야기했다. 시골 기생, 가정부, 그리고 그 뒤에 이곳저곳 돌아다니며 놀았던 각 지방의 매춘부, 그중에는 상하이, 홍콩에서의 얘기까지 섞여 있었다. 나는 그의 기교 없는 화술 속에서 느껴지는 박진감으로, 그 이야기가 거짓이 아님을 알 수 있었다. 나는 어느 틈엔가, 그 이야기 속으로 빨려 들어가, 재미있어 하며 듣고 있었다. 그뿐만 아니라, "그래서 허리 가는 여자가 제일 좋다는 결론에 도달한 겁니까?"라고, 그를 부추기며, 가능한 한 노골적이고 음란한 이야기를 끌어내려고 계속 맞장구를 쳤다.

"이전에 이 방에 있던 크리스찬에겐 도저히 말할 수 없었죠"라고 그도 나를 치켜세우며 열심히 말했다. 그중에서도 가장 즐거웠던 기억은, 시골에서 조그만 방적공장을 세워 사장으로 있으면서, 셀 수 없을 만큼 많은 여공들을 유혹했을 때였는데, 그걸 전부 돈으로 해결했다고 했다. 지금도 그 고향마을에는, 자신의 피를 이어받은, 이름도 성도 모르는 아이들이 많을지도 모른다고 했다. 공장에서 기계 소리가 울려서 바닥도 책상도 유리창도 흔들리는 사장실 안에서,

깔깔깔 자지러지게 웃으며, 그의 애무에 몸을 맡긴 포동포
동하고 새빨간 뺨과 뽀얀 피부를 가진 빨간 머리 아가씨, 해
안가 소나무 숲 속까지 쫓아가자 쓰러 넘어지면서 그의 얼
굴을 손톱으로 할퀴어 피를 내고는, 금세 돌같이 굳어져서
이를 악문 피부색이 검고, 유방이 작은, 남자 같은 몸집을
한 어부의 딸, 그의 집까지 데리고 와서 창고 안에 집어넣
자, 그저 눈물만 흘리며 언제까지나 울고 있던, 폐가 나빠서
얼굴이 창백한 어린애 같은 몸매의 소녀, 돈과 바꾸듯 너무
나도 태연하게, 물건처럼 몸을 내맡긴 농부의 아내, 이런 이
야기를 그는 혀로 입술을 핥아가며 계속했다.

우리들이 그런 이야기를 한 시간쯤 했던가. 그때, 계단참
에서 작은 소리가 들렸다. 갑자기 이야기를 중단하고, 내가
귀를 기울이자, 발소리를 죽이고 계단을 살금살금 내려가는
소리가 났다. 우린 서로 얼굴을 마주보았다. 가몬은 나를 보
고 싱긋 웃었지만, 그의 얼굴에는 당황한 기색이 역력했다.
그러더니 당장 일어나서는 후다닥 아래층으로 뛰어내려가
자마자 격렬하게 욕을 퍼부어대는 소리가 들려왔다. 뒤죽박
죽으로 들려왔기 때문에 무슨 말인지 알 수 없었지만, 이야
기를 몰래 엿들은 마쓰코에게 욕을 퍼붓고 있음에 틀림없었
다. 마쓰코의 비명 소리가 들렸다. 그가 때리고 있는지도 몰
랐다. 난 내려가서 말려야 했지만, 강한 수치심으로 가득차

있어서 마쓰코가 있는 곳에 얼굴을 내밀 용기 같은 건없었다. 이윽고 현관 격자문이 열리고 마쓰코가 밖으로 나가는 소리가 났다. 편물 강습에라도 간 것일까. 나는 안도감을 느끼고, 겨우 잠자리에서 일어났다. 가몬은 이층엔 올라오지 않았다. 가몬의 얼굴을 보는 것도 지겨워졌다.

오전반인 사키코가 학교에서 돌아오자마자, 가몬이 밖으로 나갔기 때문에, 비로소 아래층으로 내려가 슬픈 얼굴을 하고 있는 사키코와 둘이서 식탁에 마주 앉았다. 사키코에게는 점심, 난 아침이었다. 엄마를 많이 닮은 사키코는 나를 위해 식은 된장국을 데우고, 밥을 퍼 주었다. 나는 애써 아무렇지도 않은 척하며, 학교와 친구에 관해서 물으며 말을 걸었지만, 사키코는 나의 불안한 안색과 거동을 느끼고 무서웠는지, 머뭇거리기만 하고 대답하는 소리는 거의 들리지 않았다.

집에 있기가 뭐 하다는 생각이 들어, 어쩔 수 없이 오랜만에 학교에 가 보니, 얼마 전까지 황금 잎으로 빛나던 은행나무 가로수가 벌써 완전한 알몸이 되어 있었다. 오후에 젊은 강사 수업에 들어가 보았는데, 그 겐모치 신조(劍持信造)라는 강사의 영국문예비평사 수업은, 이미 내가 상상할 수 없을 만큼 진도가 나가 있었다. 그래도 강의가 끝나자, 벌써 어두컴컴해진 교정의 가로수길을, 뒷문 쪽으로 걷고 있던 그를 쫓아가, 내 논문에 관해 두세 가지 의문점을 물어 보았다. 나는 그의 학문적인 역량과 생활에 대해서는 아무것도 몰랐지만, 어딘지 모르게 소박함이 있는 태도에 친근감을 갖고 있었다. 그러나 그는 나를 알 리가 없었다.

"자네는…" 하며 그는 의아해 하며 내 얼굴을 쳐다보기에, 난 내 이름과 논문 계획 등을 설명했다.

"아, 그런가. 자네는 소설을 쓴다고 했지"라며 그는 좀 측은하게 여기는 듯이 말했으나, 생각보다는 친절하게 여러 가지 책에 관해 가르쳐 줄 테니까 함께 차라도 마시자고 했다. 강당 모퉁이쯤에서, 그는 "어제 여기서 학생들 데모가 있었는데, 왜 자네도 알고 있지? K군이 상처를 입었어"라고 가르쳐 주었다. 나는 보는 것만으로도 심장이 터질 것 같은 새까맣고 거대한 건축물 앞에서 밀고 당기며 고함치고, 그리고 이 건물로도 다 상징할 수 없는 압력 앞에서 주먹을 치켜올린 K군 들은, 도대체 얼마나 두둑한 심장을 갖고 있는 것일까. 그 사상보다도 먼저 그 육체적인 날렵함에 감탄했다. 학교 밖으로 나오자, 그는 내게 커피를 사 주며, 지금 가르쳐 주어 봤자 이미 때가 늦었지만이라며, 여러 가지 학문상의 주의를 해 주었다. 그리고 내 얼굴을 보고 웃으며, "방금 자네 이름에서 생각이 났는데, 자네는 이하라 하마에라는 학생을 알고 있지?" 하며 물었다. 아침에 편지로 나를 초조하게 만든 그녀의 이름이, 강사의 입에서 불쑥 튀어나왔기 때문에 깜짝놀랐다.

"선생님은 어떻게 아시죠?"

"지난 여름에, 산에서 함께 놀았어. 영어를 가르쳐 달라고 해서, 그건 거절했고. 말을 타기도 하고 등산을 하기도 했네."

나는 소박하게 보이지만 예민한 신경을 갖고 있는 듯한 그 앞에서 내 감정을 간파당해서는 안 된다고, 애써 태연한 표정을 지었으나, "그녀가 나에 관해 뭐라고 말했습니까?"라고 그만 묻고 말았다.

그는 좀 장난스런 웃음을 띠며, "아니, 그냥 자네가 문학을 한다고 했네. 그녀는 문학보다는 노는 걸 더 좋아하는 것 같았지만 말이야. 재미있는 여자였는데, 여러 청년들과 매일 놀고 있길래, 난 별로 상대하지 않았어."

이 독신의 강건한 강사는, 나를 위로하는 척하며 놀릴 셈이었는지, 아니면 자신에 대한 변명을 하고 있는 것인지 알 수 없었다.

나는 그러고 나서 술꾼 친구들을 불러내 술을 마시고, 늦게 기리시마 집으로 돌아왔다. 별이 총총한 새까만 하늘 아래 빗자루처럼 서서 밤바람에 한들거리고 있는 느티나무를 목표 삼아 언덕길을 올라갔다. 차츰 술이 깨기 시작하면서 머리속에는, 또다시 오늘 아침의 이루 말할 수 없는 수치심이 치밀었다. 백치 같은 육욕한이며, 자신의 운명을 엉망으로 만든 장본인인 남편과 헤어지지도 않고, 종교의 힘으로 가정을 재건하려고 하며, 게다가 병약한 몸으로 한 가정의 물질적인 파탄을 막으려고 몸부림치고 있는 마쓰코가, 그 남편에게 육욕, 술, 담배 등 모든 육체적 쾌락을 금하고 있는 것은 당연한 심리였다. 그것은 죄인의 영혼을 구제하려고 하는 사랑 때문인지, 아니면 잠재적인 복수 심리에서인지는 몰라도, 적어도 그녀에게서 그 관념적인 기독교주의를 빼앗아 버린다면, 그녀의 정신도 육체도 지주를 잃고 그 즉시 산산조각이 나 버려 아마도 살 수 없었을지도 몰랐다. 그러나 가몬에게 금욕을 강요하는 것이 비록 고귀한 사랑이라 하더라도, 그 남자는 그것을 참을 수 있는 인간이 아니다. 압박된 육욕은, 반동적으로 더 난폭하게 변화하여 폭발할 수밖에 없을 것이다. 그러고 보면 이 부부는 영원히 만나지 못하는 평행선 같은 관계로, 어느쪽이 더 낫다거나 더 나쁜 것도 아니었다. 마쓰코의 광신도 당연했고, 가몬의 악덕도 당연했다. 어느 한 쪽을 동정할 수가 없었다. 이건 평범한 단면도에 지나지 않는 것이다라고, 나는 그때 머리속에서 생각을 정리하려 했으나, 가슴속에서는 오늘 아침 일에 대한 강한 수치심이 끓어 올라와, 마쓰코 얼굴 보기가 두려웠다. 그래서 큰아버지집이나 친구 방에 가서 자고 올까 생각하기도 했으나, 마침내 문앞까지 와 버렸기 때문에, 눈 딱감고 안으로 들어갔다. 모두 잠들어 있었으면 좋으련만 하는 기대는 빗나갔다. 가몬은 두 아이와 이불을 나란히 깔고 자고 있었으나, 그 옆에서 마쓰코는 여느 때처럼 털실 타래를 무릎에 올려놓고 뜨개질을 하고 있었다. 시끄럽게 코를 골며, 어린애 같은 얼굴로 자고 있는 가몬을 미워하는 마음으로 볼 수는 있었지만, 평소보다도 더욱 지쳐서 창백해 보이는 마쓰코와 눈을 맞출 용기는 없었다.

"늦었습니다"라고 하며, 나는 호주머니에서 초콜릿을 꺼내 사키코의 머리맡에 놓았다.

"고마워요"라고 말하고 나서, 그녀는 여전히 온화한 목소리로, 내 얼굴은 쳐다보지도 않고 털실을 응시하며, "내일, 교회에 가시지 않으실래요?"라며 너무나도 단호하게 물었다.

"아 예, 가겠습니다"라고 대답하고 나는 위층으로 올라갔다. 이 대답은, 눈 깜짝할 사이에 정말로 자연스럽게 나왔다. 그러나, 나는 내 방으로 돌아와, 마쓰코가 말끔히 깔아준 이불 위에 앉자, 이건 두말할 필요도 없이 나의 완전한 패배다. 아름다운 화해가 아니다. 그렇다 하더라도 오늘 아침 일로 열등감을 느끼고 있는 내게 약점을 이용해 한 마디로 꼼짝달싹 못하게 만든 마쓰코는, 얼마나 솜씨가 확실한 전도사인가. 그게 아니면 여자란 존재는 늘 이렇게 우리들을 궁지에 빠뜨리는 걸까. 그러나, 난 내일은 교회에 갈지도 모르지만, 그것은 방편에 불과하며, 크리스찬은 결코 되지 않을 것이다. 그러면 결국 나의 승리가 되지 않을까. 이래서 남자가 여자에게 교활하게 싸워 이기는 것일까. 그렇다면 가몬은 마쓰코에게 이와 마찬가지로 이기고 있는 것은 아닐까라고 생각하면서, 문득 책상 위를 보자, 청순한 수선화 한 송이가 꽂혀 있고, 그 옆에는 마쓰코에게서 빌린 성서가 반듯하게 놓여 있었다. 그것도 물론 마쓰코가 해놓은 거라고 이내 생각했지만, 거기서 솟아나는 센티멘탈리즘에 대한 반감보다는, 오히려 이러한 감정의 술책에 몸을 맡겨 가는 것을 즐기는 기분이 되어, 잠자리에서 성서를 펼쳐 보았다.

성서라는 것이, 놀랄 만큼 깊이가 있고 장엄한 언어로 가득하다는 것을, 되는 대로 책장을 넘기면서 여기저기 아무 데나 읽어 보고 처음 알았다. 그러나 그 아름답고 심각한 언어에는 왠지 모르게 반발하게 하는 것이 있다고도 느껴졌다. 아니, 반발이라는 단어로 표현하는 것과는 다르다. 종교가 이러니저러니 관념적으로 반발할 생각은 없었다. 단지 그 방대한 언어의 집적에는 뭐라고 할 수 없는 끈적끈적한 체취 같은 게 압박해 와서, 나를 피곤하게 만들었다.

그것은 빨간 털과 번들거리는 서양인의 거대한 육체와 맞붙어 서로 비벼대는 듯한 강렬함과 농후함이 있었다. 일본인으로서, 끈끈이 같고 강렬한 냄새가 나는 이 성서 속으로 태연히 들어갈 수 있는 사람이란 대체 어떤 족속들일까. 그들은 그 자신이 서양인처럼 강인하고, 심장과 정신력이 비대한 인간이든지, 그렇지 않으면 그러한 감각들을 조금도 이해하지 못하는 둔감한 인간이든지, 아니면 그 감각에 몹시 시달려 치매 상태처럼 된 인간일 것이다. 여기에 비하면 근대문학 따윈 훨씬 담백하다.

다음날 아침은 드물게도 맑게 갠 따뜻한 겨울 날씨였다.

아침에 아이들은 즐거워하며 주일학교에 갔다. 아이들이 돌아올 때까지 어른들은 교회에 갈 준비를 해야 한다. 나도 일찍 일어나 아래층으로 내려가 보니, 놀랍게도 이들 부부는 아무 일도 없었다는 듯이 기분좋게 나를 맞이하고는, 따뜻한 아침밥을 함께 먹었다. 마쓰코가 고향에서 보내온 맛있는 말린 생선을 굽는 옆에서, 가몬은 천진하게 고향의 설날 얘기를 했다. 나도 기꺼이 맞장구를 쳤다. 서로의 마음 속에 맺힌 것이 있다 해도, 이날 아침 식사는 내가 기리시마 집에서 한 식사 중 가장 밝은 분위기였다. 그때 언덕을 올라오는 자동차 소리가 나고 집이 조금 덜덜 떨리는가 싶더니, 이 집으로서는 드물게 손님이 찾아왔다. 부부는 매우 기뻐하며 맞아들였다. 내가 들어오기 전에 하숙했던 의사인 마스이(增居)가 오랜만에 온 것이었다. 그때까지는 상당히 놀았던 그가, 여기 있는 동안에 교회를 나가게 되면서 매우 성실해져, 학교에서도 좋은 성적을 얻었고, 교회에서 좋은 집안의 딸과 결혼도 하게 됐다. 그것은 바로 신의 은총이었다고 마쓰코가 늘 말했었다. 마스이는 머리색이 짙고 얼굴이 희고 몸이 작은 사나이였다. 근사한 선물용 과자상자를 꺼내며 "아저씨, 아주머니 그간 안녕하셨어요? 오늘은 부탁이 있어 왔습니다"라면서, 현관 쪽을 향해 "고(高)군, 들어오게"라고 말했다. 창백한 얼굴의 청년이 들어왔다. 그는 키가 크고 말랐다. 말쑥하게 가른 머리의 짙은 포마드 냄새가 코를 찌를 만큼 방안을 진동시켰다. 마스이의 소개에 따르면, 고는 마스이가 병원에서 지도하는 조선에서 온 의사로, 현재 조선인 노동자 환자들을 헌신적으로 돌보고 있는 기특한 청년인데, 그러한 그의 처지 때문에 지금 좀 복잡한 문제가 그의 신변에 일어나 잠시, 정말로 잠시 동안만 어딘가에서 혼자 있고 싶다고 자기에게 부탁했기 때문에 여기로 데려온 것이라고 마스이는 말했다. 그리고 나를 보자, 좀 난처한 표정을 지었지만, 곧 붙임성 있게 웃으며 말했다.

"하지만 이분이 계시니까, 옆의 사조 반(四疊半) 방을 쓴다면 이분에게 폐가 될지도 모르겠고…."

나는, 무슨 말을 그렇게 빙빙 돌려 하는 거야! 나는 내심 싫었지만, 우울한 모습의 고를 보고는 "글쎄"라고 건성으로 대답하고, 가몬 부부의 얼굴을 쳐다볼 수밖에 없었다. 가몬은 무뚝뚝한 얼굴로 고를 빤히 쳐다보고 있었는데, 이런 가몬과 같은 남자들일수록 민족적인 감각은 단순하고 격렬한 것이다. 그러나 마쓰코는 단지 마스이가 찾아왔다는 것만으로도 얼굴이 상기될 만큼 기뻐하며, 나를 보고 "당신만 싫다고 하지 않으신다면"이라고 의향을 물었다.

여기서도 나는 졌다. "아 예, 괜찮습니다"라고 해 버렸다. 마스이는 내게 고맙다고 되풀이 말했다. 그러던 중에 아이들이 돌아와서 그에게 달라붙었다. 그는 아이들에게 그림책이랑 공책을 주었다. 마쓰코는 오랜만에 활기찬 웃음 소리를 내며 기뻐했다. 나는 이층으로 혼자 올라가면서, 내가 허락한 것은 마쓰코에게 진 것이 아니라, 오히려 가몬과 같은 단순하고 노골적인 민족 감정 따윈 없다는 것을 내 자신에게 보여 주고 싶었기 때문이라고 생각해 봤는데, 실제로는 이 집이 남의 집이고 내게는 아무런 권리도 없으며, 오히려 내게 의논해 준 것을 감사해야 할지도 몰랐다. 삐걱거리는 계단 소리가 들리고 가몬이 올라왔다. "교회에 간다면서요. 자, 여러분 여기에 새로운 크리스찬이 한 명 생겼습니다. 와하하하." 그러고 보니 그는 놀랄 만한 복장을 하고 있었다. 깃에 큰 수달 모피가 달린 거대한 외투를 입고서, "하하하! 어때요"라며 외투 안감을 뒤집어 보였다. 안감에도 온통 무슨 동물의 털이 달려 있었다. "이것이 유일한 내 전성기 때의 유물이죠. 천 엔 정도 들었어요. 모든 게 없어졌지만, 이것만은 죽어도 못 팔겠더라구요. 사실은 어제까지 전당포에 들어가 있었는데, 어제 그 일 때문에 마누라한테 혼줄이 난 후, 당신이 없을 때 대판 싸움을 했죠. 그리고, 이 추운 날에 외투도 없이 지내는 놈이 어디 있냐고 도리어 내가 큰소리치고는 마누라 옷을 가지고 가서 맡겨놓고 이것을 찾아왔지요." 가몬과 마쓰코 사이의 감정의 기복, 그 승패의 관계만큼 기괴한 도착(倒錯)으로 가득찬 것은 없었다. 추잡한 이야기를 엿듣고, 그 때문에 싸우고, 다시 반대로 가몬이 외투를 전당포에서 찾아옴으로써 승리했다는 건, 도대체 어떠한 정신적, 육체적인 투쟁에서 오는 교착의 결과인지 짐작이 가지 않았다. 단지 나는, 이 남자가 모든 부와 사치를 잃은 뒤에도 집요하게 갖고 있는 이 모피에 대한 애착 속에서, 태고적 원시인들의 수렵 본능의 잠재와 같은, 치열한 본능의 냄새를 맡았던 것이다.

　마스이도 오랜만에 교회에 가겠다면서,

　"고군, 자네도 함께 가지"라고 권했다.

　고는 떨떠름한 표정이었으나 따라왔다. 마쓰코는 기분이

들뜬 듯 발걸음을 서둘렀다. 바깥은 신기하게도 따뜻하고 맑게 개어 있었다. 집과 나무가 늘어서 있는 고지대에서 저지대 위에 걸쳐 아침 하늘은 창창하게 개어 있었고, 태양은 작게 그 푸르름 속으로 녹아 들어갈 것같이 빛나고 있었다. 너무나도 밝은 그 하늘에 이따금 흘러나오는 구름 조각은 하얀 빛이 투사되어 가끔은 담홍색으로 아름답게 반짝이고 있었다. 가몬은 위대한 외투를, 모자도 쓰지 않은 채 입고 여느 때보다 어깨를 더 으쓱 치켜세우고는 일행의 선두에 섰다. 모피와 나사(羅紗)는 역시 밝은 빛 속에서 낡은 색을 감출 수가 없었으나, 그래도 이 육 척에 가까운 거구가 모피의 산처럼 서고, 그 옆에 고개를 자주 숙이는 연약하고 창백한 마쓰코가 걷고, 그 뒤에 마스이와 고, 그리고 교복을 입은 내가 따르는 것을, 길가는 사람들이 멈추어 서서 바라보는 것도 무리가 아닌 광경이었다. 난 문득 어떤 러시아 소설에서도 이런 장면이 있지 않았는가, 아름답게 갠 가을날 아침, 거대한 지주가 일족과 가신(家臣)들을 거느리고 이런 외투를 입고 교회에 가는 장면이 있었던 것 같은 생각이 들었다.

계곡 건너 맞은편 주택지 안에 빽빽이 들어찬 나무들과 나목(裸木)의 정원수 속에 작고 아담한 교회가 있었다. 안에는 따뜻하게 난로가 피워져 있었고, 벌써 많은 남녀들이 긴

나무의자에 앉아 있었다. 가몬은 유유히 들어가 어깨를 으쓱대며 교회 안을 한 번 둘러보고, 모두에게 인사하고 나서 외투를 벗었다. 마쓰코는 곧 여자들 무리 속에 둘러싸여 행복해 했다. 그러자 그 무리의 한 여자가 마스이를 발견하고는, "어머나" 하고 큰 소리를 지르더니, 모두에게 속삭였다. 이윽고 마스이는 여자들 무리에 둘러싸여, "오래간만이에요"라든가, "부인은요?"라는 질문을 받는 듯했는데, 마치 그는 개선한 영웅처럼 싱글벙글했다. 우리들은 마쓰코, 마스이, 가몬, 나, 고 순으로 긴 나무의자에 자리를 잡았다.

"…만물을 영원하게 하소서. 아버지시여"라는 찬송가를 나이든 부인의 오르간 반주에 맞춰 불렀다. 마쓰코의 목소리는 역시 정열적으로 높이 울려 퍼졌다. 마스이는 작고 정확하게 부르고 있었다. 놀랍게도 고도 옆에 앉은 남자의 찬송가책을 들여다보면서 부르고 있었다. 나 혼자만 입을 다물고 있었다. 그러나 가몬의 목소리는 이 교회당에서 가장 컸고, 음정도 불안했고, 때때로 가사를 틀리게 부르는 것 같았으나, 전체를 압도해 버려 한층 높이 울렸다. 신이 만약 유머를 이해하는 분이라면, 틀림없이 가몬의 이 찬송가를 듣고 하늘에서 미소짓고 있을 것이다.

그러는 중에 설교가 시작되었다. 머리카락이 하얗고 몸집이 작은 목사가, "고린도 전서"의 어딘가를 인용하며, 현대의 도덕 퇴폐에 관해 이야기하자, 가몬은 나의 겨드랑이를 쿡 찌르며 "저 목사도, 조금 전에 오르간을 치던 그 부인도 동정입니다"라며 낄낄댔다. 그 설교는 길어져 문학을 공격하는 부분도 있었고, 요즘 문학을 하는 사람들의 마음을 모르겠다는 둥 장황하게 늘어놓았다. 그때쯤 가몬의 기분좋게 코고는 소리가, 처음엔 낮게, 나중에는 거리낌없이 크게 들려왔다. 그는 그 무거운 몸을 어떤 때는 마스이 쪽으로, 어떤 때는 내 쪽으로 기울이면서 기대와서는 덮쳐 눌렀다. 실내가 무척 더웠기 때문에, 그의 관자놀이 주변에는 큰 땀방울이 배어 나와 뺨으로 구슬처럼 흘러내리고 있었다. 그것은 너무나도 기분좋은 숙면이었다. 나는 그의 체구에 눌려서 터질 것 같았으나 참고 있었다. 어깨 너머로 마쓰코 쪽을 보니 그녀는 오로지 설교를 놓치지 않으려 하면서도, 얼굴을 붉히고 남편에게도 신경을 쓰면서 애태우고 있었다. 신도들 중에는 때때로 우리를 뒤돌아보는 사람도 있었지만, 코고는 사람이 가몬인지를 알고는 늘상 있는 일이라는 듯이 다시 설교를 듣는 것이었다. 드디어 마스이가 심하게 가몬의 옆구리를 두세 번 찌르자 가몬이 눈을 떴다. 마지막 찬송 때, 가몬이 또 크게 외치듯이 부르자 주위에서는 킥킥 거리는 사람도 있었다. 이때 마쓰코는 부끄러웠던지 그녀의 목소리는 작아서 들리지도 않을 정도였다.

예배가 끝나고 밖으로 나오자, 또다시 모피에 둘러싸인 가몬은, 아까보다 더 활짝 개인 창공을 쳐다보며 기분좋게 심호흡을 하고 나서, "아! 멋진 날씨군"이라고 외쳤다. 우르르 걸어나오고 있던 사람들도 이때는 거리낌없이 웃었다. 나는 쭉 가몬과 나란히 걷고 있었는데, 그때 조금 떨어져 마스이와 함께 걷고 있던 마쓰코가 내게로 살그머니 다가와서, 얼굴을 붉히고 고개를 숙이고는 진지하게, "대단히 실례했습니다. 앞으로는 교회에 가자고 너무 조르지 않는 게 좋겠군요"라고 말했다. 나는 처음엔, 이 말은 가몬의 이런 꼴불견을 보여서는 나를 교회에 나오도록 권해 보았자 아무 소용이 없다고 체념했나 보다, 좌우지간 고맙다고 생각했으나, 이내 그게 아니라 조금 전의 설교에서 문학이 공격당한 것을 민감하게도 내 마음에 상처를 주었으리라고 알아차렸기 때문일 것이라고 생각을 달리했다. 그리고 화창한 햇빛 속에서 하얗게 꺼져 들어가는 듯이 보이는 그녀의 고개 숙인 얼굴을 보면서, 내가 나쁜 놈이라는 느낌이 들었지만, 그 감정이 나를 기쁘게 한 것은 참으로 이상스러웠다.

제3장

다음날 해질녘, 우리들이 저녁을 먹으려던 참에, 고가 이사를 왔다.

그는 영리해 보였다. 눈 아래 부분이 아주 납작하다는 인상과, 안색이 깊이 침전된 누런 광택을 띠는 걸 제외하면, 그 용모나 표정 어디에도 조선 반도 사람처럼 보이지는 않았다. 일본어 발음도 또렷했고, 때때로 영어와 독일어 단어를 섞는 재치도 있었다. 'ㅂ' 음을 'ㅍ' 음으로 발음하지만 않는다면 나무랄 데 없는 도쿄(東京)의 인텔리 청년이었다. 그러나 그의 모습에는 어딘지 모르게 안정감이 없어 보였다.

고는 아이들에게 선물로 가져온 과자를 주고, 식사를 하면서 '아저씨, 아주머니'라고 친숙하게 이 집 부부를 부르기도 했다. 가몬이 무뚝뚝한 것을 보고는 자연스레 마쓰코를 향해 말했다.

"…교회. 교회는 체(그는 가끔 센 발음을 냈다)게는 정말로 그리운 곳입니다. 제가 자란 마을에는 미국인이 세운 오래된 교회가 있어서, 어릴 때부터 다니곤 했지요. 지금은 크리스찬이라고도 할 수 없지만요, 하지만 그 까만 벽돌담에 담쟁이 덩굴이 뻗어 있는 교회 안에서 울려오는 종소리와 마로니라는 미국인 목사의 하얀 수염이 또렷이 떠오릅니다. 여기 아드님이나 따님 또래 적부터 다녔으니까요. 제가 지금과 같은 일을 하는 것도 그때 감화를 받았기 때문인지도 모르겠습니다."

마쓰코는 고의 이런 이야기를 듣고 기쁜 표정을 지으면서, 조선의 교회 사정에 대해서 이것저것 물어 보았다. 고는 아주 요령있게, 조금 슬픈 듯한 표정으로 대답해 나갔다. 그러자, 아까부터 부르퉁해 있던 가몬이 큰 소리로 말했다.

"자네가 지금 하고 있는 일이라는 게 도대체 뭔가? 크리스찬과 의사는 어떤 관계가 있는 건가?"

고는 갑작스런 큰소리에 다소 움츠러들었으나, 다시 마쓰코를 쳐다보면서, 자기 일에 관해서 이야기했다. 그는 모(某) 사립 의학교를 나와서 그 병원에 근무하는 한편, 고향 선배인 사회사업가가 후카가와(深川)에 설립한 조선인 노동자를 위한 자선병원에 봉사하러 다니고 있었다. 특히 그 병원의 분원(分院)격인 스사키(洲崎) 변두리의 매립지에 있는 모르핀 중독환자 수용소에는 일주일에 두 번씩이나 다니며, 수십 명의 폐인들에게 주사를 놓아 주는 것이다. 오늘도 그곳을 다녀왔는데, 매립지의 바람도 찬데, 더러운 방에서 뒹굴며 신음하고 있는 모르핀 중독자들을 보는 일은, 아무리 이 골이 나도, 갈 때마다 견디기 힘든 오한을 느낀다고 했다. 그런 연유로 밤의 휴식처만이라도 이렇게 따뜻한 가정에 묵고 싶었다는 것이다. 지금까지 있었던 청년회 기숙사에서는 마음을 진정시킬 온화한 분위기가 없는 데다가, 친구만 많아져, 격무에 시달리는 한편 공부도 해야 하는 그에게는 참기 어려웠던 것이다.

어쩌면 이렇게 기특한 분일까, 라는 듯이 마쓰코는 혼자 고개를 끄덕거렸다.

고는 그들의 사업을 돕고 있는 명사들의 이름을 나열했다. 국회의원, 귀족, 고급관리, 실업가, 여류 명사 등을 차례차례 열거했다. 가몬은 그 십여 명의 이름 중에서 자기가 아는 이름이 한 명도, '그 사람이라면 나도 알아' 하고 말할 수 있는 사람이 없는 데 화가 치민 듯했다. 뿌루퉁한 얼굴로 일어서서 획하니 산책하러 밖으로 나가 버렸다. 언제나 화나는 일이 있으면 두세 시간씩 바깥을 돌아다니다가 온다. 대개의 경우는 돈도 없이 이리저리로 정처없이, 자기 나름대로의 감각의 자극을 구하기 위해 방황하는 모양이었다.

"난 여러분들이 이렇게 가족적으로 따뜻하게 한 식구로 받아들여 주시리라고는 생각지 못했습니다"라고 고는 말했지만, 그것은 단지 마쓰코에 대한 감사의 말이었을 것이다.

"아니에요. 당연한 일이죠. 하나님의 눈으로 본다면…"

나는 더 이상 듣고 있을 수 없을 정도로 아니꼬워서, 가몬과 마찬가지로 일어나 이층방으로 돌아왔다. 그러자 조금 뒤 고도 올라왔다. 그 방에는 상당히 멋진 책상이랑 의자가 들어와 있었고, 책상 위에는 주사기랑 현미경이 빛나고 있었다. 책장에는 약간의 의학서도 있었다. 마쓰코는 짐정리를 돕고 있었는데, 그 일이 끝나자, 빨간 카네이션을 가져와 꽃병에 꽂고, 내친 김에 내 책상 위의 꽃병에도 꽂아 주었다. 전번에 꽂아준 수선화는 이미 말라 버렸다.

"친절한 사람들이군요, 이 집 사람들은"이라고 말하면서, 고는 정리가 끝나자 내 방으로 들어왔다. 나는 조금 전의 감상적인 대화에 대한 반감이 아직 가시지 않고 있었다. 친절이란 어떤 것일까? 이 기리시마 집안은 나 한 사람만 하숙을 쳐서는 먹고 살 수가 없기 때문에, 내 옆방에 다른 사람을 들이려고 했을 따름이다. 이 작은 방에서 참고 견디기에는 고 같은 남자라면 안성맞춤이었다. 나도 이 집이 경제적으로 매우 곤란하다는 것을 잘 알고 있었기 때문에, 옆방에 다른 사람이 들어오는 것을 막지 않았다. 마쓰코는 고의 이야기를 듣고 감동을 받아, 고를 위해서 모든 친절을 베풀겠지. 그러나 그것은 그녀의 감상적인 자기 도취로서, 그 밑바닥에 깔린 진실은, 단지 조건이 형편없는 이 사조반짜리 방에 사람을 넣어서 조금이라도 살림에 보태려고 하고 있을 따름인 것이다.

그래서 나는, "글쎄요, 어떻다고 해야 할까? 그저 방을 세놓고 싶었기 때문에 빌려준 것뿐이 아닐까요?"라고 대답했다.

"댁은 유물론자입니까?"라고 고는 약간 비웃는 듯한 웃음을 띠웠다. "형씨는 크리스챤입니까?"라고 나는 물었다.

"이런, 서로가 정반대의 레테르를 붙인 듯하네"라고 고는 말했다. "이 방을 보면 부르주아 예술가인 듯하고, 나는 이래 뵈도 명색이 과학자고. 하하하."

그의 말투에는 어딘가 시비를 걸어오는 듯한 데가 있었다.

"아아, 형씨가 말한 대로겠죠. 난 관념적이고 형씨는 유물적이겠죠." 나는 아까부터 어쩌면 저녁밥을 먹을 때의 고의 감상적인 말투도, 마쓰코의 심리를 간파하고 나서 공리적인 술책을 부린 것이 아닌가 하는 의심을 하고 있었다. 고의 예리한 눈초리를 보면, 그런 의심이 절로 생겨나는 것이었다.

"우리 서로 가면을 벗기로 할까요?"라고 고는 말했다.

나는 이런 대화를 주고받는다는 것이 지겨워져서, 화제를 바꾸기 위해 책상 옆에 놓여 있던 미술사 책을 집어들고, 낙랑 시대의 유적지에서 나온 기와 사진을 펼치고는, "형씨는 평양에서 왔댔죠? 즉 이 낙랑에서 온 셈인데, 난 이 오래된 기와의 사진을 보고 있으면, 견딜 수 없을 만큼 기분이 좋아져요"라고 말했다.

"하아, 역시 댁은 유물론자가 아니군요. 우리들의 땅속에서 나온 물건들을 보고 황홀해 하고 있는 걸 보니깐. 그건 우리들에겐 치욕이에요. 당신네들이 낙랑이니 경주니 하며 고미술을 동경하는 건 우월감이에요."

"아니, 그런 뜻이 아니에요. 나는 형씨에게 그런 감정을 주기 위해서 말한 게 아니란 말이요"

"잘 알고 있어요. 하지만 말예요. 이런 일이 있어요. 한때, 낙랑의 유적지 근처에 사는 농민은 논밭을 일구는 일보다는 기와 파내는 일을 생업으로 삼았단 말이에요. 기와를 파내는 것이 농사를 짓는 것보다 돈이 된 거죠. 우리들의 토지는 죽어 버리고 농사보다도, 옛날의, 그것도 중국 사람들이 만든 기와 조각이나 파내어 먹고 살다니. 이런 비참한 일이 또 어디 있겠어요? 우스울 정도로 비참한 이야기죠. 그런 걸 보며 유물론적이 되지 않고 어디 견뎌내겠어요? 나는 댁에게 반항하는 게 아니에요. 내가 형씨에게 처음에 정신적인 이야기를 하자, 형씨는 방값이 어쩌니 저쩌니 했었죠. 그렇다면 진심을 말할 수밖에 없는 게 아닐까요?"

"하지만, 형씨는 아까 교회 이야기를 하지 않았나요? 그것은 거짓말이었나요?"

"거짓말이라고 생각한다면, 거짓말이라고 해도 좋아요. 그러나, 어릴 때는 정말로 교회에 다녔어요. 그때부터 쭉 얌전하게 미국인 선교사가 하라는 대로 했더라면, 나는 수재였기 때문에 귀여움을 받으며, 미국에라도 따라가서 지금쯤 잘 먹고 잘살고 있겠지요. 혈기 왕성할 때, 종교에 대해서 회의를 느끼게 되자 자연히 교회로부터도 멀어졌어요. 아깝기 짝이 없는 일이죠. 지금이라면 무언가 이득을 얻을 때까지 물고 늘어져 떨어지지 않았을 텐데 말예요."

"그렇다면 종교건 뭐건 간에 유물론적으로 이용하는 건가요?"

"그렇게 하지 않으면 먹고 살 수가 없다면 어떻게 하겠어요? 유심론이라도 유물론적으로 이용할 수도 있어요"

"그렇다면 형씨가 지금하고 있는 자선적인 의료사업도 그런 것인가요?"

"그럴지도 모르겠군요. 뭐, 형씨는 나를 그렇게 생각하면서 고미술이나 바라보고 계세요. 그러나 한 가지 말씀드리겠는데요, 내가 지금 하고 있는 일은 그런 관념의 유희보다 당장 눈앞에서 모르핀이 떨어져 괴로워하고 있는 사람들에게 주사를 푹푹 놓아 주는 일입니다. 그리고는 쥐꼬리만한 월급을 받을 따름이에요. 이것도 매우 유물론적인 일입니다. 좌우지간 사이좋게 지냅시다. 나도 이 집에 오래 머물지는 않을 거예요…. 하지만, 이 집 아주머니는 선량한 데다가 아름답더군요. 그에 비해 아저씨는 조금 그로테스크하고 바보같지 않아요?"

"우리 서로가 이 집안 사람들을 평가하지 않기로 약속합시다. 이런 저런 문제가 생기지 않도록 말이에요."

"그래요. 형씨가 아주 좋은 말씀을 하셨어요. 자, 그럼 안녕히 주무세요. 아, 그리고 어쩌면 제가 옆방에서 자다가 가위에 눌려 소리 지르는 일이 있을지도 몰라요. 혹시 그러더라도 용서해 주세요. 무슨 나쁜 병이 있어서가 아니라, 낮에 본 환자의 꿈을 꾸면서, 마치 저 자신이 그 아편중독자가 된 듯한 꿈을 꾸고 소리를 지르는 거예요."

기리시마 일가의 생활이 12월에 들어서면서 점점 더 어려워진 것은 사실이었다. 가몬은 정신적으로 기복이 심한 면이 있어서, 특히 흐린 날이나 비가 오는 날에는 이상하리 만큼 흥분하고 발작적으로 고함을 지르며, 집안에 있는 돈이란 돈은 전부 긁어가지고 밖으로 뛰쳐나가기도 했다. 마쓰코는 겨울이 되고나서부터는 여기 저기서 부탁받은 편물을 거의 밤잠도 못 자면서 짰고, 낮에는 편물을 가르치기 위해 돌아다녔다. 밤 7시나 8시까지도 식사 준비가 되지 않는 날도 있었다. 그렇게까지 고생하면서 그녀가 벌어오는 얼마 되지 않는 돈도 가몬이 집에 있는 한, 그의 어처구니없는 낭비로 생긴 구멍을 메우고, 생계를 꾸려가는 데도 부족했다.

나는 저녁밥이 늦는 것도, 방청소를 해 놓지 않은 것도 참고 견뎠다. 마쓰코의 연약한 몸을 보면, 그런 불평 따위는 입밖에 낼 기분이 아니었다. 왜 이 집에서 나가지 않느냐고, 이따금 놀러온 친구가 말한 적도 있었다. 그럴 때마다 나 자신도 그래야겠다고 생각은 하지만, 과연 어떻게 해야 좋을지는 몰랐다. 내가 나가면 내 뒤에 이 방에 들어와서 참고 견딜 하숙생이 있을지 없을지까지, 이 집안을 위해 자상한 배려를 하는 것도 아니었다. 이 몰락해 버린 집안에서의 악몽과도 같은 생활이 내 자신의 모공에까지 스며들여, 거기서 일종의 쾌감을 맛보고 있었다고도 할 수 있다. 그렇다면 이 집안의 누구에게, 예를 들어 마쓰코에게 애착을 느끼기라도 했냐면, 그것도 나 자신에게는 승복할 수 없는 일이었다. 그래서 친구들에게는 항상 애매한 대답을 할 수밖에 없었다.

고와는 그 뒤로 그다지 친하게 이야기를 나눌 기회가 없었다. 그는 아침에 내가 자고 있는 동안에 나가 버리고, 밤에는 어느 한 쪽이 늦게 귀가하는 식이었기 때문에, 마주치는 날이 별로 없었다. 나는 밤에는 깊이 잠들기 때문인지,

그의 신음 소리를 들은 적도 없었다. 고는 이 집에서의 생활을 즐기고 있는 듯했고, 거의 매주 일요일에 교회도 나갔다. 마쓰코의 눈에는, 불쌍한 동포의 구제를 위해서 분투하고 있는 정신적으로 훌륭한 의사였다. 그가 교회에 나가기 시작하고 나서부터, 마쓰코는 내게 한 번도 교회에 나갈 것을 권하지 않았다. 이 점은 나에게 매우 다행스런 일이었지만, 마쓰코의 관심이 나로부터 멀어져 가는 것을 확실히 느끼게 되자, 나의 친밀했던 감정은 서서히 가몬에게 향해 갔다. 이렇게 해서 이 집은 어느 틈엔가, 눈에는 보이지 않았지만, 두 패로 갈라져 있었다. 마쓰코와 고, 그리고 이 집의 아들이 한 패가 되고, 가몬과 나, 딸이 한 패였다. 가몬과 나는 마치 난폭한 인간처럼, 집안에서 점점 더 노골적인 언사를 썼고, 마쓰코와 고는 점점 더 경건하고 성실한 인간임을 과시하려는 듯한 행동을 했다. 가몬은 이제는 드러내 놓고 술과 여자 이야기를 해서 마쓰코를 괴롭혔다. 그리고 부부싸움을 하는 일이 점점 더 많아졌다. 처음에는 금전적인 문제나 가몬의 행동 때문에 시작되는 경우가 많았는데, 마쓰코의 낮은 애소와도 같은 소리에서 시작되어, 곧이어 가몬의 고함 소리와 뭔가를 부수는 소음이 나고, 잠시 후 싸움에 지친 마쓰코가 숨이 찬 음성으로 가늘게 찬송가를 부른다. 그러면, 가몬은 거칠게 밖으로 뛰쳐나간다. 그러나 때로는 그

싸움의 끝이 이상한 결말이 되는 수도 있었다. 밖에서 돌아온 가몬이 마쓰코 앞에서 큰소리로, 마치 장난꾸러기 아이가 엄마에게 용서를 빌듯이 사과를 하는 경우도 있는 것이었다. 그러나 대부분의 경우, 가몬은 하루 종일 고함을 지르고, 다음날까지 험악한 인상으로 나와 고에게도 언짢은 태도를 보일 때가 많았다. 언젠가 우연하게 고와 둘이서 이층에서, 부부싸움 하는 소리를 들은 적이 있었다. 고는 내가 가몬에게 동정적이라는 사실을 다 알고 있다는 얼굴로 가몬을 공격했다. 나로서도 그의 그런 생각이 틀렸다고는 할 수 없었지만, 그의 표정을 보자 반항심이 일어나 가몬에게는 사랑할 만한 점도 있고, 마쓰코는 마음씨는 좋지만 방법이 나쁜 점도 있다고 말했다.

"레테르가 반대로 붙여졌는지 모르겠군요"라고 고가 말했다.

"무슨 소리죠?"

"사실은 형씨와 나의 동정 표현은, 아니, 적어도 형씨의 동정 표현은 반대의 형태로 나타나고 있는 건 아닐까요?"

"고형, 이 집안에 대한 평가는 그만두기로 약속했잖아요"라고 나는 대충 얼버무리듯이 대답했지만, 이런 일만 보더라도 이 집안에는 눈에 보이지 않는 두 패의 감정이 흐르고 있었던 것이다.

아이들도 둘로 나누어져 있는 것이 사실이었다. 데루오는 마쓰코의 애정의 초점이었고, 그녀에게는 이 지상 생활의 '신'이었다. 그녀를 닮아 잘생기고 신경질적이며 영리한 소년이었다. 매우 얌전한 면도 있었지만, 동네 아이들과 놀 때 보면, 어딘가 예리한 두뇌 회전이 엿보였고, 자기보다 큰 아이들을 리드하면서 놀고 있었다. 학교에서도 매사에 잘하는 모양이었지만, 집에서는 이미 아버지인 가몬이 어떤 사나이이고, 어떤 식으로 자기 집의 운명을 붕괴시키고, 현재 어떤 식으로 엄마를 괴롭히고 있는가 따위를 완전히 이해하고 있어서, 사사건건 아버지를 거역했다. 평소에는 가급적이면 아버지 눈에 띄지 않게 놀고 있었다. 내가 가몬과 사이가 좋다는 걸 알아차리고부터는, 나를 싫어하는 듯했다. 그러나 엄마와 둘이 있을 때는 돌변하여 쾌활해져서, 한껏 엄마에게 어리광을 부렸다. 마쓰코는 데루오의 응석을 받아주는 것을 마치 생의 즐거움으로 삼고 있는 듯했다. 그토록 힘들게 번 돈으로, 될 수 있는 대로 좋은 학용품이나 옷가지를 사오는 것이었다. 그는 엄마의 유일한 희망이었다. 그녀가 자나깨나 꿈꾸는 것은, 그가 언젠가 훌륭한 사람이 되어서, 산산조각으로 깨어져 버린 여자로서, 그녀의 '남성'에 대한 꿈을 회복시켜 주는 일일 것이다. 나에게도 그 꿈이 부자연스럽다고는 생각되지 않았다. 그러나 이 신경질적이고 잘생기고 영리한 소년의 미간에 때때로 폭풍권의 번개처럼 번쩍이는 한 가지 표정을 알고 있었다. 그것은 자기 아버지를 거역할 때라든가, 여동생인 사키코를 괴롭힐 때 순간적으로 나타나는 것으로 그 번쩍임은 나에게는 가몬이 난폭해질 때의 미간의 표정과 조금도 다르지 않게 느껴졌다. 피가 가몬으로부터 그에게로 흐르고 있는 것이다. 그것이 언젠가 또다시 머리를 쳐들어, 엄마의 꿈을 무참하게 파괴시키는 일이 없었으면 좋으련만. 그것이야말로 마쓰코에게는 가몬의 횡포 이상으로 슬픈 일일 것이며, 그녀의 최후의 한 가닥 희망마저 짓밟는 일이 될 것이다. 그때도 여전히 마쓰코는 '신'을 믿으며 그 생활과 싸워 나갈 것인가?

사키코는 밀납처럼 희고 투명한, 가느다란 팔다리와 크고 검은 눈동자를 갖고 있었다. 오빠의 장난에 괴로워하며 잉잉거리는 걸 보면, 나는 '가몬과 마쓰코'의 싸움의 축소판을 보는 듯했다. 여기에도 '남자'의 폭력에 고통을 받고 있는 '여자'의 모습이 있었다. 사키코는 물론 그러한 여자의 운명을 자각할 수 있는 연령은 아니었다. 아니, 그녀는 아버지와 엄마 사이가 어떤지조차도 아직 모르고 있을 것이다. 원래 가정이란 이런 것이라고 생각하고 있을지도 모른다. 가급적 오빠의 눈을 피하여, 엄마가 뜨개질을 하고 있는 곁에 앉아서 장갑이나 모자를 뜨는 것을 배우기도 하고, 엄마가 없을 때는 추운 부엌에서 설거지를 한다든지 간단한 식사 준비를 하기도 했다. 마쓰코의 사키코에 대한 태도는, 오빠만큼은 부드럽지는 않았다. 왜냐면 사키코에 대해서 그녀가 가질 수 있는 꿈은 전혀 없었기 때문이었다. 설사 있었다고 하더라도, 그것은 자신이 겪어왔던 것처럼 암흑 세계의 복습일 뿐이었다. 가몬에게 볼 수 있는 또 하나의 미덕, 그것은 약한 자에 대한 본능적인 동정을 발작적으로 보이는 점이었는데, 물론 약한 자라 하더라도, 그가 지금까지 상처를 주어 왔던 여자들처럼, 그의 육욕의 대상이 되는 사람의 경우에는, 그 육욕이 강해서 동정 따윌 보일 계제가 아니었지만, 사키코에게는 순수하게 눈물 많은 아버지가 될 수 있었다. 그는 사키코를 "우리 사키코, 우리 사키코"라 부르며 귀여워했다. "이 아이만큼은 행복하게 해 주고 싶습니다"라고 언젠가 그는 겸연쩍은 듯이 내게 말했었다. 오빠가 사키코를 괴롭히고 있으면, 이유도 묻지 않고 오빠를 나무랐다. 그래서 마쓰코와 싸움을 한 적도 있었다. 가몬과 나라고 하는 노악파(露惡派)조에서는 이 사키코가 여신이었다고 할 수 있다. 나도 사키코를 좋아했지만, 사키코는 나를 좋아한다고는 할 수 없었다. 오히려 두려워하고 있었을지도 모르지만, 오빠만큼 나를 피하지는 않았다.

연말이 가까워지자, 이 가정의 궁핍이 점점 눈에 띄기 시작했다. 방에 걸린 족자나 장식품 등이 하나씩 없어지고, 내 방에도 지금은 마티스의 석판화 한 장만이 벽에 달랑 걸려 있을 뿐이었다. 가몬은 이따금 "돈, 돈이 갖고 싶다!"고 울부짖으면서, 집안을 쿵쿵거리며 돌아다녔다.

"인간은 돈만으로 살아가는 게 아니에요. 그렇게 돈이 좋으면 왜 그 많은 돈을 다 내다버렸어요?" 마쓰코는 낮고 부드럽지만, 밑바닥에 증오를 깐 목소리로 타박하기도 했다. 그러면 가몬이 주먹을 휘둘러 연약한 마쓰코의 몸을 마구 때렸다. 이런 일들을, 논문 마감이 임박하여 집에 있는 날이 많은 나는 허구한 날 보는 것이었다. 그런 일이 있던 어느 날 밤, 가몬이 평소보다도 더욱 사나운 형상으로 이층에 올라왔다. 그리고 갑자기 내 담배를 집어들고 서너 개비를 연달아 피웠지만 여전히 기분은 진정되지 않은 듯했다.

"자네 술은 없는가? 위스키는?"

"죄송하지만, 다 마시고 없는데요."

"이거 안 되겠는데, 술 같은 건 좀 사다줘요"라고 애를 태우다가, 나까지 째려보는가 했더니만 얼른 일어나서, 마침 그날 밤은 일찍 돌아와 무언가 원고를 쓰고 있던 고의 방문을 열고 뛰어들어갔다. 무슨 일이 일어날 것인가 하고 귀를 쫑긋이 세우고 있자, 가몬은 마치 고에게 응석을 부리는 듯한 목소리를 내고 있었다.

"고군, …나는 술도, 담배도 정말 끊어야 해. 술, 담배, 여자까지도 금지를 당하고서는 나는 살고 있는 것이…, 하지만, 그 아편…사실은 옛날 상하이의…" 드문드문 들려오는 그 말로 미루어 봐서, 가몬은 고에게 아편주사를 한 대 놓아 달라고 애원하고 있구나 하고, 나는 불안한 마음이 들었지만, 곧이어 고의 냉정하고 대찬 목소리가 똑똑하게 들렸다.

"안 됩니다. 기리시마 씨. 종교가 아편을 대신할 수는 없습니까? 하하하."

"그렇기 때문에 자네는 별 볼 일 없는 놈이란 말이야!"라고 가몬은 소리쳤지만, 또다시 애원하는 음성으로 한동안 실갱이를 하고 있었다. 그러나, 아무리 그래 봐도 고의 대답은 "안 됩니다"였다.

"사이비 크리스찬!"이라고 한 마디 외치고, 가몬은 급하게 일층으로 내려가 집밖으로 나갔다. 무작정 걸어서 발작적인 홍분을 진정시키는 최후의 수단에 호소하려는 것이리라고 나는 암담한 기분이 들어서, 오히려 가몬이라고 하는 고깃덩어리에 대해 견딜 수 없이 쓸쓸한 애정조차 느꼈다. 그러자, 고가 내 방과 자기 방 사이의 문지방에 서서 말하는 것이었다.

"형씨, 저런 사나이에게 주사할 아편은 없어요. 아니, 나는 아주머니랑 아이들을 생각하면, 차라리 더욱 강한 약이라도 주사를 놓아 한방에 그냥…"

　"지금 무슨 소리를 하는 거요"라고 나는 고를 쳐다 보았다. 그의 입은 일그러진 웃음을 띠고 있었지만, 눈은 증오로 불타고 있었다. 그러나 나의 힐문하는 듯한 말투에 제정신이 든 듯, "하하하, 농담이요"라고 대답하고, 방문을 탁 닫았다.

제4장

　겨울치고는 드물게 따사로운 어느 아침, 언제나 그렇듯
이, 고가 출근을 하고, 마쓰코가 편물 교습을 하러 나간 뒤
까지 자고 있는데, 가몬이 싱글벙글거리며 올라왔다.

　"어쩐 일이에요? 기분이 좋아 보이는데요."

　"아니, 사실은 말이야 어젯밤에 모처에서 멋진 여자를 하
나 샀는데 말이야, 이건 절대 비밀이야. 고향 친구를 만났는
데 말이지, 한 잔 사라구 해서 한턱 냈지 뭐야. 쥐꼬리만한
보너스 중에서 남은 돈을 다 써 버렸어. 아이들에게 뭐 하나
사 줄 작정으로 남겨둔 돈을 말이야. 그 대신 그 친구가 좋
은 걸 가르쳐 주어서, 아마 나도 내년에는 일이 잘 풀릴 것
같아." 이런 날의 가몬의 얼굴은 이루 말할 수 없을 만큼 밝
고 평온했다. "아, 그런데 그것보다도, 자네에게 좋은 일이
있어. 자, 이것 봐요. 오랜만에 자네의 천사로부터 온 편지
야." 그는 품에서 물색 봉투를 끄집어냈다. 정말 오래간만에
이하라 하마에로부터 온 편지였다. 이제는 더 이상 오지 않
으리라고 생각하던 참이었다. 정말로 들뜬 마음으로 봉투를

뜯었지만, 읽어 나가는 도중에 내 표정이 변해 가는 것이 가몬에게도 보인 모양이었다.

"자네, 왜 그래, 그런 얼굴을 하면 안 되지"

"그녀가 병에 걸려서, K해안에 있는 결핵요양소에 가 있는 모양이에요."

"예쁜 아가씨들에게는 흔히 있는 일이야. 흠, 그렇다면 자네는 지금이라도 병문안을 가야겠네. 그래서 화해를 하는 거야. 꽃이라도 사서 가는 거야."

"아니, 가지 않을래요."

"어째서? 그런 법은 없어. 자네는 마음씨가 고운 사람이잖아. 설사 자네가 그녀를 더 이상 좋아하지 않는다고 하더라도, 그 정도의 인정미도 없는 사람은 아니잖아? 여자라는 건 귀여워해 줘야 되는 거야."

"그야, 지금 당장이라도 가 보는 게 좋겠지만…." 나는 말끝을 흐렸다. 그 당시, 병문안을 가기 위한 기차삯조차도 없었던 것이다.

"다음에 가 보기로 하죠."

"가고 싶지 않은가?" 가몬은 비난하듯 말했다.

"그야 가고 싶죠…. 하지만, 지금은 돈이 없어요."

"하하, 자네도 또 술을 마셨나 보군. 사실은 나도 어젯밤에 땡전 한푼없이 다 써버렸는데"라고 말하고는, 가몬은 갑자기 일어나서 아래층으로 내려갔다. 그리고 집밖으로 나가는 소리가 났다. 잠시 후, 힘차게 격자문을 열고 집으로 뛰어들어와 숨을 헐떡거리며 이층으로 올라와서는, 내 앞에 십 엔짜리 지폐를 한 장 놓고 "아하하" 하고 웃었다.

"자, 이 돈을 가지고 가게, K라면 이 돈으로 충분하니깐, 꽃이나 과자라도 살 수 있을 게야."

"이 돈은…"

"이 몸께서는 원가 천 엔짜리 외투를 가지고 있단 말씀이야."

"하지만 그 외투가 없으면 추워서 고생하시잖아요. 차라리 내 책이라도…."

"뭐, 괜찮아."

우리들은 "하하하" 하고 마음이 통하는 절친한 친구처럼 한바탕 웃었다. 웃는 동안에 어쩐지 숨이 막힐 것 같은 기분이 들었기 때문에, 나는 허둥지둥 십 엔짜리 지폐를 집어들고 일어나 채비를 하였다.

바람이 없었기 때문에, 바다는 부드러운 안개 속에서 보라색으로 빛나고 있었다. 안개는 땅 위에서부터 하늘에 걸쳐서 호박색 광택을 띠고 있어, 겨울 날 오후의 작은 태양이 그 속으로 녹아들 듯이 빛나고 있었다. 바다 건너 저편에 희미한 난황색(卵黃色)으로 빛나는 후지산을 바라보면서, 병원으로 향하는 해안 언덕길을 올라갈 때는, 이마에 땀이 날 정도로 따뜻했다. 나는 오래간만에 이런 밝은 세계로 나와 있었다. 그 때문에 그녀의 병에 대해서보다는 그녀를 만난다는 기쁨이 더 강해서, 즐거운 마음으로 길 옆에 있는 푸른 풀들을 보면서 올라갔다.

나는 이런 기분이라면, 틀어져 버린 그녀와의 애정을 여기서 다시 불태울 수 있을지도 모른다는 공상까지 하면서, 가몬에게서 빌린 돈으로 산 과자상자를 들고 그녀의 입원실로 들어갔다. 그러나 그 감정은 들어선 순간에 깨져 버렸다. 유리문 안에는 장미와 아마릴리스, 완두, 제라늄 꽃이 넘칠 듯이 놓여 있는 온실과 같은 입원실 침대에, 빨간 실크 실내복을 입고 걸터 앉아 있는 여자와 마주보며, 내가 학교에서 언젠가 이야기를 나눈 적이 있는 젊은 강사인 겐모치가 등나무의자에 앉아 있었다. 나는 당황하면서 딱히 어느쪽을 보고 한 것인지도 모를 어정쩡한 인사를 했다.

"어머, 이렇게 빨리 와 주시리라고는 생각지도 못했어요."

"여어, 자넨가. 역시 왔군 그래."

"방금 오빠 이야기를 하고 있었던 참이었어요."

"나도 통지를 받고 놀라서 지금 막 도착한 길일세."

여자와 그가 번갈아 가며 나에게 말을 걸었지만, 그가 권하는 의자에 앉으면서 나는 그 말들이 생소하게 느껴져, 오지 않아도 될 뻔했다고 후회하면서 과자상자를 침대 가장자리에 난폭하게 내려놓았다.

"후지산이 잘 보이네. 바다 색깔이 참 좋군요"라고, 나는 역시 누구에게라고 할 것도 없이 그냥 말했다.

"이 꽃 좋지요?" 새하얀 장미꽃 바구니를 보면서 하마에가 말했다.

"선생님께서 방금 가져오신 거예요. 여러 가지 책과 함께."

"생각한 것보다 건강해서 다행이야"라고 그가 말했다.

나는 아참, 그렇군. 어찌 되었든 병세에 대해서 물어 보지 않으면 안 되지, 창백해져 볼 부분만 선명한 색깔을 남기고 있는, 야윈 여자의 아름다운 얼굴을 눈부신 듯 쳐다보면서 병세를 물었다. 가을 끝 무렵에 그녀 그룹의 피아노 리사이틀이 있어서 무리하게 연습을 하게 됐는데, 그날 밤부터 감기에 걸려, 곧 낫겠지 낫겠지 하고 있다가 그만 이렇게 되어 버렸다. 올해 크리스마스에는 다 함께 실컷 놀아 보려고 생각했는데, 다 틀려 버렸다는 등등, 그녀는 아무렇지도 않은 듯이 말했지만, 그 사이 사이에 나오는 기침 소리를 듣자, 나도 겐모치도 어두운 기분을 얼굴에 드러내지 않을 수 없었고, 그녀도 우리들의 그런 기분을 알아차렸는지 눈을 꼭 감기도 했다.

"이런 좋은 전망도 매일 보면 싫증이 날거야." 그는 전혀 꾸밈없이 친근하게 말했다.

"그래요. 그러니까, 다음에는 더 많은 책을 갖다 주셔야 돼요."

"나중에 많이 가져올게."

"나중에 언제요? 벌써 방학했잖아요?"

"아니야, 하지만 다음 주쯤 또 올게."

"다음 주라고 하시지 마시고…."

그들의 대화는, 옆에 있는 나 따위는 조금도 개의치 않는 듯했다. 나는 돌연 비겁한 짓이라고는 생각하면서도, 지난 여름 하마에가 사귀던, 운동을 즐기는 청년에 대해서 물었다.

"그 사람은 틀렸어요. 어제도 왔다 갔는데, 도쿄에서 이번에 산 로드스타를 타고 왔어요. 나한테 오는 것이 목적인지, 자동차를 보여 주기 위해서 이 근처까지 온 건지, 자기 스스로도 자각하지 못하는 바보 천치예요. 그런 남자는 땡이에요."

"사람이 병에 걸리면 정신적이 되는군요"라고 그녀와 강사에게 반반으로 말했다.

"그런 심한 말을 하다니." 여자는 옆에 있는 완두콩 꽃을 무자비하게 뜯으면서, 정말로 나를 쌔려보았다.

"졸업 전의 대학생이란 일종의 히스테리 상태가 되니깐."

젠모치의 이 말은 내게 강렬한 일격이었다. 졸업시험, 취직난 그런 것들이 한 덩어리가 되어 내 머리를 때렸다. 그는 그 말의 효과를 충분히 확인한 다음, 우월감으로 미소를 지으면서 일어났다.

"나는 그만 가야겠군. 오늘 밤에 꼭 참석해야만 되는 모임이 있어서 말이야. 자네는 좀더 있으면서 조금은 사이좋게 이야기라도 나누게나. 나도, 아까 금방 왔다고 했지만, 사실은 아침부터 와 있었으니까 말이야." 그는 이런 담백한 솔직함이 있어서 그것이 매력이 되어 학교에서도 우리들에게 인기가 있었는데, 지금의 이 정직한 고백은 오히려 우월한 자로서의 여유에서 나온 말이라고밖에는 들리지 않았다.

"저도 그만 가야겠습니다. 함께 가시죠."

"아, 그렇지. 졸업논문을 써야 되지. 콜리지이던가?" 그가 무슨 말을 하든, 그 말들은 애시당초 나를 짓눌렀다.

"지금 콜리지의 『연애』라는 시를 읽고 있습니다."

"하아" 그는 그것이 비꼬는 말투라고는 생각지 않는 듯이 태연하게 대답하면서, 하마에 곁으로 다가가 무엇인가 약속을 하는 듯한 말을 하고 혼자서 나갔다. 나도 그 뒤를 따라 나갔다.

바다의 보라색은 어둠을 더하고 있었다. 하늘은 그저 파랗게 빛바랜 색깔로 변해 있었다. 땅 위는 매우 추웠지만, 물가에는 아직도 안개의 온기가 남아 있어서, 그 촉촉하고 미지근한 저녁 공기 속을 우리들은 나란히 역 쪽을 향해서 바삐 걸어갔다.

"자네, 바닷물 냄새는 어쩐지 생물 냄새인 것 같지 않나?" 라고 그는 말했다.

"죽은 생명이 무수하게 녹아든 듯한 냄새군요."

"불길한 말을 하는군. 나는 생명이 아직 형태를 갖추지 못하고, 이제 막 태어나려고 하는 싱싱한 냄새라고 생각하는데."

그 뒤로 두 사람은 서로 침묵을 지켰다. 기차 안에서도 두세 가지 학문적인 이야기를 밑도 끝도 없이 했지만, 그것도 금방 끊어져 버렸다. 그러나 기차가 신바시(新橋)에 도착했을 때, 그는 내리겠다며 일어서면서 나에게 말했다.

"하마에 양에 대해 자네에게 꼭 할 말이 있는데, 오늘은 볼 일도 있고 자네 마음도 여유가 없는 듯하니까, 다음에 언제 기회를 봐서 만나서 천천히 이야기하세."

"예, 좋습니다. 하지만 저는 그녀와는 아무런 관계도 없는데요."

나는 거기서 내려 반대쪽으로 걷기 시작하면서, 남은 돈으로 술이라도 마실까 했지만, 그렇게 생각했을 때 가몬이 머리속에 떠오르고, 어찌된 영문인지 가몬이 보고 싶어졌기 때문에, 곧장 집으로 돌아왔다. 도착해서 보니까, 그는 마침 야근을 하러 나가려던 참인지 현관에 있었다.

"아, 추워라. 이런 밤에는 한 잔 걸치고 나갔으면 딱 좋으련만. 저것 봐라, 별님들도 반짝반짝 추워서 떨고 있잖아." 그는 내가 문 옆에 서 있는지도 모르고, 궁시렁거리면서 격자문을 열려고 하고 있었다.

"외투는 어쨌어요?" 마쓰코가 묻고 있었다.

나는 그가 어떤 식으로 대답하는지 살며시 몸을 숨긴 채로 듣고 있었다.

"이 바보야, 어젯밤에 술마시고 술값으로 잡혀 놓았다고 했잖아."

그리고 내가 얼굴을 내밀자, "여어, 어서 오게나, 어떻게 일은 잘 되었는가?"라고 큰 소리로 말하며 내 어깨를 두드렸다.

"잘 안 됐어요." 그러고 나서 작은 목소리로 "내일 중으로 돈은 갚겠습니다"라고 속삭였다.

"에이, 무슨 소리야"라고 말하며, 그는 외투도 없이 밖으로 나가, 한두 번 으시시한 듯 몸을 떨고 나서는, 낡은 모닝 코트의 깃을 세우고 위세당당하게 언덕을 내려갔다. 하늘에는 온통 별들이 춥게 빛나고 있었다.

제5장

크리스마스 얼마 전에 나는 책을 몇 권 가지고 시골로 내려갔는데, 그것은 제출 마감이 임박한 졸업논문을 쓰기 위해서만은 아니었다. 이 집안 사람들이 매일의 일과처럼 탄식과 푸념을 반복하다가, 크리스마스가 다가오니까 갑자기 일변하여 기쁜 듯한, 기특한 표정을 지으려고 애쓰는 모습을 보는 것이 참을 수 없었기 때문이다. 남편과 아내, 자식들이 평소와는 달리 신의 축제라는 이름하에 표면적인 단란함을 만들어 내려고 애쓰는 것은 우습기도 하고 또 더할 나위 없이 슬픈 광경이기도 했다.

나는 일이 끝난 뒤에도 여기저기 여행을 하며 돌아다니다가, 정월 중순경이 될 때까지 기리시마 집에는 돌아가지 않았다. 크리스마스의 경건한 표정, 연말의 부산함, 또 정월의 표정, 그런 것들을 피해서, 보지 않고 지내려는 심산이었다. 그 동안 딱 한 번 고의 편지를 받았다. 거기에는 가몬이 신년 휴가 동안에 돈을 장만하러 고향에 내려갔다고 적혀 있었다. 떠나기 전에 가몬이 고에게 말한 바에 의하면, 고향 집에 조금 남아 있는 재산은 노모가 관리하고 있고, 약간 모자라서 서른이 넘도록 결혼도 못하고 있는 가몬의 남동생이, 그 재산을 물려받기로 되어 있었는데, 갑자기 그 동생이 죽어 버렸다. 그래서 가몬은 그 재산을 청구할 권리가 생겼다고 여기고, 서둘러 고향으로 내려갔다는 것이었다. 여행 중에 고의 편지를 읽은 나는 가몬이 성공하길 빌었다.

그러나, 도쿄에 돌아와 보니, 기리시마 집안의 상태도, 식구들의 표정도 조금도 나아져 보이지는 않았다. 마쓰코는 여전히 창백하고 지친 표정으로 잠잘 틈도 없을 정도로 편물 작업을 하고 있었고, 가몬은 내가 여행을 떠나기 전에 전당포에서 찾아 온 그 화려한 외투를 또 저당잡히고는, 추위에 떨면서 신경질을 내고 있었다. 집안은 빈한난잡(貧寒亂雜)의 극에 달해 고향에서의 돈 장만이 성공하지 못했음은 한눈에도 알 수 있었다. 나는 어느 날 저녁 무렵, 마쓰코가 집을 비우고 없을 때 가몬을 위로도 할 겸, 또 지난 연말의 호의에 대한 보답도 할 겸, 몰래 동네 선술집으로 그를 데리고 갔다. 그리고 고향집에 내려갔던 모양인데, 목적은 달성하지 못했느냐고 물어 보았다.

"아니, 성공했어." 술 힘으로 기력을 회복한 그는 당당하게 대답했다. "대성공이었어."

"하지만…."

"돌아오는 길에 내가 그 돈을 다 써 버렸어. 오래간만에 수중에 돈이 들어오니까 말이야."

가몬은 그러고 나서 그 여행에 대해서 장황하게 늘어놓았다. 그는 그 외투를 입고 일부러 내각조사국이라는 거대한 명함을 새겨서 정월 초하룻날 길을 떠났다. 고향은 남쪽 지방의 해안이었기 때문에, 그 외투로는 진땀을 흘릴 정도로 따뜻한 기후였다. 남동생은 거의 발광 상태 직전에 죽었다. 그러나 가몬을 신용하지 않는 어머니나 백부들은 가몬에게 돈을 주려고 하지 않았다. 훌륭한 관리가 되었다며 명함을 내보여 줘도, 억척스런 어머니는 너에게는 두 번 다시 속지 않는다며, 아예 상대도 해 주지 않았다. 최후의 수단으로 가몬은 "제 자식들이 영양실조로 병이 들 지경에 있다"고 말하고 어머니 앞에서 큰소리로 울부짖었다. 그러나 어머니는 돌아가서 돈을 전부 마쓰코에게 전하고, 마쓰코의 영수증을 어머니에게 보내는 조건으로, 백부들에게는 비밀로 하고 5백 엔을 마련해 주기로 했다.

"5백 엔이라는 말을 들었을 때, 큰 돈이어서 날아오를 듯한 기분이었어. 그러나 생각해 보면 5백 엔 정도는, 옛날의 나라면 하룻밤 사이에 써 버리는 푼돈에 지나지 않는 거야. 그런 생각이 들자 그 5백 엔이라는 돈이 그저 얄밉게 여겨져 실컷 괴롭혀 주고 싶은 인간처럼 보이기 시작하는 게 아닌가? 그때부터 슬슬 마가 낀 거야." 가몬은 그렇게 말하고 컵의 술을 따라 마신 뒤 이야기를 계속해 나갔다. 그런 와중에 도쿄의 마쓰코로부터 "하나님에 관한 이야기만 잔뜩 적힌" 편지가 와, 그것이 그의 마음을 또 초조하게 만들었다. 그후 어느 날, 따뜻한 해안을 혼자서 산책하고 있는데, 염전 옆에 있는 과자가게 앞에 주인 여자가 앉아 있었다. 분명 옛날 그가 데리고 놀았던 여공 중의 하나였다. 마당에서 놀고 있는 덩치가 크고 꾀죄죄한 사내 아이를 보고, 나이를 대충 헤아려보자 자기 아일지도 모른다는 생각이 들었다. 그 주인 여자는 가몬을 보자마자, 마치 도깨비라도 본 듯이 질겁을 하고 가게 안으로 뛰어 들어가 버렸다. 가몬은 따뜻한 해안의 돌담 밑에 쪼그리고 앉아 흰 구름과 푸른 바다, 섬, 배의 흰 돛을 바라보면서 미지근한 바닷바람을 쏘이고 있자 축축하게 땀이 났는데, 저녁무렵까지 그의 '청춘 시대의 꿈'을 돌이켜보며 눈물을 흘렸다. 그날 밤, 그는 어머니로부터 10엔짜리 지폐를 50장 받자, 곧장 기차를 탔다. 아무리 가몬이지만 5백 엔을 갖게 되자 도쿄의 아내랑 아이들이 기뻐하는 얼굴이 떠올라 한시라도 빨리 돌아가고 싶었던 것이다.

그는 H시까지 나와서 일등칸 차표를 무의식적으로 샀다.

승객들이나 보이가 그를 수상쩍게 쳐다봤기 때문에, 그는 화가 나서 견딜 수가 없었다. 아침 무렵 기차가 오사카에 도착했는데, 공연히 화가 치밀어 결국은 보이와 싸움을 하고 그를 한 대 때려주고는 기차에서 뛰어내렸다. 백화점에 들어가자 멋진 프랑스 인형이 있었다. 사키코가 얼마나 좋아할까 생각하자, 50엔이나 하는 인형을 저도 모르게 사 버렸다. 그러자 곧, 후회가 되고 견딜 수 없을 만큼 고독감이 밀려와, 어느 카페에 들어가 대낮부터 술을 마셨다. 밤이 되도록 계속 술을 마셨다. 5백 엔은 벌써 구멍이 나 버렸고 마쓰코한테서 욕을 먹을 것이 뻔했다. 그는 이미 자포자기가 되어 술에 취해 술집아가씨들에게 인형을 보여 주며 자랑하고 제비뽑기를 해서 당첨된 아가씨에게 그 인형을 주겠다고 했다. 제비뽑기에 당첨된 아가씨와 그날 밤을 함께 보내 버렸다. 다음날은 또 후회를 하며 아침 일찍 기차를 타고 도쿄로 돌아가려고 했다. 그러나 1등칸에서 또 화가 났기 때문에, 도카이도(東海道)의 어느 해안 도시에서 기차를 내려 버렸다. 거기에도 여자가 있었다. 염전 근처에서 본 주인여자처럼 체격이 큰 작부였다.

도쿄로 돌아왔을 때는 2백 엔도 채 남아 있지 않았다. 그래도 그는 그 2백 엔을 마쓰코에게 건네주었는데, 그 대신 "하루 종일, 아침부터 밤까지 두들겨 패서" 마쓰코를 완전히 녹초를 만든 다음, 5백 엔을 받았다는 영수증을 쓰도록 만들었다. 그 돈은 지난 연말부터 기다리고 있던 빚쟁이가 와서 송두리째 가져가 버렸다. 조사국에 가 보니까 휴가는 벌써 끝나 버려 까딱하면 해고될 뻔했으나, 같은 고향 상사의 배려로 가까스로 목은 붙어 있었다.

"자네는 나를 나쁜 놈이라고 생각하나?" 가몬은 그 이야기를 끝내자, 도토리 같은 눈알을 부라리며 내게 물었다.

"아니, 정직한 사람이라고 생각하는데요."

그는 기쁜 듯이, 내게 얼굴을 가까이 대고는 도쿄로 돌아오는 길에 산 여자들이 얼마나 멋졌는가를 가르쳐 주었다.

"어때, 자네 돈이 있으면 지금부터 함께 가 보지 않겠는가?"라고 꼬셨지만, 나는 억지로 그를 일으켜 세워 집으로 돌아가기로 했다.

"자네들은 여자 이야기만 나오면 갑자기 딱딱하고 엄숙한 표정을 짓는데 말이야. 그게 안 되는 거야. 자네는 일부러 해안까지 가서 여자에게 차이고 오질 않나, 사이비 크리스찬인 고군도, 일전에 추태를 부리지 않나, 젊은 놈들은 틀렸어." 그가 술이 취해 추잡스런 흥미를 얼굴 가득 띠며 말한 바에 의하면, 내가 여행중이던 어느 날, 고에게 조선 여자가 찾아왔다. 고는 여자가 들어오자 당황하여 끊임없이 사과하는 듯한, 애원을 하는 듯한 몸짓으로 무슨 말인가를 하고 있었는데, 그 여대생으로 보이는 피부가 까무잡잡한 여자는 씩씩하게 고를 이끌고 이층에 있는 고의 방으로 들어갔다. 가몬은 계단 중간까지 올라가 살며시 엿듣고 있었는데, 조선어는 전혀 알아들을 수 없었지만, 여자는 한 시간이나 울부짖고, 고는 그 동안 아무런 저항도 없이 여자에게 욕을 먹고 있었다. 여자가 돌아가자, 고는 가몬과 마쓰코에게 그 여자는 자신의 정부도 아무것도 아닌 여자로, 자기를 어떤 정치운동에 끌어넣으려고 쫓아다니는 것이라고 변명했지만, 그 말이 진짜인지 아닌지 어떻게 알 수가 있는가? 고는 그 여자가 무서워서 도망다니고 있는 것일 거라고 가몬은 경멸하듯이 말했다.

술집 밖으로 나오자, 내게 어깨동무를 했기 때문에 거구의 체중 아래서 나는 비틀거리며 걸었다. 바깥의 공기는 매우 차가웠다. 번화가를 빠져 나와 전철 건널목을 건너, 언덕길로 올라가는 광장을 지나칠 때는, 차가운 바람이 건너편 마른 숲에서부터 눈이 드문드문 남아 있는 대나무밭 위쪽으로 강하게 불어와서, 비틀거리고 있던 나는 바람에 쓰러지는 게 아닐까 하고 걱정될 정도였다.

벌써 가몬은 취기가 가셨는지, 내게 기대고 있던 그의 몸은 부들부들 떨고 있었다. "아아, 술이 깨 버렸다. 머리가 아파 오는군" 하고 우는 소리를 냈다.

그러더니 갑자기 내게서 떨어져, 길 옆에 있는 공터 입구에 쌓아놓은 석재 위에 앉더니만, 양팔로 머리를 감싸안았다.

"춥다 추워. 못 참겠어. M군, 나는 바보야 바보. 조금 전에 한 이야기를 듣고 얼마든지 비웃어 줘"라고 내게 말했지만, 나는 그저 멍청히 옆에 서 있을 따름으로 상대가 되지 못했다. 가몬은 갑자기 울부짖으며, 주먹으로 자신의 머리를 마구 때렸다.

"아, 못 참겠어, 나는 바보다! 나처럼 나쁜 놈은 없어. 내가 살아 있어서 아내도 자식들도 밑바닥 인생으로 떨어져 버렸어." 곧 이어서 진짜로 엉엉 울기 시작했다. 부근에는 주택도 없는 교외의 들판으로, 강한 밤바람이 잡목림과 마른 대나무밭을 울리며 엄청 불고 있었기 때문에, 사람들이 수상쩍어할 염려는 없었지만, 그 소리는 바람 소리에 섞이며 10분 간이나 계속되었다. 문득 나는 묘한 감정에 사로잡히고 있음을 느꼈다. 이 남자와 함께 돌 위에 앉아서 엉엉 울고 싶은 충동과, 그 옆에 뒹굴고 있는 통나무라도 번쩍 처들어 이 거대한 고기덩어리가 박살날 때까지 내리치면 얼마나 개운하고 기분이 좋을까 하는 두 가지 감정의 역류 속에서 그저 망연자실하며 서 있을 따름이었다.

이런 일들이 있고 난 뒤 한동안, 가몬과 나는 각자 아무일도 없었다는 듯한 얼굴로, 규칙적인 생활을 하는 것이 관례였다. 집안에서 얼굴이 마주치더라도 일부러 격식을 차려서먹서먹하게 인사를 했다. 가몬은 성실하게 조사국에 다녔고, 교회에도 유순하게 아내를 따라갔다. 나도 어쨌든 학교에 나갔다. 그러나 마쓰코가 나를 보고, 내가 가몬을 위해좋은 정신적 감화를 주고 있다며 감사의 말을 했을 때는 당혹을 금치 못했다. 그 가장된 엉터리 성실함은, 그런 고상한정신과는 정반대의 것으로, 좀도둑과 같은 정신이라는 점을간파하지 못하는 그녀의 성실함이 나를 슬프게까지 했다.

학교에 가면 젊은 강사와 얼굴을 마주치곤 했다. 그의 강의에 호기심을 갖게 된 나는, 학교에 가는 날이면 으레 그의수업에 출석했던 것이다. 무슨 대단한 말을 하는 건 아니었지만, 사물을 단순명확하게 판단하는 그의 두뇌 기능은 일종의 아름다움처럼 느껴져, 그런 점이 질투의 대상이 되기도 했다. 어느 날 강의가 끝난 뒤, 그는 나를 불러세웠다. 어두운 복도 구석에서였다.

"자네는 그 뒤론 병문안을 안 가는 모양이더군."

"병세는 좀 어떻습니까?"

"좋아졌어. 나는 내일 가 볼까 하는데 전할 말이 있으면말해 보게나."

"없는데요."

"M군. 하마에는 날 좋아하는 것 같고, 나도 좋아하는데, 그래도 괜찮겠는가?"

"저는 아무 관계도 없습니다…."

"그렇다면 하마에에 대해 그런 투로 소설에 쓰지 말았으면 좋겠네. 요전번의 소설, 그건 소설로서도 별로 좋은 작품은 아니었지만, 그 속에서 자네는 무턱대고 그녀를 나쁘게 쓰고 있어. 경멸하는 듯이 묘사하고 있단 말이야. 아직 그녀에게는 보여 주지 않았지만 왜 그렇게 나쁘게 쓰는가?"

"딱히 무슨 이유가 있어서가 아니라, 그런 식으로밖엔 쓸 수가 없었습니다."

"자네의 말투는 애매해. 도대체 왜 그런 식으로밖에 쓸 수가 없단 말인가? 그전에는 매우 로맨틱하게 잘 쓰더니 말이야. 소설이라는 걸 진실보다도 더 좋게가 아니면 쓸 수가 없다든지, 진실보다 더 나쁘게가 아니면 쓸 수 없다는 건 일부러 그런 건 아니겠지만, 매우 불편한 것이군."

"선생님은 한 인간이 어떤 사물에 대해서 쓴다는 게, 그 사물에 대해서 느낀 정신 상태를 쓰는 것인지, 아니면 그 사물 자체가 종이 위에 그대로 나타나는 것인지, 그런 건 설명할 수 없는 일이라고 생각지 않으십니까?"

"그러면 자네가 그린 그 사람의 모습은 어느쪽인가? 그 사람의 진실이 아니라, 자네가 멋대로 마음속에서 꾸며낸 '어느 여자'의 상이란 말인가? 그렇다면, 그 점에 대해서 자네는 어떻게 '진실'이라는 것에 대한 책임감을 가질 수 있는가? 그 책임감이 없는 걸 예술이라고 부를 수 있는가?"

어두침침한 복도의 창가에 서서 나와 그는 추위에 몸을 떨면서 이런 토론을 하고 있었는데, 그 토론의 의미는 아무래도 좋았다. 그저 두 사람은 서로에게 무슨 말인가를 내뱉어, 서로에게 상처를 입히려고 발버둥치고 있었던 것이다. 동료 학생들은 두 사람의 곁을 지나치면서, 마치 약속이라도 한 듯 엷은 미소를 띠며 갔다. 학생들 사이에서는 내가 선생에게 연인을 빼앗긴 사나이라는 소문이 어느 틈엔가 퍼져 있는 듯했다. 그들이 그 소문에 난잡한 공상의 날개를 달아 이야기를 퍼트리고, 일부러 나를 놀리기 위해서 나에게 그 사실을 알려 주러 온 적도 종종 있었다. 나는 그런 공기로부터 도망치면서 더욱더 고독해져 갔다. 그리고 이미 내게는 기리시마 집안의 빈한하고 난잡한 공기만이 내 몸을 둘 수 있는 유일한 장소가 되어 버렸다. 진흙탕 속이 아니면 마음놓고 살 수 없는 어떤 종류의 물고기들처럼, 그 당시의 내게는 기리시마 집안의 공기가 가장 친숙하게 피부를 감싸는 듯한 기분이 들었다. 그리고 나는 학교에도, 놀러도 그다지 나가지 않게 되었다.

그 해 겨울은 유난히도 춥고 눈이 자주 왔다. 이하라 하마에가 가 있는 해안의 요양소도 매우 추웠다고 한다. 감기가 유행하면서 내가 제일 먼저 감기에 걸려서 사오 일 정도 드러눕자, 그 다음에 사키코가 걸리고 그 다음은 가몬, 고, 데루오 순으로 모두 며칠씩 감기를 앓았다. 그러나 창백하고 마른 마쓰코는 끝까지 견뎌내고 있었다. 자신이 쓰러지면 집안이 엉망이 되어 버릴 거라는 절박한 자각이 감기의 유행과 싸워 이겨낼 수 있는 힘을 준 모양이었다. 게다가 그녀의 편물 일은 겨울 동안에 벌 수 있는 만큼 벌어 놓지 않으면 안 되었다. 교회 관계 사람들의 호의로 일감은 감당해 내지 못할 만큼 들어왔다. 제법 나이가 들어서 배우기 시작한 그녀의 기술은, 결코 능숙하다고는 할 수 없었지만, 성실한 성격 때문에 부탁받은 일은 미련스러울 만큼 꼼꼼하게 해야 직성이 풀렸고, 게다가 기일은 절대로 어기지 않으려고 노력했으므로, 지칠 대로 지친 그녀의 육체는 쉴 틈이 없었다. 밤에도 서너 시간 잘까 말까 했다. 아침부터 고개를 숙이고 편물을 들여다보며 눈과 손가락을 쉬지 않고 움직이면서, 유일한 위안인 찬송가를, 마치 어깨로 숨을 쉬는 듯이, 반복해서 부르고 있었다. 그 목소리는 아름답기는 했지만, 마치 땅속에서 울려나오는 듯이 스산했고, 내 귀에는 너무나도 외롭게 들렸으나 꾹 참고 견디자, 나 또한 그 목소리와 함께

94

낮고 어두운 곳으로 끌려 들어가는 듯한 느낌에 사로잡혔다.

어느 저녁 무렵, 같은 고등학교를 나온 친구들과 모임을 갖고 있는데, 눈이 내리기 시작하더니만, 금세 바람이 불어와 눈보라로 변할 것 같아서 서둘러 집으로 돌아와 보니, 가몬은 마침 야근이었고 고도 아침부터 나가서 아직 돌아와 있지 않았다. 조금 마신 술기운 때문에 오히려 한기를 더 느끼는 데다 발이 젖어 있어서 아래층의 고타쓰(炬燵. 화로의 일종. 보통 탁자 밑에 넣고 그 위에 이불을 씌운 뒤, 발을 집어넣고 앉는다)가 있는 방으로 들어가 보니, 데루오가 누워서 그림책을 보고 있는 그 옆에서 마쓰코는 늘상 하던 대로 일을 하고 있었다. 노란 바탕에 흰 국화무늬가 있는 예쁜 스웨터가 소녀의 가슴 반쯤을 에워쌀 만큼 짜여져, 흰 꽃무늬는 마치 작은 유방처럼 보였다. 사키코가 보이지 않기에 물어 보았다.

"아아, 사키코는 조금 전에 심부름을 보냈어요."

"심부름?" 나는 불쾌한 표정을 지으며 자신도 모르게 따지듯이 물었다.

"예." 마쓰코는 내 기분을 알아차린 듯, 여전히 고개를 숙인 채로 손을 움직여 국화꽃을 짜면서 설명하듯이 대답했다. "오늘 저녁때까지 갖다 주기로 약속한 게 있어서. 같은 교회에 다니는 분의 따님이 내일 일찍 스키여행을 간다고 스웨터를 주문했는데 늦어져서 조금 전에 겨우 끝났어요. 제가 가면 되겠지만 지금 짜고 있는 것과 모자를 하나 더 만들어 다른 분에게 내일 아침까지 갖다 주기로 한 약속 때문에, 제가 갔다 오면 그만큼 일이 늦어질 거라고 걱정하자, 사키코가 갖다 주고 오겠다고 우기길래 그만 할 수 없이 보내긴 했지만, 걱정이 되서 아까부터 일도 손에 잡히질 않네요…역시 제가 갔다올 걸 그랬어요. 데루오는…아직 감기가 다 낫지 않은 듯하고….”

데루오는 그때 과자를 먹으면서 마치 일부러 하듯이 가벼운 기침을 했다. 감기는 벌써 다 나아서 오늘 아침에도 씩씩하게 밖에서 뛰어놀고 있었다. 나는 역시 마쓰코의 아들에 대한 편애를 느끼면서, 잠자코 계속 불쾌한 표정을 짓고 있었다. 마쓰코가 앉은 고타쓰 맞은편에 다리를 뻗고 몸을 녹이고 있는데, 눈보라는 점점 더 거세어지는 소리가 쉴 새 없이 들려왔다. 집 뒤에 있는 느티나무가 요란하게 울렸다. 그리고 갑자기 눈사태처럼 눈가루가 우르르 떨어져 집 벽에 부딪혔다. 그러자 싸구려로 지어진 집 전체가 진동하며 울리는 것이었다.

마쓰코는 갑자기 뜨개질 바늘과 털실을 무릎에 놓고 위를 향해 절망적으로 눈을 크게 뜨고,

“제가 잘못했나 봐요. 가 봐야 되겠어요”라고 말했다.

그때 나는 벌써 일어서서 외투를 집어 들고 있었다. "아니, 제가 가겠습니다. 일을 계속하세요"라고 만류했다.

그 집으로 가는 길을 물어 보고, "정말로 죄송합니다"라는 소리를 뒤로 하면서 밖으로 뛰어나갔다. 바깥은 추웠고, 잠깐 동안에 눈이 수북이 쌓여 있는 데다, 바람이 가끔 휘몰아쳐 와서, 어른인 나도 더 이상 걷기가 어려웠다. 어느 집도 굳게 문을 닫아서 주위는 몹시 캄캄했다. 비탈길에서는 하마터면 두세 번 굴러 넘어질 뻔했다. 사키코가 갔다는 집은 그다지 멀지는 않았지만, 나는 어머니를 위해 이런 밤에 나간 사키코가 불쌍해서 견딜 수가 없었다. 마쓰코와 데루오에 대한 반감은 이제 거의 없었다. 관리라는 그 낯선 집에 대한 원망도 이미 사라졌고, 단지 휘몰아치는 암회색의 눈보라와 같은 것 아래서 짓눌리고 있는 기리시마 가정에 감도는 운명의 우울함을 느낄 뿐이었다.

외투를 머리에서부터 뒤집어쓰고 오는 남자와 마주쳤을 때, 이 근처에서 소녀를 보지 못했느냐고 물어 봤지만 모른다고 대답했다. 그 남자는 몹시 취한 듯이 히히거리며, 나와 스쳐 지나가자마자 눈 속으로 넘어졌다. 나는 어쩌면 사키코는 그 집에서 머물고 있을 거라고 자위하면서, 어쨌든 그 집까지 가서 택시라도 불러 데려 오려고 마음먹고 계속 걸어가, 일전에 가몬이 술에 몹시 취해 울부짖은 광장까지 왔다. 그러자 암회색의 눈빛 속에, 쌓아올려진 건축 석재 뒤에 웅크리고 있는 사람이 보였다. 가까이 가 보니 외투를 뒤집어쓴 사키코였다.

"사키코, 어떻게 된 거야?"라고 묻자, 잠자코 그저 웃고 있었다. 울고 있지는 않았다. 내 목도리로 목을 꼭 감싸 준 다음 손을 잡고, 올 때보다 몇 배인가의 시간을 소요하며 그래도 넘어지는 일 없이 데리고 돌아왔다. 사키코의 손은 눈보다도 차가울 정도였다. 비탈길 중간쯤에 마쓰코가 서 있다가, 사키코를 보자 눈 속에서 꼬꾸라질 듯이 달려들어 부둥켜 안았다.

나는 젖어 있었고 추워서 견딜 수가 없었기 때문에, 또다시 고타쓰로 들어가 몸을 녹였다. 사키코는 몸이 얼어 있는 데다 차갑게 젖어 있었지만, 오늘 밤따라 울지도 않고 여태까지 본 적이 없는 꿋꿋한 표정을 짓고 있었다. 눈이 아이답지 않게 의기양양한 듯이 강렬하게 반짝반짝 빛나고 있었다. 앞치마 주머니에서 그 집에서 받은 대금을 꺼내 어머니에게 건넨 뒤, 역시 그 집에서 얻어 온 초콜릿을 꺼내어 데루오에게 나눠주고 내게도 내밀면서 띄엄띄엄 이야기를 시작했다. 그 집에서는 간곡히 말리며, 아이들이 함께 놀자고 하기도 하고, 피아노를 쳐 주기도 하고, 여러 가지 과자를 주기도 했지만, 아무래도 돌아오고 싶어서, 밖으로 나오려는데 택시를 불러 주려고 했다. 왠지 그것이 싫어서 도망치듯 뛰어나와, 몇 번씩이나 넘어지면서 광장까지 왔을 때, 어지러워져서 쭈그리고 앉아 있었다는 것이었다. 그 집에서는 매우 고마워했다고 말했다.

"엄마는 말이야, 기도하고 있었어, 자 함께 기도하자."

나는 가능한 한 고개를 돌려 마쓰코의 감상적인 모습을 보지 않으려 했는데, 마쓰코는 '신이 이 폭풍 속에서도 우리 가족에게 애정을 베풀어 주신 데 감사드린다'고 했다. 그리고 그 말에 이어 나의 친절한 행위도 하나님이 자기 집 안을 도우려고 내려주신 일이며, 또한 나를 하나님이 반드시 오랫동안 기억해 주실 거라는 둥 말했기 때문에, 나는 더 이상 배겨 낼 수 없는 낯간지러움에 얼굴을 붉히면서, 사키코가 준 초콜릿을 씹어 먹었다. 그리고 나서 사키코는 오빠와 나란히 누워 금세 잠들어 버렸다. 얼굴은 매우 창백했고 투명한 빛을 띠고 있었다.

내가 일어나서 이층으로 올라가려고 하자, 마쓰코는 좀더 몸을 녹이고 가라며 만류했다.

"정말로 나는 오늘 밤 이성을 잃었나 봐요. M씨에게 부끄러워 견딜 수가 없고, 정말로 잘못한 것 같아요."

"그럴 리가 있겠습니까?" 나는 조금 전 불쾌한 표정을 지은 것은 너무했다고 생각하며 대답했다.

"이렇게 자식이 가엾은 꼴을 당하게 하면서까지 일하지 않으면 안 되는군요. 그리고 이렇게 해도 아직 부족하답니다."

"그렇게 열심히 일해도 말입니까?"

"예, 한쪽에 큰 구멍이 나 있어서." 마쓰코는 그렇게 말하고 잠시 가만히 있다가, 갑자기 나를 똑바로 응시했다. "이왕 부끄러운 참에, 한 가지 더 이상한 질문을 하겠습니다만, 가몬이…. 왜 5백 엔 중에서 3백 엔이나 도중에 써 버렸는지 혹시 M씨에게 말하지 않던가요? 그게 아까워서가 아니라, 또 비록 5백 엔이 있다 해도 빚을 다 갚을 둥 말 둥해서 이미 포기하고 있었지만, 만약 가몬이 부정한 짓에라도 사용했다면, 저도 생각을 달리 해야 하기 때문에…."

"부정한 짓이라는 게 어떤 건지 모르겠습니다만…." 나는 말을 애매하게 돌려서 되도록 그 이야기를 피하려고 했다.

"너무 융통성없는 여자라고 생각하시겠지만, 앞뒤가 꽉 막힌 여자라는 소리를 듣더라도, 가몬에 대해서만은 저는 완고하게 요구하고 싶어요."

나는 마쓰코의 말투에서 확고하고 강한 것을 느끼며, 그녀를 속이는 짓은 비겁하다고 생각했다. 간단하게였지만, 가몬이 왜 3백 엔을 도중에 써 버렸는지를 정직하게 이야기했다. 말한 김에, 그는 도쿄에 있을 때도 반드시 엄격한 계율을 지키며 금욕생활을 하고 있는 것만은 아니라는 것까지 덧붙였다(나는 그때, 마쓰코가 가몬에게 술, 담배 외에 모든 욕망을 금하고 있을 뿐만 아니라, 그녀의 몸에 손도 대지 못하게 한다고 언젠가 가몬이 고백하는 것을 떠올렸다). 마쓰코는 공허한 표정을 지으며 뜨개질하던 손을 멈춘 채, 고타쓰 맞은편에서 나를 응시했다. 나는 말을 계속했다. 그러한 가몬의 행동을 보고 있으면서, 또한 그의 고백을 들어 알고 있으면서도, 모르는 척했을 뿐만 아니라, 거기에 가담하는 듯한 태도까지 취한 내가 나빴다. 그러나 기독교가 어떤 것인지를 모르는 인간으로서 극히 상식적으로 생각하건대, 지금 가몬과 같은 건장한, 그리고 이건 실례의 말씀이지만, 너무나도 이성이 모자라는 남자에게 완전히 욕망을 금지시켜 버리는 건, 오히려 난폭하게 폭발해 손쓸 방도가 없게 될 우려가 있다고 생각한다. 그래서 그를 위해 조금은 욕정의 배출구 같은 것을 만드는 게, 종교적인 의미에서 어떨지 모르지만 상식적으로는 현명한 일이 아닐까 생각한다는 식의 이야기를, 마쓰코에게 털어놓았다.

"전 방금 그 이야기를 듣고 조금도 놀라지 않았어요." 마쓰코는 다시 뜨개질을 시작했다.

"딱하다는 생각이 듭니다만, 왜…." 나는 거기서 약간 주저했으나, 과감하게 평소에 이상스럽게 여기던 것들을 말해 버리기로 했다. "…왜 끝까지 그와 함께 살려고 하십니까? 그는 아주머니의 힘으로 아주머니가 바라는 사람이 될 분이 절대로 아니라고 생각됩니다만, 게다가…."

"저는 그이를 사랑하지도 않고, 그이도 나와 헤어지는 편이 좋을 거라고 말씀하시겠지만. 저도 뭐 특별히 그이가 선량한 사람이 되리라고 기대지는 않습니다. 그런 마음이었으면 이미 벌써 헤어졌겠지요. 왠지 모르게 나는 이렇게 고통받는 것이, 제게 주어진 단 하나의 생활인 것 같은 영문을 알 수 없는 심정입니다. 그 외에는 아무것도 생각할 수 없습니다. 제 사촌들 가운데는 도쿄에서 상당히 잘살고 있는 사람도 있어서, 처음엔 저에게 헤어지라고 권했지만, 제가 완강한 태도를 보이자, 요즘은 아무 말도 하지 않습니다."

"사랑 같은 것입니까?"

"좀더 심술궂은 것인지도 모르죠." 마쓰코는 그렇게 말하고, 묘하게 굳어진 표정으로 하얀 이를 드러내며 웃어 보였다. 그 이빨은, 마치 고통을 씹어서 그처럼 희게 된 듯이 반짝거리고 있었다. 이것은 사랑이니 복수니 하는 그런 단순한 것이 아니라, 고통의 쓰라림에 오히려 환희를 느끼는 듯한, 일종의 종교적 자학 감정의 황홀경일까 하고, 나는 생각했다.

"저는 원래 이런 여자가 아니었어요. 시골에서, 맘씨좋고 연로하신 부모님에게 귀염받으며 자라난 아무것도 모르는 처녀였어요. 남들이 서쪽을 보고 있으라면, 언제까지나 가만히 그렇게 하고 있는 그런 처녀였어요. 부모님들은 너무나 착한 분들이셔서 중매쟁이에게 속아 넘어가 저를 가몬에게 시집보냈던 거예요. 세상 물정 모르는 철부지 같은 기분으로 시집갔지요. 첫날부터 벌써 저는 살아 있는 기분이 아니었어요. 신혼여행이라며 온천에 갔을 때, 가몬은 많은 기생들을 모아놓고 소란을 피우는 거예요. 저는 그저 떨고만 있었죠. 도망쳐 돌아올 용기도 없이 아무런 희망도 없는 채로, 그 시골의 어둡고 큰 저택 속에서 죄수처럼 몇 년이나 보냈어요. 그때의 절 알고 있는 사람이, 제가 이렇게 남들 틈에 끼여 일하고, 남편에게 큰 소리로 대들거나 하는 걸 본다면, 다른 사람이라고 생각할 거예요. 그저 사키코처럼 울고만 있었으니까요. 그러다가 이렇게 심술궂은 여자가 되버린 거예요."

마쓰코는 고개를 숙이고 혼잣말처럼 이런 이야기를 했지만, 나는 더 이상 아무런 대답도 하지 않았기 때문에, 잠시 둘 사이에는 말이 끊어졌다. 밖에서는 눈보라가 점점 더 심하게 몰아치고 있었는데, 갑자기 그때 전등불이 꺼져 버렸다. 어둠 속에서 마쓰코는 찬송가를 콧노래로 부르며, 손으로 더듬더듬 짚으며 일어나 부엌에서 양초를 가지고 와서, 금세 고타쓰 위에 초를 한 자루 세웠다. 그 어슴푸레한 붉은 빛을 띤 불꽃 쪽으로, 머리카락에 불이 붙을 정도로 얼굴을 가까이 대고, 또다시 뜨개질을 계속했다.

"눈에 해로워요."

마쓰코는 대답하지 않았지만, 잠시 동안 일손을 멈추고 바깥의 바람 소리를 듣고 있었다. 그러고 나서 곁에서 자고 있던 아이 쪽으로 무릎걸음으로 다가가, 데루오의 얼굴을 먼저 쓰다듬고 나서 사키코의 이마에 손을 대어 보았다.

"앗, 약간 뜨거워요." 사키코는 열이 나고 있는 것 같았다. 내가 고개를 길게 빼면서 보니, 촛불의 불그스름한 빛 속에서도 사키코의 얼굴은 얼음처럼 창백했고, 볼 주위에는 열꽃이 피기 시작하고 있었다. 마쓰코는 잠시 동안 사키코를 끌어안고 누워 있었는데, 사키코가 새근새근 잠자고 있었기 때문에, 조금은 안심한 듯, 또다시 촛불에 얼굴을 바싹 대고 뜨개질을 시작했다.

"저 애는 틀림없이 병이 날 거예요. 제가 나빴어요. 이 추운 날씨에 바깥으로 심부름을 보냈으니 말예요."

"그 말은 이젠 그만하세요."

"아뇨, 제정신이 아니었어요. 그래요,⋯전부 다 말해 버리겠어요. 오늘 왜 제가 제정신이 아니었는지 말씀드릴 테니 제발 웃지는 말아 주세요."

"무슨 일인지 모르지만, 웃을 기분은 아닙니다." 나는 흔들리고 있는 어두침침한 촛불 너머로 마쓰코의 입술이 경련하듯이 움직이는 것을 보았다.

"오늘 아침에 저는 어느 고리대금업자 집에 갔었어요. 지난 연말에 빌린 돈을 더 이상 연기할 수가 없었던 거예요. 기대했던 가몬의 돈은 그렇게 되어 버렸고. 거길 갔더니, 그 늙은 고리대금업자가 내 얼굴을 뚫어지게 쳐다보며 말하더군요. 당신처럼 아름다운 분이, 그렇게 사서 고생할 필요가 뭐 있느냐? 누구나 다 하는 일이니까, 결코 부끄럽거나 나쁜 일도 아니다. 결심만 한다면 아무도 모르게 쉽게 돈을 벌 방법이 있다. 원한다면 내가 그걸 도와주겠다. 이 말은 다른 뜻이 있어서 하는 말이 아니다. 요즘 세상에는 그런 건 당연한 일로, 벌써 지금까지도 몇 사람이나 훌륭한 신사를 주선해 주었다. 남자가 잠깐 몰래 바람 피우는 것과 마찬가지로, 부끄러워할 일이 아니다. 그렇게 하면 편안히 살아갈 수 있다. 그런 길이 분명히 있다…저는 이미 돈 빌리는 일 따위는 잊어버리고 도망쳐 나왔습니다. 눈이 내리기 시작한 거리를 달려서 교회로 가 기도하고 왔어요. 제가 교회에 가는 걸 미쳤다고 생각하시겠지만, 만일 교회에라도 가지 않았더라면, 이런 고통 속에서 벌써 무슨 짓을 했을지도 모르죠."

그 시점에서 또다시 꽤 긴 침묵이 계속되었다. 밖에는 변함없이 폭풍이 세차게 휘몰아치고 있었다. 촛불은 가늘게 꺼질 듯이 흔들리고 있었다. 나는 그 희미한 불빛 속에서 마쓰코를 멍하니 바라보았다. 흰 이마 위에 흐트러진 앞머리, 아직 경련하고 있는 듯이 떨리는 입술, 고개를 숙이고 있는 묘하게 포동포동해 보이는 뺨, 그런 것들이 바로 앞에 있었는데, 이상하게도 나는 그런 것들에 대해서 여태까지 느낀 적이 없는 감정으로 응시하고 있었던 것이다. 그녀가 무슨 생각으로 그런 고백을 했는지는 모른다. 그것은 전적으로 무심코 말해 버린 세상사는 이야기에 불과한 것으로, 그 밑바닥에 본능이라는 악마가 장난치고 있다는 생각은 잘못된 건지도 모른다. 단지 내 몸 속에서 지금까지 없었던 감각이 고개를 쳐들게 된 것은 사실이었다. 나는 지금 분명히 욕정으로 가득찬 눈빛으로 마쓰코를 보고 있다고 자각했다. 내 마음속의 감각은 그때까지 마쓰코 주변에서 견고한 장벽을 느끼며 두려워하고 있었음에 틀림없지만, 그때 그 장벽이 무너진 것처럼 느껴져, 여태껏 의식 밑바닥에 애써 감추고 있던 정욕을 한꺼번에 해방시켜 마음내키는 대로 마쓰코의 얼굴, 뜨개질하는 손, 팔, 그리고 온몸을 맴돌고 있었다. 마쓰코의 그 고백에 의해서 장벽이 무너지고, 그녀가 '여자', 남자의 노리개감이 되는 '여자'로서 내 앞에 새롭게 나타나

106

게 된 것이다. 나는 한동안 마쓰코에게서 눈을 떼지 않고 가만히 있었다.

문득 마쓰코는 고개를 들어 나를 쳐다보았다. 그녀의 눈은 순식간에 내가 지금 어떤 감정 상태에 있는가를 알아차렸다. 크고 까만 눈동자가 이리저리 움직이며 공포의 빛을 발했다. 그러더니 갑자기 마쓰코는 놀랄 만큼 새된 목소리로 찬송가를 부르기 시작했다. 윙윙거리는 바람 소리에 섞여 신과 죽음을 노래하는 그 목소리는 미친 듯이 심하게 떨리면서 언제까지나 계속되었다. "…주님의 용서없이는 사라질 이 내 몸, 주여, 은총으로 구해 주소서."

"예수님이여, 이대로 저희를 이대로 구해 주소서…." 되풀이 되어가는 사이에 목소리는 점점 높아지고, 어느새인가 그녀는 어두운 천장을 향해 눈을 번뜩이며 팔을 들어올리고 있었다. "구해 주소서, 구해 주소서" 나는 그 반복되는 찬송가를 듣고 있는 동안에, 마쓰코가 내 머리 위에서 뿔이라도 돋아났다고 생각하는 것처럼 보였다. 마쓰코는 그렇게 해서 일단 무너진 장벽을 열심히 몸 주위에 다시 쌓아올리려고 발버둥쳤다.

나의 욕정은 물론 여지없이 소멸되고 말았다. 그 대신에 자조와 고소(苦笑), 괴이한 오한 비슷한 것이 엄습해 왔다. 잠자코 일어나서 고타쓰 위에 뒹굴고 있던 양초를 집어 들고 방을 나왔다.

그때 대문을 세차게 두드리는 사람이 있었다. 내가 문을 열자, 눈을 맞아서 눈사람처럼 된 고가 구르듯이 들어왔다. 마쓰코의 찬송가 소리는 작아지기는 했지만, 아직도 계속되고 있었다. 고는 술에 취한 것 같았다. 외투를 현관에 벗어 던지자, 비틀거리며 나를 붙잡고 마쓰코가 있는 방으로 가려고 했다. 나는 그의 팔을 잡아 끌며 이층에 올라가 촛불을 켜고 화롯불을 지펴 놓고 취해서 늘어져 있는 고에게 물을 먹였다. 고는 내가 가지고 있는 위스키를 달라고 졸라 화롯불을 쬐면서, 연거푸 몇 잔이나 마셨다. 이층에서는 뒷마당의 느티나무 사이로 윙윙거리고 있는 눈보라 소리가 더욱더 거세게 들렸지만, 그래도 아래층에서 부르는 마쓰코의 노랫소리는, 여전히 그 눈보라 소리 사이로 간간이 들려왔다. 오랫동안 한 마디도 하지 않고 위스키를 마시고 있던 고가, 겨우 몸을 녹였는지 일어섰다. 그리고 나를 향해 히죽거리며 "형씨, 이런 밤은 몹시 죄악적이군" 하고 말하자마자, 꼬꾸라질 듯이 옆방으로 갔다. "아니, 차라리 연극 같다고 말해" 라고 나는 누구에게랄 것도 없이 중얼거리며 남은 위스키를 마셔 버리고 잠자리에 누웠다.

제6장

밤은 깊어 갔지만, 자기 전에 고와 둘이서 마신 위스키 때문에 머리가 쑤시듯이 아파와서, 좀처럼 잠들 수가 없었다. 눈은 그친 듯했으나, 바람이 불 때마다, 쌓였던 눈들이 바람에 날려와 위잉위잉 희미한 소리를 내면서, 느티나무 가지 사이에서 소용돌이치기도 하고, 벼랑 위를 달리기도 하며, 이 집의 덧창문(雨戶 : 비와 바람을 막기 위해 창문 밖에 다는 덧문)에 부딪혀 왔다. 그 미세한 가루가, 현관문과 장지문 틈으로 날아 들어올 것 같았다. 끌어당겨 덮은 이불 틈새로까지 날아 들어와, 차가워진 몸을 까실까실하게 쓰다듬는 듯한 느낌이 들었다. 그런데도 머리는 펄펄 끓는 듯이 뜨거웠다.

열이 나는 머리를 들어, 이따금씩 귀를 기울여 봤지만, 아래층은 이미 잠들어 버린 모양으로, 조금 전까지 눈바람 소리에 섞여서 이따금씩 들려왔던 노랫소리도 끊기고, 기침 소리도 그 어떤 소리도 들리지 않았다. 왜 나는 아래층의 동정에 귀를 기울이는 것일까? 아직도 내 마음속에는, 하얀 이마에 흘러내린 머리카락이나, 고개를 숙이면 포동포동해 보이는 볼의 색깔이 각인되어 남아 있는 것이었다. 내 자신이 혐오스럽게 느껴졌다. 기분을 달래기 위해서 책이라도 볼까 하고 머리맡의 스탠드의 스위치를 켰지만, 불은 켜지지 않았다. 어둠 속에서 가만히 담배를 피워 물었다.

"형씨, 형씨도 잠이 안 옵니까? 나도…"

옆방에서 고가 말을 걸어 왔다. 나는 황급히 담배를 끄고, 잠든 척하며 대답하지 않았다. 그는 아까부터 쭉 자지 않고 있었던 모양이었다. 눈이 휘날리고 바람이 부는 가운데, 몸을 뒤척이기도 하고, 중얼거리기도 하는 소리가 끊임없이 들려왔다. 때로는, 바람 소리와 뒤섞여 그 소리는 신음 소리로까지 고조되어 오는 경우도 있었다. 여기로 온 첫날 밤, 자기는 잠꼬대를 하는 버릇이 있으니, 양해해 달라던 게 바로 이것이로구나. 이것은 오히려 우스운 일이라고 생각하고, 이 정도는 묵살하고 푹 자는 게 낫다고 잠을 청했지만, 이날 밤만은 유달리 눈이 점점 더 말똥말똥해져 오는 것이었다.

나는 소변이 마려워져서, 고가 알아차리지 못하도록 조심하면서, 깜깜한 가운데 살며시 일어나 계단 쪽으로 갔다.

"어이! 형씨 어디 가는 거요? 뭐하러 가는 겁니까?"

고가 이번엔 새된 목소리로 외쳤다.

"가긴 어딜가. 변소에 간다 왜?" 나는 그 말을 남기고는 타다닥 계단을 내려가, 용변을 보고는 또다시 거칠게 계단을 올라왔다. 올라오자, 고는 자기 방과 내 방 사이의 미닫이문을 열어 놓고, 촛불을 켠 채 기다리고 서 있었다.

"마치 나를 감시하고 있는 것 같잖아?" 나는 화가 나서 버럭 소리를 질렀다. 아까 자러 가기 전에, '이런 밤은 죄악적'이라고 한 말이 생각났다. 그 말은 틀림없이 내가 아래층 방의 어둠 속에서, 마쓰코와 단둘이 있었던 것을 지적한 말일 거라는 생각이 들자, 화가 치밀었다.

"감시? 내가 왜 감시를 해? 감시당하고 있는 건 나야. 난 단지 잠이 안 와서 형씨하고 좀더 이야기를 하고 싶었을 뿐이야."

"난 자네를 감시하려고 생각한 적은 없어. 바보 같은 소리는 하지 마." 나는 하는 수 없이 고를 내 방으로 들어오게 하고, 촛불을 켜고 화롯불을 지핀 다음, 위스키 병을 꺼내고, 큰아버지한테서 얻어온 올리브 소금절임을 내놓았다.

"자, 싫컷 마셔 보세. 자네를 감시할 거라면, 차라리 술이나 마시는 편이 낫지. 자네도 그런 바보 같은 망상은 그만두고 술이나 마시게."

"망상이라구! 옳거니 그것 참 좋은 말이군. 근데, 아까 감시당하고 있다고 말한 건, 형씨가 나를 감시하고 있다는 말이 아니야. 나는 인간 전체로부터 감시당하고 있는 듯한 기분이 든다고 했던 거야."

"무슨 말인지 이해가 안 가는군. 밤에 잠도 자지 못할 이유는 없잖아? 눈도 그쳤고."

"난 일본에 오고 나서부터는 단 하루도 잠을 푹 자 보질 못했어."

"그런 식으로 허풍을 떠는 게 자네의 나쁜 버릇이야."

"이런 일이 있었지." 고는 위스키를 마시면서 이야기했다. "지금으로부터 사년 전에, 나는 처음으로 조선 해협을 건너 시모노세키(下關)에 도착했다. 너무나 아름다운 땅이라고 생각되었어. 게다가 학문을 하러 온 것이라고 생각하자, 나는 마음이 벅차서, 연락선의 갑판 위에서 푸른 바다색과 소나무들의 빛깔, 그리고 해안의 집들을 바라보았지. 그러자 함께 동행한 선배는, 나의 기뻐하는 얼굴을 보고 빈정대는 듯한 표정을 짓는 거야. 둘은 그날 밤, 급행열차를 타고 도쿄로 향했는데, 기차가 만원이어서 어디에도 앉을 만한 곳은 없더군. 하는 수 없이, 우리들은 좌석 사이의 통로에 신문지를 깔고 앉았었는데, 밤이 되자 잠이 오기 시작했고, 나는 몸을 웅크리고 자려고 했지. 꾸벅꾸벅 졸고 있는데, 누군가가 변소에 가려고 내 어깨를 툭 치면서 타넘고 가는 거야. 그 사람이 변소에서 나와 또 나를 타넘고 제자리로 돌아간 후, 나는 다시 잠을 청했어. 꾸벅꾸벅하고 있는데, 또 누군가가 하마터면 내 배를 밟을 뻔한 거야…. 몇 번이나 자려고 했지만 마찬가지였어. 결국 우리들은 한숨도 자지 못한채 도쿄에 도착했지. 그러고 나서 지금까지 결국 똑같은 밤이 되풀이되고 있는 거야. 아니, 이건 우리 조선 민족의 운명이라고 나는 그때, 신문지 위에 책상다리를 하고 앉아서그렇게 생각했어. 그리고 선배에게 말하자, '그렇군, 기발한착상이네'라며, 또 빈정대듯이 웃었어."

"자네들의 운명이라구? 기차에서 못 잔 게 어째서 운명이된다는 거야?"

"나는 그때, 선배에게 이렇게 말했지. 우리들은 지금 기차 통로에 앉아 있다. 겨우 안정되려고 하면, 누군가가 밟고지나간다. 그런데, 이 통로는 바로 조선 반도다. 대륙과 태평양 사이에 가늘고 길게 튀어나온 통로, 이것이 조선 반도다. 그 반도에서, 우리들의 조상은 몇 천년 동안 이와 똑같은 경우를 당해 왔다. 안정될 만한 여유 같은 건 없었다. 한민족(漢民族)이 쳐들어왔다. 다음에는 몽골인이 북쪽에서부터 약탈을 하며 내려왔다. 또 그 다음에는 만주족이 들어왔다. 이번에는 남쪽에서 일본인들이, 옛날부터 수도 없이 이곳을 북쪽을 향한 복도로 삼아 왔다. 러시아인들까지 복도로 삼으려고 했다. 조선의 역사는 요컨대 그 복도인 거야. 통로란 말이야. 그런 곳에서 살아가야만 하는 민족의 운명이란, 안면(安眠)이고 뭐고 할 수 있는 게 아니지. 그 야간열차 속의 나와 마찬가지야."

고가 이 이야기를 단숨에 한 것은 아니었다. 위스키를 마시면서, 이따금씩 숨을 돌리고 주위를 돌아본다든지 추운 듯이 몸을 떨기도 하면서 이야기한 것이었다. 이야기가 끝날 무렵에는 취해 버려, 비틀거리며 옆방으로 돌아갔다. 나는 촛불을 끄고, 다시 잠자리로 들어갔지만, 추위는 몸을 에이는 듯했다. 벌써 밤이 꽤 깊었는지, 아니면 눈빛 때문인지, 덧창문 틈새로는 창백한 회색 광선이 희미하게 비치고 있었다. 이불 속에 들어가 몸을 덥히고 있는 동안, 취기와 피로 때문인지 몸과 마음이 녹작지근해져서 졸음이 밀려왔다. 지금 잠 속으로 빠져 들어가고 있구나 하고 의식하고 있는 상태, 반쯤은 꿈을 꾸는 상태에서 마쓰코의 모습이 나타났다. 그녀는 마치 벽에 걸린 마티스의 소묘판화 속의 여자처럼, 엷고 새하얀 옷을 입고, 도발적인 자세로 몸을 초원에 내던지고 있다. 얼굴은 젊고 상기되어, 눈을 반짝이면서 반쯤 벌어진 입술이 거칠게 흐트러진 호흡 때문에 조금씩 움직이고 있다. 많은 남자들이 숲 속에서 나와서, 차지하려고 한다. 이 여자는 누구나 마음대로 차지할 수가 있다고 누군가가 외친다. 남자들의 무리는 점점 많아진다. 그 속에 나도 있고 새카만 수염을 텁수룩이 기른 가몬도 있는 듯하다.

덧창문은 닫혀 있었지만, 작은 창으로 햇살이 환하게 비쳐 들어오고 있었다. 나는 잠에서 깨어, "고군!" 하고 불렀다. 불러서 어쩔 셈이었는지 알 수 없었다. 대답이 없었다. 곧 다시 잠 속으로 빨려 들어갔다.

그 다음 번에 잠에서 깨어나자, 햇살은 더욱 환했다. 시계를 보자, 열시가 가까웠다. 역시 반은 무의식적으로, "고군!" 하고 불러 보았지만, 대답은 없었다. 그러고 나서 또 잠깐 존 모양이었지만, 그 다음에 눈을 떴을 때는, 어지러이 흩어져 있는 책들 사이에서 마쓰코가 준 성서를 이불 속에서 손을 뻗쳐서 집어들고, 몽롱한 눈으로 아무데나 펼쳐서 읽고 있었다. 그리고 입으로는, "죄, 죄악적, 죄…"라고 계속 중얼거리고 있었다. 문득, "네 손이나 발이 너를 좌절케 하면, 잘라 버려라. 네 눈이 너를 좌절케 하면, 빼내어 버려라"라는 어느 구절의 말이 눈에 띄자, 나는 성서를 던져 버렸다. 마쓰코의 살갗 위를 기어 다닌 내 눈을 떠올렸기 때문이었다.

일어나서 덧창문을 열었다. 새하얀 세계, 새파란 하늘, 하늘과 땅 사이에 약동하고 있는 황금색 햇빛. 너무나도 멋진 환한 세상. 나는 그 흰색과 청색, 황금색의 세계 저 멀리 뚜렷하게 떠올라 있는 후지산을 바라보면서, 큰소리로 웃어 보았다. 무슨 까닭이 있어서가 아니었다. 그저 지난 밤의 일이, 이 빛 속에서는 마치 멀어지고 희미해져 버린, 약간은 우습고 비참한 꿈처럼 느껴졌기 때문이었다.

나는 묘하게 원기왕성해져서, 아래로 내려가 아침 밥상을 대하자마자, 마쓰코를 향해 힘차게 안녕히 주무셨습니까라고 인사했다. 그녀는 의아한 표정을 짓고, 나를 외면하고 있었는데, "사키코의 상태가 나빠서 실례할게요"라고 양해를 구하고 옆방으로 들어가 버렸다. 나에게는 그 겸연쩍어 보이는 동작이 우스울 정도였다. 그러고 나서 신문을 보자, 우연히 '눈 속의 화재'라는 제목이 눈에 띄었다. 후카가와구의, 동아인도협회(東亞人道協會)가 경영하는 조선인 노동자를 위한 병원에서, 어젯밤 눈이 내리는 가운데 화재가 발생하여, 그 대부분이 불타 버렸다. 눈을 파내자, 꺼졌다고 생각한 불이 타오르기도 해서, 눈 속의 소방작업이 매우 힘들었다. 화재의 원인은 누전인 듯하다. 입원중이던 조선인 환자 중에는 부상자가 생기기도 했지만, 구조되어 불과 눈 속에서 슬피 우는 환자도 있었고, 실로 처참한 광경이라는 대충 이런 내용이었다.

"고군은 어디 갔습니까? 이 신문에 난 병원이란 게, 분명히 그 사람이 관계하는 병원이지 싶은데요"

"예, 아침 일찍 신문을 보고서, 황급히 나가셨습니다. 큰일났다며, 매우 흥분하고 계셨어요."

신문에는, 이 동아인도협회라는 것은 이(李)라고 하는 의사가, 공사(公私) 사회사업단체의 원조로 경영하고 있던 것으로, 일반 환자와 모르핀 중독 환자 등이, 화재 당시에 사십여 명이나 입원하고 있었다고 적혀 있었다.

　"오늘 아침에, 사키코의 열이 올라가서, 고씨에게 좀 봐달라고 했는데, 고씨는 사키코를 진찰하는 둥 마는 둥하고 나가셨어요. 오늘 밤은 늦을지도 모른다고 하셔서, 어쩔 수 없이 마스이 씨에게 전화로 부탁해 보려던 참입니다."

　"마스이?"

　"고씨를 여기로 데려온 분, M씨 이전에 저희 집에 계셨던 분, 전번에 함께 교회에 갔었죠?"

　"아아. 그 사람. 크리스찬인⋯."

　협소한 이 집의 침실에 들어가 보니, 놀랍게도 사키코와 고타쓰를 사이에 두고서 가몬이 이불을 덮어쓰고 정신없이 자고 있었다.

　"아니, 언제 돌아왔지요?"

　"오늘 아침 일찍, 눈 속을 구르듯이 들어왔어요. 그래도, 별일 없었느냐고 걱정스러워하며 돌아온 것은 기특했지만, 금세 이런 꼴이 되어서야"라며 마쓰코는 쓸쓸하게 웃었다.

　별일 없었느냐는 말을 나는 잠깐 마음에 새겨 보았지만, 태연하게 웃고는, 사키코의 침상을 들여다보았다. 투명하리

만큼 하얀 얼굴의, 뺨 언저리가 뚜렷한 홍조를 띠고 있는 것은, 열이 높다는 증거였다. 눈을 감고, 엷은 가슴을 아래위로 크게 움직이면서 호흡을 하고 있었는데, 내가 들여다보고 있음을 느꼈는지, 가늘게 눈을 뜨고 나를 보자, 희미하게 웃어 보이려고 했다. 나는 어젯밤 광장의 폭풍설을 다시 한번 떠올렸다. 사키코에게 자신의 손을 만지작거리게 하면서 함께 들여다보고 있는 마쓰코의 얼굴과 내 얼굴은, 사키코의 얼굴 위에서 닿을 정도로 나란히 되어, 마쓰코의 머리카락이 내 뺨을 스칠 정도였지만, 지금 두 사람의 마음은 사키코라는 제삼의 한 점에 집중되어 있었기 때문에, 두 사람 사이에는 아무런 감정의 교류도 존재하지 않았다.

점점 높아만 가는 가몬의 코고는 소리를 뒤로 하고 이층으로 올라와 옷을 갈아입고, 볼일이 있어 외출을 하는데, 나간 김에 마스이에게 전화를 걸어 주겠다고 제의했다. 마땅히 어디 갈 데도 없었지만, 그날은 마쓰코나 가몬과 얼굴을 마주치는 걸 조금이라도 피하고 싶었다. 바깥에는 눈이 많이 쌓여서, 온 사방이 눈부시게 빛나 눈을 자극했다. 근처에 있는 공중전화로 마스이의 병원에 전화를 걸자, '저런 큰일 났군요, 저녁때까지는 무슨 수를 써서라도 가겠습니다'라고 친절하게 대답했다. 나는 일단 집으로 돌아와 그 사실을 보고하고, 또다시 목적지도 정하지 않고 집을 나섰다. 눈이 많이 쌓인, 그런데도 2월 말의 햇살이 매우 화사한 푸른 하늘에서 내리쪼이고 있는 거리를 여기저기 정처없이 걸었다. 사람들을 마주치는 것도 지겨워졌기 때문에, 눈이 구두 속으로 스며들어와 축축해졌지만, 개의치 않고 거리의 번화가 쪽으로 걸어갔다. 진부한 감정이었지만, 새하얗게 빛나며 부드럽게 땅 위를 덮고 있는 차가운 눈은, 인간의 정욕과 회한의 외로움을 달래 주는 것이었다. 걷기도 지쳐서, 공원에 있는 정자에 잠시 앉았다. 외투 주머니에서, 어젯밤에 사키코가 준 초콜릿이 나왔기 때문에, 하나는 먹고 나머지는 공원에 놀러와 눈사람을 만들고 있는 아이들에게 주었다. 아이들은 초콜릿을 먹긴 했지만, 먹으면서 나를 수상쩍은 눈빛으로 쳐다보다가, 내가 있는 곳에서부터 점점 멀어지며, 다시 눈사람을 만들기 시작했다.

역시 계절은 계절이라, 2월 말 오후의 햇살 속에서 눈은 바쁘게 녹아 갔다. 공원의 나뭇가지에 동그라니 붙어 있던 눈은, 바람이 불어 가지가 흔들릴 때마다, 창백한 빛 덩어리가 되어 땅으로 우수수 떨어졌다. 그러자 눈 때문에 축 처져 있던 가지가 눈이 떨어지자마자, 그 반동으로 휙 하니 튀어 오르며 푸른 하늘에 작은 활모양을 그렸다. 눈이 떨어지는 소리가 웬일인지는 모르겠지만, 가슴속의 울적한 덩어리가 녹아 가는 것처럼 나에게는 기분좋게 들렸다. 그 소리를 들으면서, 기리시마 집에 오고 나서부터의 일을 회상하기 시작했다. 처음엔, 이건 재미있는 단면도다, 관찰해 봐야지 하고 생각했다. 그러나 그 생각은 여지없이 깨어져 버리고, 나는 냉철한 관찰자이기는커녕, 한 집안에서 이쪽에 붙었다 저쪽에 붙었다 하는 어리석은 속물 구경꾼이 된 듯했다. 아니 그 이상일지도 몰랐다. 가몬의 악덕과 방탕과 처자학대의 선동자일지도 모르고, 한편으로는 마쓰코의 정신적 혼란과 광신에 기름을 붓는 짓을 하고 있었는지도 몰랐다. 모르는 척 시치미를 떼며, 그것이 비록 무의식적이었다 하더라도, 양쪽에다 불을 붙이고 즐기는 작은 악마에 가까울지도 몰랐다. 빈약한 야곱, 그것도 그런 대로 좋다고 치자. 내가 본능적으로 가몬을 좋아하게 되어, 마쓰코를 보기만 하면 야유하는 심술궂은 마음이 드는 것은 도대체 어떻게 된 일일까? 이것은 일반적인 상식을 벗어난 일이다.

눈은 공중에서 반짝거리며 녹아 떨어지고 있었다. 나는 돌벤치에 앉은 몸이 차가워지는 것도 잊고서 생각에 잠겼다. 문득 나는 깨달았다. 내가 가몬을 좋아하고 마쓰코를 미워하고 있다고 한다면, 그것은 실제의 '가몬'이나 '마쓰코'가 아니다. 내 안에 있는 '가몬'이라고 이름지어야만 될 것, '마쓰코'라고 이름지어야 할 그 무엇인 것이다. 평소 가몬이 나를 놀리는 것처럼, 나는 입으로는 퇴폐를 말하면서, 실제로는 아무 짓도 하지 않았다. 나는, 내 안의 '육체'의 소리를 사랑하고 동경하여, 그것이 가몬이라는 상징이 되었고, 내 안에 있는 금압(禁壓)의 소리를 증오해서, 그것이 마쓰코라는 상징이 되어 있는 것이다. 즉, 내 안에는, '마쓰코'가 '가몬'에게 이기고 있는 셈이다. 이것이 그 반대, '가몬'이 '마쓰코'를 정복한 생태를 가진 남자였다면, 두말없이 즉각 가몬을 증오하고 마쓰코를 동정할 것이 틀림없다. 예를 들면 고와 같은 사람이 아무래도 그런 것 같다. 이게 도대체 무슨 일이야! 이 기리시마 집안의 단면도란, 즉 내 마음속 생태의 단면도가 아닌가! 나는 가몬과 마쓰코 사이를 왔다 갔다 했다고 생각했지만, 사실은 자신의 마음속에서 헤메고 있었을 따름이 아니었던가?

나는 무의식중에 "핫핫하" 하고 웃었다. 그 웃음 소리가 너무나 갑작스러웠던 것일까. 눈사람의 콧구멍을 파고 있던 아이들이 깜짝놀라 나에게 일제히 고개를 돌리고, 한참 동안 나를 멍청히 쳐다보고 서 있었다. 아마도 나를 미친 사람이라고 생각했으리라. 나는 얼굴을 붉히며 일어나, 서둘러 그 공원을 빠져 나와서, 마침 지나가는 택시를 잡아탔다. 그리고는 순간적으로 큰아버지댁 방향을 댔다. 택시 안에서도 생각을 계속했다. 그런데, 나는 내 안의 육체성인 '가몬'을 사랑하고, 영성(靈性)인 '마쓰코'를 증오하려고 한다. …하지만 그것을 한 꺼풀 벗겨 보면, 내 안에서는 '마쓰코'가 이겨서 의기양양하고 있다. 그래 맞아, 오늘 아침 이불 속에서 성경을 읽고 있었다는 게 무슨 꼴이람. 무의식? 무의식이라면 더 더욱 비참한 게 아닌가? 나는 의식의 밑바닥에서는 이미 크리스찬이 되어 버린 것일까? 마쓰코는 어제, 눈이 내리기 전에 고리대금업자에게 가서 은밀하게 정조를 팔라는 권유를 받았다. 그러고는 도망쳐서 교회로 달려 들어가 기도를 했다. 이것도 두려움인가? 나도 그런 놈이 아닌가?…그건 그렇고, 마쓰코가 그 일의 전말을 나에게 고백했다는 것은 어떤 심리일까? 그녀가 마음속 깊은 한 구석에 한 점 '여자'로서의 육체성을 갖고 있다는 증거다. 그, 평소에는 몇백 겹으로 둘러싸여 있는 육체성의 한 부분이 갑자기 감동받아 기뻐한 것이다. 그러고는 자랑스럽게 남에게 알린 것이다. 아니, 잠깐 기다려, 그런 식으로 해석하는 건 현실적인 과학성에서인가? 아니면 나의 '희망'인가? 나의 희망이라고 한다면…나는 얼마나….

큰아버지댁에는 큰어머니와 사촌 여동생이 있었는데, 갑자기 나타난 나를 보고 어안이 벙벙한 듯했다. 나는 큰아버지의 양주장을 뒤져 베르모트 한 병을 찾아냈다. 사촌 여동생은 영화를 보러 가자고 했다. 근처의 재개봉관에서 남양(南洋)의 영화를 상영하고 있었다. 남태평양의 사모아군도.

산호초가 훤히 들여다보이는 투명한 물의 파문. 흰 모래 위에서부터 빛 그 자체인 공중으로 뻗은 야자수. 그 야자수에 원숭이처럼 올라가는 알몸의 소년. 하얗게 부숴지는 물마루. 물고기의 흰 배. 통나무배. 밀림속의 폭포. 하이비스커스 꽃을 두른 부드러운 갈색의 여자들. 원주민들의 노래. 알몸 남녀의 사지의 움직임. 나는 영화를 보는 그 두 시간 동안에, 모든 것을 잊은 듯이 유쾌한 기분이 되었다. 사촌 여동생은 자기 집으로 가서, 결핵요양원에 가 있는 이하라 하마에에 대해 이야기하고 싶다고 했지만, 그냥 극장 앞에서 헤어져, 혼자서 밥을 사 먹고 친구 하숙집엘 가 봤지만, 마침 없었다. 새까만 하늘에 별이 가득 반짝이고 있었고, 공기가 차가워진 늦은 밤에 나는 다시 가몬의 집으로 돌아갈 수밖에 없었다.

사키코의 머리맡에는 마쓰코가 앉아 있었고, 데루오는 자고 있었다. 사키코의 이마에는 얼음주머니가 놓이고, 여전히 괴로운 듯이 호흡을 하고 있었는데, 어두운 전등 탓인지, 뺨의 홍조는 다소 사그러진 듯했다. 마스이는 저녁 무렵에 와서, 친절하게 진찰해 주고 폐렴에 걸릴 우려가 있다고 말하고 돌아갔다고 했다.

"어젯밤의 일은 가몬에게 말하지 말아 주세요."

나는 당황해 하며 마쓰코의 얼굴을 쳐다보았다.

"내가 사키코를 그 눈 속에 심부름 보냈기 때문이에요. 그걸 들으면 또 얼마나 미쳐 날뛸지 모르니까요…정말 내가 나빴어요. 몹쓸 죄를 지었어요. 뭐라고 해야 할지 모를 정도로 몹쓸 죄를…그리고…어제 말씀드린 얘기는 모두 비밀로 해 주세요."

마쓰코는 그렇게 말하더니, 얼굴을 붉히며 눈물을 흘렸다. 나는 그렇게 슬퍼할 필요는 없다, 게다가 어젯밤의 일은 절대로 말하지 않겠다고 맹세했다. 그러고 나서 가몬은 어디 갔느냐고 물었다. 사키코의 상태를 마스이에게 알려 주기 위해 전화를 걸러 갔다고 마쓰코가 말하던 차에, 그는 거대한 외투를 입은 채로 돌아왔다. 마쓰코는 얼버무리듯이, "아, 속달이 왔어요"라고 말하며 봉투 속에 든 속달을 나에게 건네 주었다. 뒷면에 이름은 없었지만, 뜯어보니 고에게서 온 것이었다. 형씨도 신문에서 봤을지 모르겠지만, 어젯밤 병원에서 대소동이 일어나, 바빠서 오늘 밤은 돌아가지 못한다. 화재 뒷처리, 환자의 조치 등으로 2, 3일 간 못 들어갈지도 모르겠다. 아니, 어쩌면 업무 형편상 기리시마 댁에서 나오게 될지도 모른다. 2, 3일 중에 눈이 녹으면, 사람을 보내서 짐을 이쪽으로 가져올지도 모르니까, 그렇게 형씨가 주인이나 부인에게 말해 달라. 대체로 그런 내용이었다.

"흐응, 나간다고? 그것도 괜찮겠지." 가몬은 그 말을 들자, 납작코를 후비면서 말했다. "응, 그리고 오늘 마스이군이 왔었어. 친절하게 봐 주더군. 내가 말야, 어떠냐, 신혼의 아내와 찬송가를 부르면서 키스라도 하냐고 스스럼없이 물었더니, 화가 난 듯한 표정으로 돌아갔어. 그래서 지금 전화로 사과하고 오는 길이야'라면서, 사키코를 위해 사 온 연고랑 찜질용 기름종이 등을 품속에서 꺼냈다.

마쓰코는 한 손으로 잠들어 있는 사키코의 얼음주머니가 흘러내리는 것을 이따금씩 바로 놓으면서, 새빨간 스웨터를 짜고 있었다. "이걸 마스이 씨 부인에게 만들어 드리려고"라고 말했다. 마스이에 대한 사례 대신일 거라고 나는 생각했다. 가몬은 내 팔꿈치를 꾹꾹 찔러 방 밖으로 불러내서 작은 목소리로, 배가 고픈데 함께 오뎅집이라도 가지 않겠느냐고 묻고, 전당포에 잡힐 생각인지 외투를 벗어서 개는 시늉을 했다. 나는, 내게 돈이 좀 있으니까, 그 외투는 다음에 무슨 급한 일이 있을 때 쓰라고 말했다. 나와 가몬은 눈을 밟으며, 오뎅집과 포장마차를 몇 군데 들렀다. 그는 가게로 들어가자, 일부러 외투를 뒤집어서 담비모피를 마치 애견의 등이라도 쓰다듬듯이 쓰다듬으면서, 내장, 닭꼬치, 구운 돼지고기 등 모두 기름지고 동물적인 것을, 가게 주인이 놀랄 만큼 많이, 굉장한 속도로 먹는 것이었다. 가몬의 위장에는 그런 기름진 음식이 무한정으로 들어갈 여지가 있는 듯했다. 술과 기름기가 몸에 배어 오자, 그는 울기 시작했다. 사키코가 가엾다는 것이었다. 그렇게 예쁘고 사랑스러운 딸, 조금만 더 컸더라면 나는 어떻게 해서라도 자네에게 주고 싶었는데, 그런데 혹시 그 아이가 죽는 것은 아닐까? 라고 말하고 엉엉 소리를 내어 우는 것이었다. 그러자 주위 손님들이 놀랐기 때문에, 나는 그를 데리고 나와 다른 가게로 갔지만, 거기에서도 같은 일이 되풀이 되었다. 우리들이 돌아온 것은 12시 가까워서였다. 눈 속에서 두 사람은 어깨동무를 하고 걸었는데, 나는"그 정도로 따님을 예뻐하면서, 왜 부인은 좋아하지 않는 겁니까?"라고 물어 보았다. 그러자 그는 큰소리로 고함을 쳤다.

"나는 아내를 좋아해."

그때, 전번에 가몬이 울부짖었던 광장, 어젯밤 내가 사키코를 구한 광장에 이르렀다. 바람은 전번보다 더 차가웠고 온통 회백색인 땅 위를 휘몰아치고 있어서, 그 일대는 눈도 특히 더 많이 쌓여 무릎까지 빠질 정도였다. 지난번 가몬이 걸터앉았던 석재(石材)도 눈에 파묻혀 있었다. 그때 갑자기, 나는 가몬을 뿌리치고 이번에는 내가 거기에 뒹굴면서 울부짖고 싶은 충동에 사로잡혔다. 그건 복잡한 기분이었다. 그러나, 내 육체는, 가몬의 육체처럼 본능을 솔직하게 표현하는 습관을 훨씬 전에 상실해 버렸다. 나는 그 점을 의식하자, 더욱 평정한 태도로 걸으면서, "당신은 행복한 사람이군 요"라고 아무렇지도 않은 듯이 말했다.

제7장

　"누가 뭐라 해도, 지구는 해마다 식어가니까"라고 가몬은 언젠가 말했다. 2월 말이 가까워져 하늘은 이따금 따스한 빛깔을 띠며 빛나고, 더러워진 채로 지상에 남아 있는 눈을 서서히 녹이려고 했지만, 곧 또다시 잿빛구름이 하늘에 가득 몰려들고 바람이 세차게 불어, 새하얀 눈은 대지를 새롭게 감싸 버렸다. 이 기리시마네가 있는 경사면은, 두 개의 언덕 사이에서 북서쪽을 향해 펼쳐져 있었기 때문에, 먼 들판쪽에서 저지대의 지붕 위를 타고오는 찬바람이 끊임없이 불어와서는, 언덕 사이에서 복잡한 기류를 만들며 소용돌이쳤다. 눈도 이 근처에는 특히 두텁게 쌓인 것 같았다. 이 추위 속에서 사키코의 육체는 오랫동안 죽음과 싸우고 있었다. 폐렴 증상은 이제 생명에는 지장이 없을 정도로 치유되었지만, 회복의 기미는 좀처럼 보이지 않았다. 겨울도 병도 고착되어 버린 것 같았다.

　마쓰코는, 사키코를 이런 지경이 되도록 만든 게, 자신이라는 생각을 잠시도 잊지 못하는 것 같았다. 일을 거의 포기하고, 하루 걸러 진찰하러 오는 마스이의 지시대로 간병에 만 매달리고 있었다. 그러나 마쓰코가 겉으로 보기에는 매우 침착해져 있는 것과는 달리, 어른답지 못하게 소란을 피우며 걱정하는 사람은 가몬이었다. 데루오도 장난을 치지 않았다. 그렇다기보다 식구들이 모두 사키코의 병에 정신을 뺏겨, 그에게는 신경쓰지 못했기 때문에 그렇게 비쳐졌는지도 모른다.

혈기도 없이 창백하게 말라 버린 이 소녀의 몸에서, 검게 빛나는 눈만이 나날이 커져 가고, 뺨은 때때로 선홍색으로 달아올랐다. 그러나 무엇보다도 모두를 놀라게 한 것은, 귀가 예민해진 사실이다. 좁은 방안에 반듯하게 누운 채, 가끔 가는 목소리로 이렇게 말했다.

—또 눈이 내리기 시작했군요. 조금 전 보슬보슬 가루눈이 떨어지고 있다고 생각했는데 이젠 함박눈이 되었어요.

—언덕 위에서 피아노 소리가 나기 시작했어요. 틀림없이 하얀 돌담집에 사는 아가씨가 치는 걸 거예요.

—개가 짖고 있어요. 고개 아래 두부가게 근처일까. 왠지 노란 개일 것 같은 소리예요.

—안개가 깔리고 있어요. 짙은 안개예요. 느티나무 가지에 걸려서 울고 있어요.

—언덕 건너편에 있는 소학교 운동장일까. 아이들이 지

금 와아 웃었어요.

　—조금 전 느티나무 꼭대기에서 분명히 어떤 새가 울었
어요. 봄이 오는 걸까요.

　평소에도 눈에 띨 만큼 아름다운 귀, 섬세한 곡선을 가
진, 연분홍색의 반쯤 투명한 귀는, 이럴 땐 마치 생명체처럼
느껴졌다. 이러한 말을 들으면 모두 불안한 듯 귀를 기울였
지만, 방안에 있는 무쇠주전자가 끓는 소리 외에는 아무 소
리도 들리지 않았다. 환청인가 하면 그렇지는 않았다. "안개
가 깔렸어요"라고 한 저녁 무렵에는, 마침 나도 거기에 있었
는데, 서둘러 이층으로 올라가 창문을 열어 보니, 정말로 어
느새인가 새하얀 밤안개가 느티나무 가지 사이를 감돌며,
조금 전까지 빛나던 별을 가리고 있었다. 이런 경우에 가몬
이 있으면, "사키코, 사키코, 괜찮니?"라고 외치면서 귀를
가까이 갖다대는 것이었다. 마쓰코가 있는 경우에는, 괴로
운 듯 이마에 땀만 흘리면서 벽에 걸린 십자가에 못 박힌 예
수의 석판화를 향해 기도했지만, 그 기도만큼 불안정한 건
없었다. 사키코의 생명을 구해 달라고 빌고 있는 것이라고
생각했지만, 실은 천사의 날개짓 소리도 들을 정도가 된 사
키코를, 하나님은 불러들이고 계십니까라고 하는 듯한 말을
했다. 그러나 사키코는 좋아지지도 나빠지지도 않고 언제까
지나 같은 상태가 계속되었다. 벽에 걸린 예수 그림은 갈비

뼈 언저리에서 새빨간 피가 흐르는 것이었는데, 언젠가 사키코가 싫다고 했기 때문에 치워 버렸다.

고의 소식은 그 뒤로 끊어졌다. 병원에 화재가 나고 얼마 뒤, 간다(神田)의 조선기독교청년회관에서 왔다며 심부름꾼이 짐을 가지러 왔다. 하숙비가 조금 밀려 있었는지, 그 대신 의학책을 몇 권 남겨둔다는 것과, 지금은 화재 후의 불쌍한 동포를 위해 일하고 있어서, 도저히 짬을 낼 수 없다고, 마쓰코 앞으로 쓴 편지를 가져왔다. 마쓰코는 그 책도 짐수레에 실으려고 했지만, 조선인 심부름꾼은 완강하게 고개를 저으며, 그 책을 현관에 놓고 갔다. 나중에 가몬이 돌아오자 마쓰코의 반대를 무릅쓰고 곧 처분해야 한다며 나한테 값을 매겨 보라고 했다. 나는 어림짐작조차 할 수도 없었지만, 어쩔 수 없이 그 독일어 해부학책과 약물학책의 책장을 형식적으로 훌훌 넘겨보고 적당히 값을 매겼다. 그때 펼친 책 속에서 한 장의 종이조각이 떨어졌는데, 가몬이 눈치채지 못하도록 몰래 주워서 나중에 보니, 독일어로 '아름다운 부인', '고상한 부인', '악마' 등의 글자가 서툰 필체로 빽빽히 쓰여 있었는데, 그게 누구를 가리키는 것인지 나는 알 것 같았다.

잠시 후 가몬은 헐떡거리면서 돌아왔다. 아래층의 마쓰코가 있는 곳에서 의기양양하게 큰 소리로 떠들며 돈을 건네 주는 소리가 들렸는데, 곧 내가 있는 2층으로 올라와 소맷자 락에서 오십 전짜리 동전을 두 개 끄집어내곤 흐뭇해 하면 서 만지작거리고 있었다. 내가 상상했던 것보다 비싸게 팔 렸는데, 그 돈을 모두 마쓰코에게 건네주었다며 선행을 칭 찬받고 싶어하는 어린아이 같은 얼굴을 하고 있었다. 나는 그 수염투성이 얼굴과 손바닥의 오십 전짜리 동전을 비교하 면서, 웃음이 터져나오려는 것을 참으며 말했다.

"하지만 그 1엔은 어떻게 된 거예요? 그렇게 1엔씩이나 가로채면 모처럼의 선행이 허사가 되지 않겠어요?"

"아니, 그건 아니야. 나는 그 돈을 다 가지고 그대로 어디 론가 가 버릴까도 생각했지만, 역시 사키코가 가여워서 꾹 참고, 그런 생각을 한 이 머리를 사람들이 보는 길거리에서 주먹으로 때리기까지 하며, 모두 가지고 와서 아내에게 건 네주었어. 칭찬해 주지 않으면 안 되지, M군."

"그렇다면 그 오십 전짜리 동전도 아주머니한테 건네주 셔야죠. 일단 그러고 나서 다시 아주머니로부터 받으면 되 잖아요?"

"싫어, 이건 결코 부정한 돈이 아니란 말야. 이건 내가 헌 책방 주인을 마지막에 큰 소리로 호통치며 이렇게 팔을 쑥 내밀고 1엔 더 내놓으라고 했더니, 주인이 당황해서 지갑에서 꺼내준 거야. 그러니까 당연히 내 거지. 양심에 걸리는 돈이 아냐. '시저의 것은 시저에게'라는 말이 있어. 내 건 나에게, 하하하."

그러나 가몬은 갑자기 고개를 갸웃거리며 생각에 잠긴 표정을 지었다. 잠시 뒤 신음하는 목소리로 "지금 막 생각났어. 성서는 제법 의미심장한 말을 적고 있거든"이라며 또다시 생각에 잠기더니, 벌떡 일어나서 아래로 뛰어내려갔다. 그러자 그의 고함 소리와 마쓰코의 비명 소리가 거의 동시에 들렸다. 그러나 사키코가 바로 곁에 누워 있는 탓인지 금세 조용해졌다. 틀림없이 1엔을 되돌려주러 간 걸 거라고 생각한 나는 궁금해서 견딜 수가 없었다. 얼마 안 있어 가몬은 이층으로 올라와서, 힘없이 오십 전짜리 동전을 손바닥에서 다다미 위로 떨어뜨렸다.

"어떻게 된 겁니까? 돌려주지 않았습니까?"

"아니, 나는 아까 성서에서 생각해 냈어. 〈탕자아들〉의 이야기를. 하나님은 치사하게 1엔 따위 버는 건 그 형과 같은 사람이 하는 짓으로, 하나님은 매우 경멸하신다. 동생처럼 전부를 써 버리는 편이 후련해서 하나님의 마음에 드는 거야. 자네도 알고 있겠지? 그 이야기를 나는 조금 전에 생각해 보았어. 그러자 아까 돌아오는 길에서 본 멋진 여자가 불같이 머리속에 떠오르는 거야. 그래서 아래층으로 내려가,

돈을 내가 전부 보관하고 있겠다고 제의했지만, 역시 미안한 느낌이 들었어"라며 맥없이 다다미 위의 돈을 줍더니, 나에게 같이 가자는 말도 없이 집을 나갔다.

고의 책을 팔아 생긴 돈이, 그 밀린 하숙비의 반도 되지 않았음을 나중에 마쓰코로부터 들었다. 며칠이 지나도 고의 소식은 없었다. 어느 날 마쓰코는 내 방으로 와서, 나에게 고의 그 후의 동정을 알고 있는지 어떤지를 물었다.

"고씨도 화재 후 헌신적으로 일하고 계시니까, 이런 말씀을 드리고 싶지는 않지만, 나도 자식의 병과 편물 일이 마음대로 되지 않아 괴로워서"라고 말했다.

나도 고의 소식은 전혀 모른다고 하는 수밖에 없었다. "하지만 마스이 씨가 고군을 데리고 왔잖아요? 그 사람과 상의해 보는 게 어떨까요?"라고 나는 대답했다.

"예, 마스이 씨와도 상의해 보았지만, 실은 그분도 아무것도 모르신답니다. 단 한 번 고씨의 선배 의사를 만났을 때, 기특한 청년이라고 하길래, 고씨를 이리로 데리고 온 것뿐이랍니다. 그리고 한두 번 그 선배를 찾아보았는데, 그 선배 의사도 사라져 버려 지금 어디에 있는지 알 수 없대요."

"그럼 내가 내일이라도 간다의 청년회관이라는 데를 가서 알아보겠습니다."

"아뇨, 그런 일까지 부탁할 수는…"

"괜찮아요. 나도 고의 얼굴이 보고 싶습니다."

"그러면 이렇게 해 주시겠습니까? 내일 저도 같이 갈 테니 데리고 가 주세요. 사키코도 염려없을 것 같고, 옆집 아주머니에게 집을 봐달라고 부탁해 놓을 테니까요. 그러나 이 일은 가몬에게는 말하지 말아 주세요. 사실은 가몬이 화를 낼까 봐 고씨에게 받을 돈의 액수를 사실보다 적게 말했어요."

나는 그러고 나서부터 다음날까지 무언가 즐거운 일을 기다리고 있는 듯한 기분에 들떠 있었다.

가몬은 아침에 일터로 나갔다. 점심때쯤 옆집 아주머니에게 집을 좀 봐달라고 부탁하고, 나와 마쓰코는 고를 찾아 나서기로 했다. 사키코의 병세는 요며칠 매우 좋아지고 있었기 때문에, 그다지 염려하지 않아도 되었다. 떠나기 전에 마쓰코는 선반 구석에 있는 낡은 반닫이 속에서 보자기에 싼 물건을 꺼내고 있었는데, 아주 푸르스름하고 고풍스러운 기모노와 작은 문양의 쪼글쪼글한 견직물로 된 검은 하오리(羽織, 기모노 위에 입는 겉옷. 기장이 짧은 두루마기)를 입고 나왔다.

"이건 모두 어머니한테서 받은 것인데, 다른 건 다 팔고 이것만 남았어요"라고 마쓰코는 말했다. 밖은 흐렸고 차가운 바람이 강하게 불고 있었다. 한 세대 전의 복장을 차려입고, 눈을 내리깔며 나와 약간 떨어져서, 찬바람 속을 옷자락을 부여잡으면서, 고급 주택가의 담장 밑을 따라 걸어가는 그녀를 보고 있자니, 나도 옛날 메이지 시대의 도쿄를 걷고 있는 사람처럼 생각되었는데, 내 모습은 어땠는가 하면 학교 교복과 제모를 착용하고 있었기 때문에, 우리 두 사람은 상당히 기묘한 조화를 이루었던 모양으로, 길에서 마주치는 사람들은 모두 우리 두 사람을 번갈아 쳐다보곤 했다. 언덕을 내려와, 잡아 탄 택시 안에서 그녀는 차문 쪽에 몸을 바싹 붙여, 나와 되도록 간격을 두고, 시선은 줄곧 창밖을 향하고 있었다. 어느 고급 주택가 모퉁이의 커다란 문 앞을 돌았을 때, 여기가 그날 밤 이야기했던, 그녀에게 나쁜 일을 권유한 고리대금업자의 집이라고 했다. 그 뒤에도 어디서 주소를 알아냈는지 한 번 그녀의 집으로 편지를 보내왔지만, 그녀는 그것을 뜯지도 않고 불태워 버리고는 즉시 교회로 달려가 기도했다고 한다.

조선인 기독교청년회관의 문을 열자, 안내계에 있는 40세 가량의 피부가 검은 남자가 작은 창으로 나를 경계하듯 훔쳐보며, 문 쪽에 서 있는 마쓰코의 모습과 나를 번갈아 견주어 보았다. 게다가 현관의 반쯤 열린 문 사이로 보이는 홀에서는 권투 연습을 하고 있는 듯, 셔츠만을 입은 남자들이 두세 명, 가끔 얼굴을 내밀고 우리들을 가리키며 소곤소곤 뭔가 속삭이기도 했다. 고가 여기에 있느냐고 내가 굳은 표정과 목소리로 묻자, 그런 사람은 모른다고 안내 담당은 대답했다. 모를 리가 없다, 지금은 없더라도 전에 있었던 적은 있을 것이라고 거듭 물었으나, 아니, 도쿄에 있는 조선인을 일일이 다 아는 건 불가능하다고 했다. 그렇다면 알아봐 달라는 내 말에 이어, 마쓰코도 정중하게 고의 거처를 물으려고 했지만, 안내 담당은 어디까지나 무표정하게 모른다고 부정할 뿐이었다. 옆에 마쓰코가 있다는 것이 내 기분을 자꾸만 곤두서고 초조하게 했다.

"숨길 필요없잖아. 고군이 있는 곳을 알아봐. 아니, 여기 있지? 숨겨도 소용없어?"

"숨기진 않아요." 무표정한 안내 담당은 작은 창을 닫으려 했다.

"끝까지 숨기면 경찰에 의뢰할 거야." 나는 거칠게 말했다.

안내 담당은 그래도 잠자코 창문을 닫고는 천천히 담배를 피우기 시작했다. 나는 창문을 두드렸다. 그러자 홀에서 권투연습을 하고 있던 청년 셋이 문틈으로 내다보고 새된 조선어로 안내 담당과 얘기를 주고받더니, 나와 마쓰코를 비교해 보면서 글러브를 낀 손을 뻗쳐 자꾸만 이쪽을 가리켰다. 세 사람 모두 찌그러진 듯한 시커먼 얼굴에다, 머리는 기름을 발라 가리마를 탔고, 눈은 날카롭게 번뜩이고 있었다. 언더셔츠에서 비어져 나온 어깨와 팔에는 우람한 근육이 땀으로 빛나고 있었다. 나는 물러서지도 못하고 그들과 잠시 서로 노려보며 서 있었는데, 마쓰코가 내 겨드랑이를 쿡쿡 찌르면서, "그만 돌아가죠"라며 억지로 나를 밖으로 데리고 나왔다.

밖으로 나오자, 나는 슬프고 불쾌해져서 입을 다물어 버렸다. 마쓰코는 계속해서 미안하다고 되풀이 사과했다. 나는 지나는 길에 꽃집의 쇼윈도를 보자, 정신없이 뛰어들어가 빨간 장미와 흰 장미를 사서, "선물로 드릴게요"라고 말했다. 마쓰코는 나의 충동을 헤아리지 못했으나, 잠자코 그것을 받았다. 나는 무엇인가로 이 불쾌한 기분을 달래지 않고서는 견딜 수 없었던 것이다.

그러고 나서 제2의 목표—후카가와 변두리에 있는, 일본인이 경영하기는 하나 무산계급을 위해서 만들어진 기독교 관계의 자선병원에 가 보기로 했다. 고가 가끔 그 병원을 경영하고 있는 어느 사회운동가의 이름을 얘기한 적이 있었기 때문이다. 차 안에서 나는 다소 침착해졌지만, 이번에는 고를 생각하니 화가 치밀었다.

"나는 아무리 생각해도 고라는 남자가 수상한 것 같아요.

처음부터 고는 애매모호한 부분이 있는 인물이었어요."

마쓰코는 갑자기 뒤돌아보며 반대했다. "아녜요, 그럴 리가 없어요. 그분을 전 믿습니다. 그렇게 열심히 교회도 다니셨는데. 전 믿어요."

택시는 후카가와의 시가지를 벗어나, 저습한 곳을 달리고 있었다. 길 양쪽에는 드문드문 낮은 단층 연립주택이 이어졌고, 공터에는 대부분 시들어 버린 부들이 빽빽하게 자라나 있었고, 그 밑둥에는 시커멓고 빽빽한 폐수가 기포를 일으키면서 괴어 있었다. 단층 연립주택의 바닥까지 거무스름한 물로 눅눅해져 있었다. 길은 매우 울퉁불퉁하고 곳곳에는 구멍이 나 있어 차는 심하게 전후좌우로 흔들려 차 안의 우리들은 머리고 몸이고 할 것 없이 끊임없이 차체에 부딪혔다. 마쓰코는 구석에 달라붙어서 하얗게 질려 있었다. 영양불량인 듯한 아이들이 양쪽에서 따라다니며 위험한 줄도 모르고 우리가 탄 자동차를 놀려댔다. 아이들 중에는 조선인 아이가 많이 섞여 있었다.

이러한 변두리 병원까지 가서도, 고의 거처는 끝내 알 수 없었지만, 이번에는 친절한 간호부장이, 고는 전에는 가끔 여기 와서 도와준 적이 있었으나, 요즘에는 전혀 소식이 없다, 특히 그 '인도병원'에 불이 나고부터는 그 행적이 묘연하다, 그러나 소문에 의하면 그 병원이 불타 버려 갈 곳이

없어진 모르핀 중독 환자만을 스사키 외곽에 수용하고 있다
니까, 그곳에 가면 알 수 있을지도 모르겠다고 가르쳐 주었
다. 마쓰코는 답례로 장미를 반쯤 나눠 주고 나서 이제 됐으
니까 그만 돌아가자고 했지만, 여기까지 온 이상 갈 때까지
가 보자고 나는 우겨댔다. 고의 정체를 밝혀내고 싶다는 욕
구가 강렬했던 나는 이미 지쳐 있는 마쓰코를 끌다시피 해
서 스사키 벌판 한가운데까지 왔다. 운전수는 예약손님이
있으니 이젠 돌아가야겠다며, 거기서 우리들을 하차시키고
말았다. 우리들을 수상한 사람들이라고 여긴 모양이었다.
그래서 넓디넓은 스사키 매립지 외딴 길을, 멀리 마른 풀이
우거진 곳의 건너편에 보이는, 작은 집들이 옹기종기 모여
있는 곳을 몇 군데나 돌아다니며 묻지 않으면 안 되었다. 하
늘은 잿빛으로 이 황량한 초원 위에 드리워져 있었고, 바다
쪽에서 불어오는 세찬 바람은 때때로 마른 풀을 흔들며, 모
래 섞인 먼지를 날리면서 요란하게 지나갔다. 군데군데 마
른풀의 밑둥에는 지저분한 눈이 얼룩덜룩 남아 있었다. 우
리들은 바람이 불 때마다 눈을 감고, 인기척도 없는 벌판 한
가운데서 단둘이 바싹 달라붙어 꼼짝도 않고 서 있었다. 몸
속까지 얼어붙는 듯했다. 바람이 너무 강할 때에는, 마쓰코
가 내 팔을 붙잡고 매달렸다. 창백한 얼굴에 생기라곤 없었
다. 기름기 없는 머리카락이 바람에 흐트러져, 내 뺨을 바람

보다도 더 차갑게 어루만졌다. 이렇게 몇 번씩이나 멈춰서면서 수로 위에 놓인 위험한 다리를 몇 개나 건너 바다 쪽으로 바다쪽으로 수십 분이나 걸어가는 동안, 딱 한 번 잿빛 구름이 살짝 사라지고 희미한 햇빛이 마른 벌판 일부에 비쳐, 바다로 여겨지는 쪽이 은색으로 빛났지만, 순식간에 또다시 어두워지면서 추워졌다. 간신히 파도가 일렁이는 검은 수로 건너편의, 둑길 뒤로 옹기종기 모여 있는 오두막집에 이르렀다. 모두 지붕 한쪽을 제방 쪽으로 기대어 세운 움집 같은 것이었다. 수로의 다리를 건널 때, 혹시 강풍이 불어와 물에 빠질까봐 겁도 났지만, 간신히 제방 위까지 가니, 오두막집에서 조선인 남녀의 얼굴 몇이 내다 보았다. 그 한가운데의 큰 함석 지붕에 까만 페인트로 서툴게 '인도회'(人道會)라고 씌여 있었다. 마쓰코를 겨드랑이에 끼듯이 하며, 제방 사면의 마른 풀 위를 내려가 그 입구에 들어서자, 봉당에는 오십줄의 수염을 기른 노인이, 쥐색으로 때에 절은 조선 옷을 입고 멍하니 담배를 피우고 있었는데, 여기서도 경계하는 듯한 표정으로 공격할 태세를 취하는 것이었다. 이 남자는 일본어를 거의 몰랐다. 어두운 봉당 구석의 자욱한 연기 속에서, 커다란 통을 앞에 두고 경단을 만들고 있는, 배가 불룩한 여자를 불러 보았으나, 여자도 일본말을 알아듣지 못하는 듯 돌아보지도 않았다. 악취가 주변에 감돌고 있었다. 가까스로 칸막이 맞은편에서 노동자 복장을 한 청년이 나왔다. 칸막이가 열리는 순간, 어두침침한 방안에 시커먼 형체들이 서로 겹쳐 있는 것이 보였는데, 그것이 모르핀 중독 환자들이었을 것이다.

청년은, "나도 고를 찾아왔는데, 여기서도 모른답니다"라고 했는데, 그 얼굴은 거짓말을 하고 있는 것 같지는 않았다. 그렇다기보다도 우리들은 이미 되받아칠 용기를 상실했다. 그도 우리와 함께 밖으로 나왔는데, 지름길을 알고 있는 듯 우리들이 온 길과는 다른 방향으로, 보따리를 들고 멀찌기 앞서서 총총걸음으로 걸었다. 돌아가는 길은, 바다에서 불어오는 바람이 등을 때려댔기 때문에 추위가 한층 더 몸에 사무쳤다. 그래도 어느새 우리들은 엣추지마(越中島) 근처까지 왔다. 희고 깨끗한 건물이 있었다. 지붕 위에 돛대가 보였다. 상선학교였다. 문 앞을 지나쳤을 때, 대열을 지어 마당을 뛰고 있는, 흰 자켓을 입은 젊은이들이 보였다. 건강하고 생기발랄하게 빛나는 그들 주위에만, 따뜻하고 밝은 태양빛이 내리쬐고 있는 것 같았다. 돛대는 학교의 도크에 들어와 있는 연습선의 것이었다.

그때까지 내 곁에 바싹 달라붙어 걷고 있던 마쓰코가, 갑자기 내게서 조금 떨어져서 새삼스레 내 얼굴을 빤히 쳐다보며 소곤거렸다. "아아, 바다. 이대로 바다 건너 저 멀리에라도 갈 수 있다면 얼마나 좋을까요?" 그 목소리가 귀에 익지 않을 만큼 젊디젊은 여운을 지니고 있어서, 내가 놀라서 돌아보니 그녀의 얼굴에 순간적으로 희미한 혈색이 피어올랐다가는 이내 사라졌다. 그 얼굴에서 이미 아무것도 추구할 수 없었던 나는, 잠시 멈춰 서서 젊은이의 모습과 잿빛 하늘에 치솟아 있는 돛대를 응시하면서, 나에게도 바다를 동경했던 소년 시절이 있었음을 상기해 냈다. 며칠 전에 사촌 여동생과 본 사모아섬 영화에 나온 짙고 밝은 햇살, 녹색의 수목, 산호초에 부서지는 새하얀 파도, 갈색 피부의 여자, 꽃들, 그러한 꿈과 같은 것들과 저 두 개의 거무스름한 돛대가 연결돼 보였다.

"나는 저기 정류장에서 전차를 타야 하니까"라며 청년이 재촉했으므로, 다리를 건너 시가지로 들어갔다. 이 변두리 시가지가 아주 오래간만에 돌아온 도시처럼 번화하게 느껴졌다. 정류장 근처에서, 맞은편에서 오는 택시를 부르려고 하던 찰나에, 한 대의 트럭이 큰 소리를 내며 우리들과 닿을락말락하며 지나쳐 갔다. 그러자 내 옆에 서서 분명히 피했을 터인 마쓰코의 몸이, 힘없이 꺾이듯 땅바닥에 쓰러져 입에서는 무언가를 토하고 있었다. 전차를 타려고 하던 청년도 되돌아와서, 나와 함께 부축해 일으켰지만, 마쓰코는 눈을 감고 입을 꽉 다문 채 의식을 잃어버리고 말았다. 창백한 이마에는 땀이 송글송글 맺혔고, 그 몸은 무거운 진흙처럼 맥없이 늘어져 있었다. 나와 청년은 양쪽에서 그 몸을 지탱하며 겨우 길을 가로질러 '환락'이라는 간판이 붙은 한 카페를 발견하고는 안으로 들어가려 했다. 그녀는 그제서야 눈을 뜨고 이젠 괜찮다며 몸을 추스리려다, 또다시 힘을 잃고 그대로 축 늘어지고 말았다. 지저분한 짙은 녹색 칸막이 안은 좁고 어두웠고, 낮은 천장에는 빛바랜 단풍 조화와 초롱이 매달려 있었으며 우리 외에는 달리 손님도 없었다. 구석에 있는 의자에 기대어 앉아 불을 쬐면서 뭔가를 소리를 내며 씹고 있던 여자 둘이 일어나서 애교섞인 목소리를 내면서 다가왔다. 하지만 이 이상한 손님을 보자, 손질이 안된 단발머리를 한 얼굴이 둥근 젊은 여자는, 다시 원래 자리로 돌아가 버렸다. 화장독으로 피부가 누렇게 뜬 길쭉한 얼굴의 중년 여인은 그래도 다가와서 구석진 소파에 마쓰코를 눕히는 우리들을 도와주었다. 내가 포도주를 들어 마쓰코의 입에 넣어 주자 불안한 듯 눈을 뜬 마쓰코는 자꾸만 괜찮다고 몸을 일으키려 했으나, 아직 힘은 없었다. 입에서는 무슨 기도라도 하는지 가냘프게 알아들을 수 없는 문구를 반복하고 있었다.

"허리띠를 풀어줘야 해요, 손님" 하고 중년 여인은 말했지만, 마쓰코의 가슴 근처에 쪼그리고 앉아 꾸물거리고 있는 나를 보자 "아이구 답답해라. 내가 할게요"라며 재빠르게 마쓰코의 허리띠를 풀고 간호하면서 "몸이 얼었나 봐요. 몹시 차가워요"라고 했다.

나는 조금 떨어진 곳에 서서, 하릴없이 그것을 바라보고 있었지만, 희미한 어둠 속에 마쓰코의 가슴이 거의 유방 주위까지 아름답게 빛나듯 희게 떠오르고, 중년 여인이 몸을 흔들 때마다 유방이 어렴풋이 물결치는 것을 저린 마음으로 훔쳐보고 있었다. 뭔가 무서운 꿈에 가위눌리고 있는 듯한 마음이었다.

"오빠들 뭐 먹지 않을래요? 나한테 커피 한 잔 사 주세요"라며 둥근 얼굴의 여자가 내 옆에 와서 앉았다. 나는 청년 몫까지 포함해서 네 잔의 커피를 시켰다. 청년은 커피를 마시자마자, 급히 갈 데가 있어서 실례하겠다며 나갔다. 여자는 나에게 바싹 다가와 "저 사람, 오빠의 뭐야. 오빠 정부야? 처음에 난 동반 자살을 기도했다가 실패한 사람들인 줄 알았지. 대낮부터 동반 자살할 리도 없을 테고, 사람을 놀라게 하면 못 써요. 오빠, 과자 좀 사 줘"라며 치근댔다. 그 여자가 과자를 먹고 있는 동안에, 마쓰코는 완전히 기운을 되찾아 일어났기 때문에 우리들은 감사의 말을 전하고 밖으로 나오려고 했다. 젊은 여자는 남은 장미를 달라고 조르며, 입구에서 내 귀에다 "다음 번엔 혼자서 와"라고 하며 살그머니 뒤에서 내 손을 잡았다. 그 손은 까칠까칠했다.

길모퉁이까지 와서 택시를 기다리고 있자, 모퉁이의 파출소 앞에 많은 사람들이 모여 있었는데, 마침 다가온 택시를 타고 움직이기 시작했을 때, 무심코 쳐다보니 군중 속에서 두 사람의 경관에게 양쪽 팔을 붙잡힌 남자가 나왔다. 조금 전까지 우리들과 함께 있던 조선인 청년이었는데, 이미 우리들이 탄 택시는 그와 멀어져 번화한 전차거리로 들어서고 있었다.

"왜 그럴까요? 어휴, 무서워라."

"글쎄요."

"공산당이나 뭐 그런 사람일까요?"

"틀림없이 그렇겠지요."

"…그러면 고씨도 그런 일과 관계가 있을까요? 그래서 행방을 알 수 없게 되었을까요?"

"그럴지도 몰라요. 하지만 꼭 고군이 그렇다고도 할 수는 없겠지요."

"아까 그분은 좋은 사람 같았어요. 어쩐지 안됐군요. 자신이 믿고 있는 길을 위해서겠지만, 신이라는 걸 인정치 않는 길을 위해, 사람이 아무리 목숨을 걸고 전진하더라도, 단지 무서운 일이 기다리고 있을 뿐이 아니겠어요? 고씨도 걱정이 되는군요."

거리는 벌써 해질 무렵에 가까워졌고, 산동네로 돌아왔을 때에는 등불이 하나 둘 켜지기 시작하고 있었다.

"저는 이젠 고씨를 찾아다니지 않을래요. 돈 따위는 아무래도 상관없어요. 너무 경솔한 짓을 했나 봐요."

나는 겨울 저녁 무렵의 불빛을 바라보면서 "얼마나 보람 없는 하루였던가?" 하며 의미도 없이 중얼거렸다.

집에 돌아와 보니, 사키코는 새근새근 편안한 모습으로 잠들어 있었지만, 옆집 아주머니와 데루오는 기다리다 지쳐 있었다. 데루오는 어떻게 되거야라며 마쓰코에게 매달려 어리광을 부리면서 한동안 떨어지지 않았다.

그날 밤 아이들이 잠들고 나서, 마쓰코는 차를 끓여 놓았다며 나를 아래층으로 불러, 새삼스레 감사의 말을 하고 나서는 눈을 내리깔면서, 다음과 같은 말을 했다. "저는 이제 돈 때문에 집요하게 사람을 쫓아다니는 짓은 그만두겠어요. 그리고 제가 아까 졸도했던 것도 일종의 신의 계시였다는 걸 깨달았어요. 사실대로 말하면, 그때 나는 줄곧 바다 멀리에라도 도망치려는 어리석은 생각을 하고 있었거든요. 이런 괴롭고 어두운 세상에서 바다에라도 달아날 수 있다면 얼마나 좋을까 하고, 아이처럼 철이 없다면 없다고도 할 수 있겠지만, 정말로 자포자기의 무서운 마음이 들었었어요. 그러자, 그때 갑자기 그 오두막집의 문틈으로 본 환자들이 떠올랐습니다. 그것을 봤을 때는 단지 무서워서 소름이 끼칠 것 같은 사람들이라는 역겨운 느낌밖에 들지 않았지만, 곰곰이 생각해 보니 그런 생각은 저의 신앙이 부족했던 증거라고 느껴졌어요. 저 사람들도 인간이다, 불쌍한 사람이다라고 고쳐 생각하니까, 문득 저희집의 가몬도 그런 무서운 지옥에 당장에라도 떨어질 것만 같은 사람이라는 생각이 드는 거예요. 지옥에 떨어지면 좋겠다고 말한다면, 제가 속이 좁은 여자가 되겠죠. 저는 하나님에게 매달려 가몬을 그 구렁텅이에서 구해 내기 위해 일생을 바치지 않으면 안 돼요. 그런데도 바다 건너에라도 도망치려고 한 게 얼마나 어리석고 이기주의적이었던가 하고 생각했을 때, 자신의 지독함에 소름이 끼쳐 그렇게 정신을 잃었던 거예요."

"그렇게 생각하십니까? 하지만 그때는 몸이 너무 지쳐 있었기 때문입니다. 차에 약하기도 하고."

"맞아요, 차에 약한 데다, 게다가 어젯밤은 거의 자지도 못하고 뜨개질을 했어요. 그러나 그 때문에 쓰러진 건 아니에요. 역시 마음이 심란해져서 쓰러진 거예요"라며 마스이의 아내에게 보낼 진홍색 스웨터를 짜기 시작했다.

제8장

그러고 나서 며칠 동안 나는 마쓰코와도 가몬과도 가능한 한 얼굴을 마주치지 않도록 하며 지내고 있었는데, 두 사람은 나에 대해 그다지 별다른 기색도 보이지 않았다. 그뿐 아니라 가몬은 그 무렵부터 매우 얌전하고 상냥해져서, 마쓰코와 아이들에게 화를 내는 일도 적어졌다. 사키코의 병이 한 가정에 평화를 끌어들이는 계기가 되었다고조차 느껴졌다. 가몬은 내게도 한층 친근하게 굴며, 얼굴을 마주칠 때마다 영어를 가르쳐 달라고 졸라댔다. 내가 적당히 상대하자, 정식으로 배우려던 생각은 포기하는 것 같았지만, 그 대신 줄기차게 단어를 물어왔다. '꽃'은 뭐라고 하는가? '아가씨'는? '아름답다'는? '희다'는? '저녁밥'은? '만나다'는? '산책'은?…이라는 식으로 일본말로 묻는 경우도 있었고, '보이프렌드'란 무슨 의미냐? '스크린'은? '데이트'는? 'I'm sorry'는? 이라는 식으로 영어로 묻는 경우도 있었다. 그리고 영화배우의 이름 등을 어설프게 외어 와서는, 그 사람은 어떤 배우냐고 묻기도 했고, 슈베르트라든가 모차르트라는 이름을 물을 때도 있었다. 다박수염을 기르는 경우도 적어졌고, 여태까지 간간이 마쓰코 몰래 싸구려 창부집에 가곤 하던 버릇도 줄었다. 이 기괴한 변화가 왜 일어났는지 내게는 한동안 짐작조차 가지 않았지만, 가몬은 도저히 '비밀'을 간직할 수 있는 사람이 아니었다. 조만간 자신에게 하이칼라 연인이 생길 것 같다며 기쁜 듯이 이야기했다. 어떤 여자라고까지는 고백하지 않았으나, 귀가해서는 매번 오늘은 그녀가 자기를 보고 웃어 줬다든가, 오늘은 강한 남자인 것 같다고 했다며 자랑했다. 마침내 어느 날 기쁨을 감추지 못하고 나에게 털어놓았다. 내 방에서 포도주를 마시면서, 오늘 함께 영화나 보러 가자고 했더니, 다음에 한 번 가겠다고 했다며, 한숨을 내쉬면서 흥분해서 그 여자에 대해 자세히 이야기해 주었다.

그녀는 내각조사국에 새로 온 타이피스트였다. 세련된 복장을 하고, 까무잡잡하고 둥근 얼굴, 탄력있는 몸매에 눈이 커서 처음 본 순간부터 가몬은 반해 버렸다. 일단 K라고 해두자며 가몬은 으시대듯 K발음을 했다. K는 가몬과 관계가 많은 과에 들어왔는데, K도 왠지 그에게 상냥하게 대해 주었기 때문에 가끔 대화를 나누게 되었다. 처음에는 그를 '아저씨'라고 불렀지만, 어느 날 가몬이 자기는 옛날에 백만 엔 재산을 가진 부르주아였다고 말하고부터는, 다른 사람들과는 다른 눈으로 보게 되어 '기리시마 씨'라고 불렀다. 그러나 그러는 사이에 K의 미모에 눈독을 들이는 사람이 나타났고, 그중에서도 임시로 출입하던 법학사가 K를 유혹하기 시작했기 때문에, 지금의 가몬은 K와 친해지는 일보다 그 법학사의 마수로부터 그녀를 지키는 것이 먼저였다. K의 아버지라는 작자는 나쁜 사람으로, K의 모친을 쫓아내고 다른 여자를 집에 들이고, 딸을 이용해서 돈을 챙길 생각만 하고 있다는 사실을, 가몬은 그녀에게 들었다. K의 아버지는 지금까지 수도 없이, 딸에게 남자를 유혹하도록 시켰다. 이번의 법학사만 하더라도, K의 아버지 쪽에서 본다면, 돈을 뜯어 내기 좋은 봉에 불과했다. 따라서 그녀의 정조는 실로 위험하니까, 자신이 열심히 지키고 있다고 했다.

"정말로 극악무도한 애비야." 가몬은 매섭게 쏘아보는 듯한 표정을 지었다. 나는, 그 자신은 아버지로서 마쓰코와 자식들을 어떻게 대하고 있는가를, 조금도 생각지 않는 그 기묘한 두뇌 작용에 그저 놀랄 따름이었다.

"아아, 내게 옛날 재산의 10분의 1만이라도 있다면 좋을 텐데. 그 애비라는 놈에게는 썩어날 만큼 돈을 내동댕이쳐 주고, 그 따위 법학사 나부랭인 걷어차 버리고, 평생 K를 따뜻하게 지내도록 할 텐데. 이봐 자네, 그녀처럼 살결이 매끈매끈하고 몸매가 좋은 숫처녀를 손에 넣는다고 생각해 봐.

이건 천국에 들어가는 것보다도 더 감사한 일이지"라고 마지막으로 덧붙였다. 그는 K를 지켜 준다면서, 그 자신도 육욕을 채우려 하고 있다는 모순조차 깨닫고 있지 못했다.

그는 그 후에도 성가실 정도로 매일 K의 이야기를 내게 들려주었다. 어느 날, W라는 영화배우는 어떤 사람인가? K가 나를 닮았다고 했다며 득의양양하게 묻길래, 나는 뒷날 너무 심했다고 후회했지만, 그때는 장난삼아 내가 가지고 있던 잡지에 나와 있는 그 기이한 W라는 악역 배우의 사진을 보여 주었다. 그러자 가몬은 얼굴이 벌개졌다. 내가 "그런 식으로 여자가 허물없이 말하며 조롱하게 되면 큰 일이에요"라고 하자, "그래, 맞아" 하고 맞장구를 쳤지만, 그 후론 그다지 성가시게 얘기하는 일이 없어졌다. 그러나 그의 아름다운 정열은 그 후로도 줄곧 계속되는 것 같았다.

어느 날 오후, 학교에서 돌아와 보니, 문 앞에 고급차가 멈춰 서 있었다. 이상스레 여기며 현관문을 열자, 어떤 부인이 상류 자제가 들어가는 소학교 교복을 입은 사내아이에게 은색 여우 목도리를 들게 하고 서 있었다. 현관 다다미 위에서 가몬이 사나운 형상으로 떡 버티고 서 있었는데, 한바탕 고함을 친 뒤인 듯했다. 마쓰코는 웅크리고 앉아 눈을 내리깔고 울음을 터뜨릴 것 같은 표정으로 있고, 그 뒤에서 데루오가 해진 바지의 무릎 부분을 손으로 가리면서, 현관 바닥에 서 있는 소년을 향해 날카롭게 노려보고 있었다. 부인은 크고 화려한 과일 바구니와 화분에 아름답게 핀 연홍 명자나무 화분을 현관에 놓아두려다가, 발소리를 듣고 내 쪽으로 돌아다보았다. 훤칠한 뒷모습의 연보라빛 옷자락과 솔잎을 흩뿌린 듯한 무늬의 겉옷, 풍성한 머리 모양과 희고 긴 목만 바라보고 있던 나는, 이마가 넓고, 눈이 크고, 콧날이 오똑하고, 입매무새가 야무진 아름다운 얼굴을 쳐다보며, 현관 문턱을 넘은 채로 그냥 서 있지 않으면 안 되었다.

"아니, 필요없습니다. 필요없어요." 가몬은 소리치고 있었다. "여보, 여보" 마쓰코는 겁먹은 목소리로 가몬에게 말하며, 나에게는 남부끄러운 듯한 시선을 보내고 있었다.

"아뇨, 필요없어요. 사키코를 빼앗아 가려는 사람에게는 아무것도 받지 않겠어요."

그 부인은 그대로 묵묵히 남자 아이의 손을 잡아끌고, 화분과 과일 바구니는 그 자리에 남긴 채, 서 있는 내게는 눈길도 주지 않고 스쳐 지나가 차에 타 버렸다.

자동차 소리가 언덕 아래로 사라지자, 가몬은 현관에 놓여있는 명자나무를 걷어찼다. 나는 모르는 체하며 이층으로 올라가 책을 읽고 있었는데, 데루오가 올라와서 차를 끓여 놓았으니 마시러 오라고 한다기에 내려가 보니, 사키코가 자고 있는 옆방 거실에서는 과일 바구니가 풀어져 있고, 가몬은 도마 위에 큰 멜론을 올려놓고 식칼을 치켜들고 있는 참이었다. 데루오는 벌써 커다란 오렌지와 포도송이를 무릎 위에 올려놓고 포도를 바쁘게 입에 넣고 있었다. 마쓰코는 나에게, 조금 전의 부인은 자기 사촌 언니인데 T라는 큰 회사의 상사원에게 시집가서, 오랫동안 미국에 있다가 최근에 돌아와 문병하러 왔다고 설명했다. 그러고 보니, 그 부인은 마쓰코와 닮은 얼굴 생김새였다.

"이 집에서 제대로 간병하기 어려우면, 병원에 입원시키든지 경치좋은 바닷가에라도 데려가서 요양을 시켜 주겠다고 말한 게, 이 사람의 비위에 거슬린 모양이에요."

"그녀는 사키코가 귀여운 애니까 내게서 빼앗으려는 거야. 내가 아무리 무능력하고 가난하다지만, 자식 대여섯 명쯤 못 먹여살릴까 봐"라고 덥석 베어문 멜론 씨앗을 퇴퇴 내뱉으면서 가몬은 말했다.

"큰 소리치기는. 하나라도 제대로 키워 주세요."

"뭐라고, 아직도 쫑알거릴 거야?" 가몬은 또다시 이마에 핏대를 세웠다. "내 집에서 내 명령에 따르지 않는 건 용서 못해. 난 이 집의 가장이야. 신이야. 날 따르지 않는 녀석, 남에게 머리를 숙이는 녀석은 썩 나가 버려."

"아버지, 그러면 멜론은 먹지 말아야 되겠네요?"라며, 먹을 만큼 먹은 데루오는 포도송이를 호주머니에 넣고 놀러 나갔다.

　그날 밤 가몬은 품속에 사과를 넣어가지고 내 방에 들어왔으므로, 나는 홍차를 끓여 대접했다. 그는 오늘 낮의 일은 부끄러웠다고 했다. "하지만 그건 사키코를 보살펴 주겠다고 해서 화를 낸 게 아냐. 내가 파산했을 때 마쓰코더러 헤어지라고 권한 사람이 바로 그 부부란 말야. 내게서 마쓰코를 빼앗아 버리려고 한 데 대한 원한은 절대로 잊을 수가 없어"라며 울상을 짓고 계속했다. " 자네는 대충 이해가 갈 거야. 내 입장에서 마쓰코가 떠난다는 게 얼마나 고통스러운 일인지를. 하기사 저 여자는 얄미울 정도로 냉정하고 철저한 크리스찬이긴 해. 하지만 지금 내게서 아내와 자식을 빼앗아 버린다면 어떻게 되겠어? 그들은 미국에서 돌아와 또다시 그런 짓을 시작한 거야. 모든 게 마쓰코 때문이야. 내가 이렇게 몰락한 것부터 시작해서 모든 게 말야. M군, 여자는 정말로 무서운 존재야. 내가 파산한 직접적인 원인은 현(懸) 전체의 누에고치를 전부 사들였다가 전후(戰後)의 불황으로 빈털털이가 된 건데, 그것도 사실은 이런 거야. 그때까지 나는 여자로 인해 실컷 돈을 쓰기도 하고, 화가들의 후원자가 되기도 하고, 방적공장을 하다가 손해를 보기도 하고, 남에게 속아 해수(海水)에서 직접 소금 만드는 발명을 돕

기도 했지만, 그때까지만 해도 내 재산에 큰 타격은 없었어. 그 당시 나는 군의원이었는데, 현의회에 진출하려고 현청이 있는 Y시에서 마쓰코와 함께 체재하고 있었지. 누에고치를 사라는 브로커와 여관에서 술을 마시고 있는데, 친척들이 떼를 지어 몰려와서는 마쓰코가 듣고 있는 앞에서 실컷 내 험담을 하는 거야. 나는 벌컥 부아가 치밀어서 마쓰코가 보는 앞에서 허세로 내내 상대도 하지 않던 브로커와 현 전체의 누에고치를 전부 사겠다고 약속해 버렸지. 그래서 와르르 무너진 거야. 마쓰코에 대한 허세로 이렇게 되어 버린 셈이지. 나와 마쓰코의 인연을 그런 회사원의 아내가 알기나 하겠어?" 가몬은 정말로 울 것만 같았다. 나는 그의 이런 감정이 일시적 기분의 발작인지, 아니면 영구히 그의 마음속에 깃들여 있는 것인지 짐작이 가지 않았다.

화로에 손을 쬐면서 책을 읽고 있었는데, 아래층에서 가몬의 고함 소리와 마쓰코의 외치는 소리가 거의 동시에 들려왔으나, 나는 그 순간 오래간만이로군 하는 생각을 했을 뿐 계속 책을 읽었다. 이젠 습관이 되어 버려, 이 집에 있으면서 한동안 싸우는 소리를 듣지 않으면, 오히려 허전하고 쓸쓸하고 불안정한 기분조차 들기도 했다. 게다가 오래 있다 보니까, 나는 가몬의 그런 발작을 미리 느낄 수 있게 되었다. 그의 발작과 날씨 사이에는 어떤 미묘한 관계가 있었던 것이다. 맑은 뒤에 차츰 구름이 많아지고 습도가 올라감에 따라, 그의 눈은 무거운 듯 충혈되고 숨결은 거칠어진다. 그때도 당장이라도 비가 올 것같이 눅눅하고 몹시 추운 오후였었다.

어느새인가 가몬은 이층으로 올라와, 책상 옆에 앉아 담배를 두세 개비 연달아 피우고 있었는데, 이마 주위에 부풀어오른 혈관이 다소 가라앉자, "시끄럽게 해드려서 뭐라고 사과의 말…"이라며 매우 격식차린 말투로 말했다. 나도 책에서 눈을 떼지 않고, "어떻게 된 겁니까?"라고 의리상 물어 보았지만, 그는 건성으로 흠흠거릴 뿐 대답하려고도 하지 않았다. 그리고 문득 펼쳐져 있는 내 책 속의 여자사진을 발견하자, "그건…" 하며 갑자기 생기를 띠며 물었다. 이건 바이런이라는 영국 시인의 이야기를 쓴 책인데, 이 사진은 캐롤라인 람이라는 그의 애인 중의 한 사람이라고 나는 가르쳐 주었다. 무명화가가 그린 그 작은 초상화에는 깃이 높은 자켓을 입은 소년 같은 여자의 모습이 그려져 있었다. 소년처럼 근육질의 몸매에다 큰 눈과 짧게 돌돌 말아올린 머리모양을 하고, 포도나무 그늘에서 바람을 맞으며 서서 두 손으로 까만 포도가 수북이 담긴 접시를 받쳐들고 있었다.

"싱싱한 몸이군. 재미있을 것 같은데. 하지만 말괄량이라서 폭신폭신한 맛은 없겠어…." 가몬은 중얼거리고, 어떤 여자인지 자세히 얘기해 달라고 조르길래 나는 얘기해 주었다. 이 여자는 어느 대귀족의 딸로 남편도 있었지만, 가난한 방랑귀족 청년이었던 바이런이 유명해지자 최초로 상대가 된 여자였다. 처음엔 여자 쪽에서 흥미를 가져 한 번 만나고 나서는 바이런을 경멸하지만, 얼마 안 가서 반대로 바이런에게 끌려다니며 굴복하고 만다. 광기와 같은 정열을 가진 여자였으나, 바이런과 같은 남자에게는 만족을 줄 수 없었다. 왜냐면, 그는 그때 이미 그 전해의 여행에서 근동(近東) 지역의 방종한 여자들의 육체에 빠졌던 경험을 가지고 있었고, 옛날 수도원이던 고향의 저택에서는 나쁜 친구나 하녀들과 문란하게 놀아 퇴폐의 맛을 알고 있었다. 바이런이 여자에게 추구한 것은 '육체'가 지닌 유토피아였다. 캐롤라인의 모난 정열에 지친 그는, 어느 가을에서 겨울 무렵에 어머니처럼 아름다운 연상의 부인으로부터 사랑을 받게 되어, 그 부인 소유의 시골 장원으로 도피하여, 그녀의 딸을 사랑하게 되기도 한다. 결국 캐롤라인은 칼부림까지 일으킬 정도로 발광했다. 이윽고 바이런이 자신에게 돌아오지 않을 것이라는 것을 깨달은 어느 12월의 밤, 영지에 사는 시골처녀들을 불러모아 모닥불 주위에서 미친 듯이 춤추다가, 그 불 속에 그의 초상화, 편지, 그와 관계되는 모든 기념물을 불태워 버렸다.

"그 중년 여인의 그림은…." 가몬은 벌써 색정적인 표정을 온 얼굴에 드러내며 조바심쳤다. 그 옥스포드 부인의 초상은 처녀 적의, 부드럽고 풍만하며 따뜻한 피로 충만된 듯한 아름다움을 지닌 그림밖에 없었다. "아, 이런 여자가 조금만 원숙해지면 정말 멋질 텐데." 가몬은 입맛을 다시며 침을 삼켰다. 내 책은 그 부인은, 온화한 가을의 황혼처럼 아름답게 바이런의 마음을 진정시켰다고 적고 있었다. 또 가몬은 손을 뻗어 책장을 넘겼다. 작은 체구에 검은 머리의 여자, 크레아 크레아몬트의 초상화, 몸을 맡기려고 하는 순간 바이런이 주저해 버린 정숙하고 단정한 웹스터 부인의 초상화, 섬세하고 연약한 육감으로 가득찬 이탈리아 귀족의 아내… 가몬은 하나하나 그 여자들의 육체와 성정(性情)에 대해, 제멋대로 망상적인 비평을 하면서, 나에게 그것이 이 책에 쓰여 있는 내용과 합치되는지 어떤지 묻고, 그녀들과 바이런의 정사 경위를 미주알고주알 캐물었다. 결국 바이런은 이 여자를 가장 사랑했던 셈이라며 나는 바이런의 배다른 누나인 오거스트의 아름답고 풍만하기는 하지만, 정신의 번뜩임 따윈 하나도 보이지 않는 초상화를 펼쳐 보였다. 바이런과의 확실한 관계는 불분명하다며 일부러 숨기려 했으나, 이미 가몬의 망상은 그런 말로 막을 수 있는 것이 아니어서,

"아, 이건 좋네. 남자가 좋아할 수 있는 여자란 바로 이런 여자야"라며, 이러한 여자야말로 남자의 마음을 초조하게 만드는 경우는 전혀 없고, 단지 남자 본능의 모든 것을 깊이 감싸안아 준다라는 말을 의기양양하게 지껄였다. 그리고 이젠 여자는 더 없는가라며 또다시 책장을 넘기는 사이에, 광대뼈가 튀어나와 그다지 아름답지는 않지만, 다른 여자들과는 달리 현명함이 번득이는 여자의 초상화를 찾아내고는 "아니, 이건?" 하며 의아하다는 듯이 나를 쳐다보았다. 이 여자가, 결혼해서 금방 헤어지기는 했지만 바이런의 부인이 된 단 한 사람, 아나벨라 밀뱅크라고 내가 말했다. 왜냐고 그가 물었다. 왜냐 하면 이 여자는 귀족의 딸이지만, 캐롤라인의 친척으로 수학과 철학을 잘하며, 교양있고 성실한 여자였기 때문이었다. 교제하자마자 금세 바이런과 연애사건을 일으킨, 다른 여자와는 달랐다. 그것이 바이런의 마음을 오히려 자극했을런지도 모르지만, 그녀는 처음에는 바이런의 구혼을 거절했다. 그러나 방탕아이고 정신적으로 의지할 곳 없이 자꾸만 허물어져 가는 바이런을, 정신적으로 구제할 수 있는 건 자신밖에 없다. 자신이라면 그의 마음 속에 그나마 조금 남아 있는 순수한 정신을 눈뜨게 할 수 있을 것이라고 믿고, 희생적인 마음에서 결혼했을 것이다. 이미 결혼할 때부터 남자와 여자로서의 애정이 두 사람 사이에는 없었다. 바이런은 다른 여자에게 없는 것을 희구하는 별난 취미 때문에 결혼했는지도 모르지만, 곧 오거스트에게로 도망치고 말았다. 결국 이 여자가 구제해 주려 했던 의도는 한층 더 무서운 파멸의 원인이 되고 말았다라고 설명하자, 가몬은 큰 소리로 말했다. "그런 마음가짐이 잘못된 거야, 똑똑하다든지 신앙심이 깊은 여자는 자칫하면 그 남자를 구제하겠다는 시건방진 생각을 하기가 십상이지. 남자도 약간은 어리광부리는 듯한 기분으로 매달려 보고 싶기도 하지만, 마침내 결혼을 하게 되면, 남자와 여자는 그런 것만으로 부부가 될 수 없다는 걸 깨닫게 되는 게야. 그리고 남자는 한술 더 떠서 일부러 나쁜 짓을 하게 되지." 가몬은 매우 자신 있는 어조로 지껄였다. "그런데 M군, 그 여자가 희생적인 마음으로 상대인 탕아를 구제하겠다는 생각을 갖는다는 그 자체가, 자기 도취에 빠진 바보 같은 짓이란 말이야. 알겠나? 사실은 말야, 그렇게 고지식한 체하며 남자로부터 사랑을 받은 적이 없는 여자일수록, 마음속으론 남자를 갖고 싶어 안달을 하지. 그걸 자신도 모르는 채, 고상한 구실만 늘어놓는 거야. 즉, 이 여자 역시 바이런에게 반했던 거야. 그러나 남자가 탐내는 건 그런 여자가 아닌데 말일세."

그리고 나서 그는 이 서너 명의 여자 초상화를 몇 번씩이나 비교해 보고는, 여러 가지 호색적인 말을 술취한 사람처럼 내뱉었지만, 역시 오거스트가 좋다는 것이었다. "그런데 아저씨의 그 의견은 경험에서 비롯된 거예요?" 내가 짓궂게 묻자, "아니, 그건 아니야"라고 부정한 다음, "내 크리스찬 마누라는…"이라고 말을 꺼냈다간 그만두고 또다시 초상화를 들여다보았다. 나는 문득 조금 전부터 그가 몇 번이나 바이런의 초상화를 넘기면서 일부러 모르는 척하고 있음을 알아차렸다.

"하지만 이 바이런도 좋은 남자예요"라며, 나는 책을 들어 그에게 쑥 내밀었다. 가몬이 스스로 바이런이 된 듯한 기분으로 있는 건 아닐까 하고 어이가 없어졌기 때문이었다.

"으음" 하고 가몬은 말했다. "나도 젊었을 때는 훤칠했어."

나는 계속해서 바이런은 어쨌든 천재적인 인간이었다는 것, 그 최후가 비장했던 것 등을 이야기하려고 했다. 그러자 가몬은 갑자기 아래층에서 무슨 소리가 났음을 알아차린 듯 화제를 돌렸다. "방금 마스이 군이 진찰하러 왔어."

"그래서요…."

"아니, 그냥." 그는 히죽히죽 웃으면서, 마스이가 결혼한 지 2년도 채 되지 않았는데, 아름다운 아내의 마음을 사로잡을 수가 없어서 번민하고 있다는 것, 그 아내에게 딴 데 애인이라도 있는 건 아닐까 걱정하고 있다는 것 등을 이야기해 주었다. "이 포도접시를 든, 뭐라든가 하는 아가씨 같은 사람이야."

…문득 나는 심한 혐오감에 사로잡혔다. 가몬에게, 그리고 바이런에게도. 그러나 가장 심하게 자신에 대해서. 나는 가몬의 호색적인 본능을 일부러 부추기고는, 그것을 흐뭇하게 바라보고 있었던 건 아닐까? 사냥개의 후각을 한층 발달시켜, 무엇인가 사냥감이라도 찾아내려고 하듯이, 가몬의 동물적이고 예민한 본능을 부채질해서 들추어내지 않아도 좋을 인생의 비밀을, 추하게도 찾아내게 하면서 무언가 지식을 얻은 것처럼 착각하고 있었던 건 아닐까. 그리고 인생이나 문학을 모욕하고, 내 자신을 모욕하고, 또 가몬과 마스코를 모욕하고 있었던 건 아닐까. 나는 벌떡 일어나서 아래로 내려가 밖으로 나가려고 했다.

50미터쯤 앞에서 진찰을 끝내고 힘없이 걷고 있던 마스이에게 나는 잰걸음으로 쫓아갔다. 평소 같으면 창백한 얼굴에 금테안경을 낀 크리스찬 의사에게는 말도 걸지 않았을 테지만, 그때는 왠지 친근감이 느껴졌는지, 그를 불러 세워 어깨를 나란히 하며 눅눅한 바람이 부는 비탈길을 번화가 쪽으로 걸어 내려갔다.

"사키코의 병은 낫긴 낫는 겁니까?" 하고 나는 물었다.

"예, 이제 괜찮을 겁니다. 단 평소부터…몸을 소중히 여기지 않아서… 즉 영양과 휴식이 충분치 않고, 신경이 계속 곤두서 있으므로, 정말로 좋아지기 위해서는 근본적으로 섭생을 시켜야만 됩니다만."

"기관지가 나쁩니까?"

"여기저기 모두 나쁘지만, 그 아이는 이상하게 강인한 데가 있어요. 저렇게 약해 보여도, 그 아이의 생명력에는 영문을 모를 강한 힘이 있는 것 같습니다."

"말하자면 기리시마 씨가 그 아이에게 물려준 유일한 선물인 셈이죠. 약해 보여도 역시 아버지의 생명력을 이어받고 있는 걸 거예요."

"예, 그럴지도 모르죠. 그러나 정말 걱정되는 사람은 그 아이가 아니라, 오히려 아주머니입니다. M씨니까 말하겠는데, 일전에 억지로 아주머니의 몸을 진찰해 봤어요. 안색이 너무 안 좋아 보여서 진찰해 보곤 깜짝 놀랐습니다. 그렇게 손상된 몸은 처음 봤습니다. 호흡기, 심장, 위장, 모두 고장난 기계와 같았어요. 그런 몸으로 어떻게 그렇게 억척같이 일하며 버틸 수가 있는지, 사람의 몸이라는 건 의사의 머리를 초월한 것인가 봅니다."

"신앙의 힘과 정신력이라고나 할까요."

"그럴지도 모르죠. 기적이에요. 그보다 더 나쁜 데가 있어요. 그 아주머니 몸에는 남편 몸에 있는 독이…"라고 말을 꺼내려다, 마스이는 스스로 부끄러워진 듯 말을 끊고, 북서쪽 하늘에 떠 있는 잿빛 비늘구름을 바라보면서, "신슈(信州) 쪽은 대설이라고 합디다"라고 엉뚱한 말을 하더니, "저는 여기서 실례하겠습니다"라며 택시를 잡아 올라탔다. 나는 먼지 나는 길 위에 서서 마쓰코의 창백한 피부를 떠올리고는, 그것이 몸 속 깊이까지 침투한 가뭄의 고약한 병색인 것 같아, 차가운 바람 속에서 소름이 끼쳤다.

제9장

그 무렵, 나는 취직운동을 하지 않으면 안 되었다. 열성적으로 뛰어다닐 생각은 전혀 없었지만, 시골의 퇴직 말단관리의 자식으로서는 남들만큼은 하지 않으면 안 되는 일이었다. 고향에서 상경하여 성공한 실업가로, 사립대학의 이사직을 맡고 있는 사람 집에, 어느 날 가야만 했다. 그 학교의 교사로 써달라는 부탁을 하러 간 것이었다. 약속 시간인 저녁 무렵에 그의 사저로 찾아가니, 그는 아버지와 큰아버지의 옛날 친구였다며 이야기를 늘어놓았다. 나는 그 이야기를 중간에 가로채듯이 이력서를 꺼냈다. 그는 자네 아버지는 달필가인데, 자네는 필체가 엉망이군. 우선, 이런 식으로 종이를 접은 선 위에 글씨를 쓰면 안 되는 거라고 충고했다. 그러고 나서 대학에서는 무엇을 전공했느냐고 묻기에, 할수없이 시(詩)라고 대답하자, "하하아, 포엠을"이라며 스스로도 자못 우스워 죽겠다는 듯한 어조로 발음하며, 나를 보고 씩 웃었다. 나도 웃어 주자고 생각하며 웃었다. 그러자 허를 찌르듯, 그는 똑바로 나를 응시하며, 자네는 교육자라는 걸 천직으로 삼을 각오는 되어 있느냐고 물었다. 나는 "예" 하고 머리를 숙이고는 그 집에서 나왔다. 결국 나는 그 노인에게 우롱만 당했을 뿐, 취직에 관한 얘기는 아무런 언질도 받지 못했다. 뒤에서 배를 잡고 웃고 있을지도 모를 그의 모습을 상상하면서, 고급 주택가를 걸어서 근처에 있는 큰아버지 댁에라도 들러 볼까 생각했다.

"교육자"라는 말이 우스꽝스러울 정도로 집요하게 머리 속에서 맴돌고 있었다. 그러자 나의 머리속에는 그날 오후 집을 나서기 전의 광경이 떠올랐다. 점심때쯤 일어나 밥을 먹으러 아래로 내려가 보니, 마쓰코는 외출했고, 이제 겨우 일어나 앉을 수 있게 된 사키코만이 있었다. 식은 된장국을 먹고 있는데, 데루오가 학교에서 돌아와 내 곁에서 밥을 먹다가, 자꾸만 맛 없다고 불평을 하며, "사키코, 니가 병인지 뭔지에 걸리니까, 요즘은 맛있는 음식이라곤 전혀 먹을 수가 없어. 아파서 모두에게 폐를 끼치는 건, 변변치 못한 거고 나쁜 사람이야"라고 말했다. 사키코는 가만히 있었다. 데루오는 어떻게 해서든지 여동생을 화내게 만들어 울리려는 것처럼 점점 더 짓궂게 계속 치근댔다. "사키코야, 넌 낙제할 거야. 선생님이 그렇게 말했어. 그 정도 학교를 쉬었다고 낙제하다니 뭔가 이상해. 그 정도라면 나는 진급할 수 있을 텐데"라고 우쭐댔다. 사키코는 데루오의 계획대로 이불 위에서 울음을 터뜨리고 말았다. 나는 마침내 화가 나서 데루오를 타이르려고 했다. 그러자 데루오는 나를 화나게 만드는 것도 계획 속에 들어 있었던 것처럼, 히죽히죽 웃으면서 "선생님, 그렇게 여자애만 편애하는 게 아닙니다" 하고 배우의 말투를 흉내내며 말했다.

"뭐라고! 이 바보 같은 녀석!"이라고 외침과 동시에, 나는 그의 뺨을 철썩 때렸다. 데루오는 비틀거렸다. "애당초 사키코가 병에 걸린 것도 다 니가 꾀를 부렸기 때문 아냐? 그날 밤의 일을 기억하지?"라고 소리치는 사이에, 또 손이 올라가 머리를 때렸다. 손끝에서부터 비애감과 묘한 쾌감이 뒤섞여 내 머리로 찌릿하게 전해져 왔다.

"그날 밤의 일을 기억하고 있고 말고"라고 데루오는 고개를 숙인 채 혀를 낼름 내밀었다. 내 손은 또 움직였다. 때릴 때마다 내 머리의 저림은 커져 갔는데, 그 와중에도 나는 가몬의 감화를 완전히 받아 버렸음을 의식했다. 그러고는 집을 뛰쳐나왔는데, "교육자"라는 말에서 그 광경을 떠올렸다는 것은, 나에게는 당연한 것 같기도 했고 당돌한 것 같기도 했다.

큰아버지댁에서 저녁밥을 먹고 있는데, 새로 맞춘 흰 이브닝드레스로 갈아입은 사촌 여동생이 와서, 오늘 밤 친구 생일에 초대받았는데 9시쯤에 일찍 빠져 나와 다른 친구와 춤추러 갈 예정이니까, 그때쯤 그 무도장으로 오라고 속삭였다. 어쨌든 기리시마네로는 돌아가고 싶지 않았던 나는, 그 뒤 번화가로 나가 술을 마시고 10시쯤 그곳에 가보았다. 사촌 여동생 외에 담홍색 드레스를 입은, 얼굴도 몸도 오동통하게 살찐 아가씨와 어딘가의 대학생이라는 턱시도를 입은 청년이 있었다.

나와 춤을 추던 사촌 여동생은, 이하라 하마에가 결핵 요양소에서 지낸 지 오래 되었지만, 병세가 조금도 나아지지 않아서, 약간 자포자기 상태가 되어 버려 양친과 겐모치 등이 엄중한 섭생을 훈계하는 걸 오히려 귀찮게 여기고, 같은 요양소에 있는 그림 그리는 청년과 허물없이 지내고 있다는 사실을 나에게 소곤거리며, 내 반응을 살피려 했다. 나는 그런게 나와 무슨 상관이냐며 냉담한 표정을 지어 보였다. 의식적으로 그런 가식적인 표정을 만드는 데 성공한 순간, 내 기분도 그런 식으로 냉담해질 수 있었다. 만약 의식적으로 내가 얼굴을 붉힐 필요를 느껴 그렇게 했다고 한다면, 내 마음 또한 하마에를 그리워할 수 있었음에 틀림없다고 생각했다. 흐르고 있던 음악은 탱고로, 보랏빛과 주홍색 조명이 어두침침한 가운데서 서로 비벼대고 있는 남녀의 무리 위를 빙빙 돌면서 비추고 있었는데, 춤을 반쯤 췄다고 생각할 즈음, 내가 손을 델 데가 없을 정도로 폭신폭신하고 보드라운 사촌 여동생의 몸을 안고, 한쪽 구석으로 흘러 나왔을 때, 내 시선은 십여 미터 앞에서 주홍색 조명을 받으며 나타난 인물에게 못박혔다. 몇 쌍의 어깨 너머로 보이는 그 인물은, 어깨가 딱 바라진 청색 신사복에 기름을 바른 검은 머리, 세련된 자세로 이쪽으로 등을 보이며 새빨간 드레스를 입은 키다리 댄서와 무언가 어려운 춤동작을 하고 있었다. 분명히 본 적이 있는 남자라고 생각했다. 조명이 다른 곳으로 지나가 버려 어두침침해진 것과, 그 쌍이 뽐내듯이 방향을 바꾼 것은 거의 동시였다. 어둠 속의 남자는 틀림없이 고 같아 보였고, 설마 그럴 리가 하면서 고개를 길게 쭉 빼고 보려 했을 때, 나는 다른 쌍과 부딪쳐, 사촌 여동생이 화를 내며 혀를 찼다. 그때는 이미 고라고 생각된 남자는 몇 쌍인가의 무리들 속으로 미끄러지듯 사라져 버렸다. 그러고 나서 나는 춤이 끝날 때까지 그 남자를 눈으로 찾아보았지만, 두 번 다시 보이질 않았다. 춤이 끝나고 살펴보니, 파트너인 여자는 쓸쓸히 서 있었지만 남자의 모습은 보이지 않았다.

　밤늦게 돌아오니 마쓰코는 역시 뜨개질을 하고 있었는데, 오늘 내가 데루오를 때린 일을 모르는 듯 여느 때처럼 맞이해 주었다. 나도 고라고 생각되는 이상한 남자 이야기는 꺼내지 않았다. 냉정하게 생각해 보니, 고가 그런 차림을 하고 탱고를 추고 있다는 것은 너무나 우스꽝스러운 일로, 사실이라고도 생각할 수 없었다. 그러나 내 눈은 끝까지 그 사람은 고였다고 주장하고 있었다.

아침 늦게까지 잤다. 새벽녘에 눈을 떴을 때, 덧창문의 빈 틈으로 장지문의 한 점에 거꾸로 투사되고 있던 바깥 경치는, 드물게 맑은 하늘빛을 띠고 있었지만, 그 후 또 한숨 자고 점심 전쯤 일어나 보니, 밖에는 아직도 바람이 세차게 불어대고 눈가루가 덧문을 때리고 있었다.

갑자기 자동차가 집 앞에서 멈췄다. 우악스럽게 현관의 격자문이 열렸다. 가몬의 탁한 목소리와 젊은 남자의 큰 목소리가 들렸다. 가몬은 어젯밤 숙직이기는 하지만 오늘은 저녁때가 되어야 돌아올 터라고 생각하고, 나는 무심코 일어나 아래로 내려가 보니, 거실에는 가몬이 큰 대자(大字)로 누워 있었다. 머리 부분과 왼손에는 붕대가 넓게 감겨 있었다. 머리의 붕대는 머리띠처럼 되어 거의 두 눈을 덮고 있었다. 왼손 붕대에는 새빨간 피가 번져 있었다. 머리맡에 마쓰코가 창백해져 눈을 감은 채 앉아서 무언가 입 속으로 중얼거리고 있었다. 발치엔 낯선 젊은 남자가 몹시 흥분하여, 엉거주춤한 자세로 계속 가몬의 몸을 주무르고 있었다. 옆방에서 사키코까지 기다시피 하여 나와 앉아 있었다. 나는 언젠가 본, 석가모니가 열반하는 그림, 거대한 부처 주위에 모인 제자와 새와 짐승의 무리를 그린 그림을 떠올렸다.

"와하하, 아무 일도 아니야. 법석 떨지 마." 가몬은 소리쳤지만 사실은 괴로운 듯했다. 거기에 옆집 아주머니가 와서 가몬의 붕대를 갈아야 된다고 하며 떠들어댔다.

마쓰코는 비로소 눈을 뜨고, 조용히 "어떻게 된 겁니까?" 하고 젊은 남자에게 물었다. 침착한 목소리였다.

"아, 처음 뵙겠습니다. 나는 같은 조사국에 근무하고 있는 이런 사람입니다"라며 검은 양복을 입고, 정말 그러고 보니 옷깃에 조사국 마크를 단, 머리숱이 적고 여윈 그 청년은 우선 모두에게 명함을 돌렸다. M대학 법과라고 적혀 있으므로 야간대학에 다니고 있는 것일 게다. "…그런데, 무슨 이야기부터 해야 좋을지 모르겠군요. 예, 어쨌든 때렸습니다. 때렸어요." 그는 눈을 감고 환상을 쫓고 있는 듯했지만 점점더 흥분하는 것이었다.

"때렸다고 하셨는데 그게 무슨 말입니까?" 마쓰코는 사키코를 끌어당겨 안으면서 물었다.

"어느 놈이고 할 것 없이 모두 다 괘씸해. 내각조사국을 때려부숴 버릴 거야." 가몬은 일어나려 했지만, 온몸에 타박상을 입은 데가 아픈 듯, 신음하면서 다시 털썩 드러누웠다. 옆집 아주머니가 수건을 적셔 이마를 차게 해 주었다.

"저어, 반역의 핍니다"라고 청년은 말을 더듬으면서 외쳤다. "예, 오늘 아침에, 기리시마 씨는 건방진 상사와 충돌하여 그를 때린 거예요. 또 말리려고 하는 놈들을 발로 차서 쓰러뜨렸습니다. 통쾌했습니다. 정말로 통쾌했습니다. 도대체 상사 따위가 뭐란 말입니까? 기리시마 씨가 의분(義憤)을 터트려 그를 때린 건, 조사국을 직장으로 삼고 있는 저희들 같은 프롤레타리아 말단 고용인들에게는 그보다 더 통쾌한 일은 없었습니다. 그런데 말입니다, 기리시마 씨가 마침내 과장까지 때리려고 하자, 같은 말단 동료이면서도 그 놈들이 모두 합세하여 가몬 씨를 말리는 거예요. 그 놈들의 의식 수준이 낮은 건 아니예요. 자각이 없는 겁니다. 기리시마 씨는 꽤 많은 물건을 내던졌어요. 이 왼손의 상처는 유리를 깨뜨릴 때 생긴 겁니다. 아침 훈시 때였습니다."

"대충 이해가 갑니다만, 왜 그렇게…." 마쓰코는 물었다.

"뭐, 왜냐구?" 가몬은 또 몸을 일으키려 했다.

"예, 관료 놈들은 평소부터 건방졌습니다. 특히 그 놈은 더욱 심했지요. 저희들이 보호하고 있던 어느 여 사무원을 유혹하려고까지 한 주제에, 오늘 아침 훈시를 하는 거예요. 기리시마 씨의 행위는 실로…조사국에 있어서 혁명적인 의미를…"

"그런데, 뒷일은 어떻게 되었나요?"

"나는 내일부터 내각조사국에는 안 갈 거야." 가몬은 소리질렀다. 문득 쳐다보니, 그는 지금 처음으로 금단추가 달린 수위 제복을 입고 있었다. 입구의 문지방에는 낡아서 후줄근해진 제모가 뒹굴고 있었다. 숨통이 끊어진 괴물이 비로소 정체를 드러낸 것 같다고, 나는 무의식중에 약간의 친근감마저 느끼면서 웃음 소리를 낼 뻔했다. 그러나 청년에게는, 괴물은커녕 군복을 시체 위에 얹은 영웅적 투사의 장송(葬送)같이 보였을 것이다. 그러나 눈꺼풀 위에 덮인 붕대 밑에서 내게로 시선을 던진 가몬은, 내 눈이 그의 제복을 응시하고 있음을 알아차렸는지, "도테라(솜을 두껍게 넣은 방한용 일본옷)를 꺼내 와" 하고 소리를 질렀다. 나는 가몬이 제복 차림이라는 걸 이제 겨우 알아차렸다는 사실에서, 나 자신도 몹시 당황하고 있구나고 생각하면서, 가몬이 옷을 갈아입는 동안에, 마쓰코를 남기고 옆집 아주머니와 함께 청년을 데리고 현관까지 나왔다.

청년은 다소 마음이 진정된 모양으로, 현관에 선 채로 두 사람을 향해 낮은 목소리로 가몬의 격투를 상세히 얘기했다. 그 말에 의하면 상대방들도 몇 명 다친 것 같았는데, 가몬 자신도 기둥 모서리에 넘어져서 잠깐 졸도한 것 같았다. 그러고 나서 청년은 손목시계를 보더니, 맹장지 건너로 가몬을 향해 "기리시마 씨, 시간이 되서 이만 돌아가겠습니다. 통쾌했습니다. 또 문병오겠습니다" 라고 외치고, 나에게는

"댁입니까? 전부터 기리시마 씨가 자주 말씀하신 대학에 다니고 계시다는 분이. 나도 분발해서 고등문관시험을 칠 각오입니다. 한 가지 부탁이 있는데 영어 지도를 좀 해 주세요. 오늘은 명령으로 기리시마 씨를 모셔다 드리려고 왔을 뿐이니까, 시간도 그렇고 해서 이만 실례하겠습니다"라며 허둥지둥 현관을 나갔다. 그가 나갈 때, "바보 같은 녀석! 멍텅구리! 여우 같은 놈!" 하고 찢어질 듯한 큰 소리로 가몬은 그의 뒷모습을 향해 소리쳤다. 그 울림이 고요해지자, 맹장지 건너로 마쓰코의 나지막한 기도소리가 들려왔다. 가몬은 실직했다. 이 집은 한층 더 나락으로 다가갈 것이다. 사무치는 듯한 쓸쓸함이 그 기도 소리에는 있었다. 언제나 수다스러운 옆집 아주머니도 고개를 떨구며 서 있었다. 무슨 말로 모두를 위로해야 좋을지 몰랐기 때문에, 서둘러 옷을 갈아입고 밖으로 나갔다.

친구와 놀다가 밤이 되어서 돌아왔다. 친구에게 재미있는 듯이 가몬에 대해 얘기했던 자신을 떠올리며, 오늘 아침의 그 청년을 어떻게 비웃을 수 있겠는가는 생각을 하면서 캄캄한 집으로 돌아왔다. 가몬은 집에 없었다. 원기를 되찾아 또 거리를 서성대고 있을 것이다. 마쓰코도 맞이하러 방에서 나오지 않았다. 데루오와 사키코는 잠들어 있었다.

이층으로 조용히 올라가 보니, 방에 불이 켜져 있었다. 층계참에서 장지문을 열어보니 내 책상에 앉아 마쓰코가 뭔가를 쓰고 있었는데, 그제서야 내가 온 걸 알았는지, "어머나, 돌아오신 줄 몰랐어요" 하며 일어서려고 했다. 그것을 제지하며 다가가 보니, 마쓰코는 내가 이력서를 쓰기 위해 요즘 사용하고 있는 벼루와 붓과 종이를 사용해서 습자를 하고 있었다. 낡아서 너덜너덜해진 "와칸로에이슈쇼"(倭漢朗詠集抄 : 1013년에 후지와라 긴토에 의해 편찬된 가집으로, 중국의 한시와 일본의 와카를 수록하고 있는데, 긴토 등의 필체로 쓰여진 필사본은 습자의 본으로 사용되었다)였다.

나의 집은 길도 없어져 버릴 만큼 황폐해져 버렸구나
무정한 그 사람을 하염없이 기다리는 사이에

멀리서 그저 바라보는 것만으로 끝나 버리는 것일까
가쓰라기의 다카마산 꼭대기에 걸려 있는 흰 구름이여

朝有紅顏誇世路 暮爲白骨朽郊原

등의 노래와 시구가, 그 책을 필사한 후지와라 고세이(藤原行成)의 필체를 모방하여 어지럽게 쓰여 있었다. 마쓰코는 얼굴을 붉히며 부끄러운 듯 두 손으로 종이를 가리려 했지만, 그 손등 사이로 보이는 그녀의 글씨체는 가느다랗고 아름다워서, 보통사람은 쉽게 모방하기 어려운 고세이체를 잘 소화하고 있었다.

"어머니가 옛날에 준 책을 꺼내 봤어요. 가몬은 저녁때 다시 기운이 난다면서 나갔어요. 술이라도 마시러 나간 거겠지요?" 그렇게 말하면서 두세 장의 종이를 꾸겨서 소맷자락에 넣고 일어나 내려가 버렸다. 내려가면서, "책상과 벼루, 종이까지 허락도 없이 빌려쓰고, 어질러 놓은 데다가 돌아오신 줄도 모른 벌로, 대신 차라도 한잔 대접할게요"라고 했다.

내가 현관문을 열고 계단을 올라가는 것조차 알아채질 못할 정도로, 그녀는 골똘히 옛날 시와 시구쓰기 연습을 하고 있었던 게다. 나는 문득 마쓰코가 고통 속에서도 무너지지 않고 살아가는 마음의 지주와 의지는 그리스도의 가르침, 백인종이 만들어낸 종교의 신념뿐인지, 아니면 이같은 전통적인 심정, 일본 여자들의 마음속에 장구히 흘러온, 이 글씨체처럼 가늘고 부드럽고 고요하고 맑은 것들을 접하는 마음에서 생겨난, 끝없는 인종(忍從), 내지는 망각의 허탈과 비슷한 마음인지 판단이 서지 않았다.

제10장

머리의 붕대를 막 푼 지 얼마 안 되는 가몬과 나는, 둘이서 매일같이 취직운동을 하러 돌아다녔다. 그러나 둘 다 그다지 열심은 아니어서, 그중 어느쪽인가가 하루에 한 군데라도 가면, 두 사람 다 그날 일은 끝난 것 같은 기분이 되었다. 내가 어떤 집 응접실에서 주인과 마주앉아 있을 때는, 문 앞까지 함께 온 가몬이 일부러 그 응접실 옆의 담장에서 괴상한 소리로 유행가를 부르거나 해서 훼방을 놓았다. 내가 그 집에서 나오면 결과가 어땠는지는 물어 보지도 않고, 자기는 아직 한 군데도 안 간 주제에, 아아, 오늘의 대업도 이것으로 끝났다며 그 뒤로는 함께 여기저기를 돌아다녔다.

가몬은 거의 한 푼도 없었고, 나도 별로 돈을 가지고 있지 않았기 때문에 재미있게 놀러다닐 수는 없었다. 가몬은 나를 꾀어서 아무데나 근처에 있는 대중 목욕탕으로 들어가, 한 시간이든 두 시간이든 몸이 새빨갛게 익어 나른해지도록 노는 걸 좋아했다. 대낮에 손님이 거의 없는 목욕탕 안에서 바다거북이처럼 잠수하기도 하고, 때미는 곳에 반듯이 누워

서 음정도 맞지 않은 유행가나 찬송가를 큰 소리로 부르기
도 했다. 또 양궁장을 발견하면, 반드시 그곳에 들르곤 했는
데, 그는 그때만은 전신이 날카로운 긴장감으로 팽팽해져
서, 화살은 언제나 놀라울 만큼 멋지게 명중하는 것이었다.
검객영화를 보러 가자며, 자주 나를 꼬득여서 한 번 따라갔
지만, 들어가서는 금방 "얼마 전에 머리 다친 데가 아파온
다"며 도중에, 나가는 일이 많았다. 동물원에도 자주 갔다.
그는 하마라든가 코끼리라든가 거대한 동물을 싫증내지 않
고 바라보는 걸 좋아했는데, 특히 살풍경한 나무와 바위 위
에서 몸부림치고 있는 흰 곰을 좋아해서, 곰 우리 난간에 엎
어질 듯이 기대어 한 시간씩이나 넋을 잃고 바라보는 일도
있었다. 이런 하루의 귀가길에는 어딘가 노동자들이 모이는
값싼 식당에서 저녁을 먹었는데, 중산모자는 탁자 위에 올
려놓고, 모닝코트의 단추는 풀어제치고 술을 마셨다. 그리
고는 내각조사국에서 상사와 싸웠을 때의 일을, 주위 사람
에게 들리도록 자랑삼아 크게 떠들었는데, 그 이야기는 차
츰 과장되어서, 국장도 과장도 가몬의 팔에 번쩍 들려 몇 미
터나 멀리 나가 떨어져 콘크리트 바닥에 처박혔고, 유리창
은 몇 십 장이나 부숴져 가루가 되었고, 다친 사람의 수도
모를 정도였다는 식이 되어갔다.

　머지않아 나는 이런 일정에 싫증이 나서, 핑계를 만들어

그와의 동행을 거절하게 되었지만, 가몬은 취직운동에 열심이었기 때문이 아니라 방랑벽 때문에, 매일같이 이력서를 한 장씩 써 가지고는 아침부터 나가는 일을 거르지 않았다.

논문 구술시험이 끝난 날 밤늦게, 어렴풋한 악몽에 시달리다가 반쯤 깨었을 때, 옆방에서 사람 소리가 났다.

고가 돌아온 걸까 하고 비몽사몽간에 귀를 기울이자, 그것은 술 취한 가몬과 또 한 사람의 전혀 모르는 남자의 말소리였다. "주인어른, 덕분에 살았습니다요." 목이 잠겨 버려 늙은인지 젊은인지 알 수 없는 그 남자의 소리는 쉴 새 없이 반복되고 있었다. "자, 감사의 말은 그만 하고. 안심하고 내 집에서 기운날 때까지 쉬었다 가게"라고 가몬은 말하면서, 이불을 깔고 있는 듯했다. "옆방에는 사람이 있지만 신경쓸 건 없어…내일은 충분히 먹여 줄 테니까, 오늘 밤엔 이걸로 참고." 가몬은 아래층에서 몰래 만들어 온 듯한 주먹밥인가 뭔가를 품속에서 꺼내 주는 듯했다. 남자는 게걸스럽게 먹으면서 한층 쉰 목소리로 이번에는 딸국질을 섞어서 "길가의 강아지처럼 아무렇게나 굴러 다니는 부랑자를 도와주시다니 주인어른은 부처님이십니다요"라고 했다. "부처님이 아니야. 나는 크리스찬이야. 하하하"라고 가몬은 대답했다.

그러고 나서 가몬은 지금은 가난할지언정이라고 전제를

하고, 여느 때처럼 옛날에 부자였던 시절을 이야기하기 시작했다. 그러자 남자는, 나도 역시 옛날에는 하고 말을 꺼냈다. 잘은 알아들을 수 없었지만, 그 남자는 무사계급 출신이라고 했다. 관리가 될 작정으로 도쿄로 나왔는데, 그림을 좋아하게 되어 그림공부를 했다고 하며, 자기의 솜씨 자랑을 했다. 그리고 유명한 일본 화가들을 하나하나 매도했다. 가몬은 일일이 고개를 끄덕이며 듣고 있는 듯했다. 그런 사람이 왜 이렇게 되었냐고 묻자 "이것, 이것 때문이죠"라고 남자는 손짓을 했던 것 같다. "지금도 그만둘 수 없어요. 주인어른, 좋은 데가 있습니다요. 한 번 기분전환 하러 가 보지 않으시겠습니까?", "그래?" 처음엔 여자에 관한 거겠지라고 상상을 하며 듣고 있었는데, 곧 도박에 관한 얘기란 걸 알았다. 그러고 나서 나는 몇 번이나 졸다가는 깨고 깨었다가는 졸고 했는데, 두 사람의 도박 이야기는 거의 새벽까지 계속되고 있었다. 그 사이에 가몬은 몇 번이나 살금살금 아래에 내려가서 먹을 것을 가져와, 일주일이나 굶었다는 그 남자의 식욕을 채워 주고 있는 듯했다.

한없는 가몬의 친절한 마음에 어이가 없으면서도 잠을 방해받아서 화가 난 나는, 때때로 가몬이 맹장지 건너로 낮은 소리로 내 이름을 불러, 내가 자고 있는지를 시험하는 데도 일부러 대답도 하지 않고 깊이 잠든 체하기는 했지만, 결국 새벽녘까지 푹 잘 수가 없었다. 잠을 깨자 벌써 10시가 넘어 있었다. 옆방에는 인기척이 없었다. 그 방으로 들어가 보니 먹다 흘린 밥알이 방바닥 여기저기에 흩어져 있었고, 아직도 남자의 고약한 냄새가 풍겨 나왔다. 아래로 내려가 보니, 마쓰코는 멍하니 뜨개질을 하고 있었다. 가몬은 그 남자와 함께 새벽같이 나갔다는 것이었다. 잠자리에서 일어나 앉아 있던 사키코는 어젯밤 내내 한숨도 잘 수 없었다고 했다. 마쓰코가 오늘 아침 가몬에게 불평을 하자 도리어 "당신은 도대체 성경을 어떻게 읽고 있는 거야?"라며 고함을 질렀다고, 나에게 쓴웃음을 지으며 말했다.

문득 마쓰코는 "어머, 맞아, 오늘은 명절이구나. 사키코야, 히나인형(일본 고유의 옷을 입힌 미니인형, 3월 3일은 여자아이들의 명절로 이 히나인형을 장식해 줌)이라도 장식하자꾸나"라며 일어나서 옆방의 반침을 열었다. 벌써 3월이 되어 있었던 것이다. 그러고 보니 장지에 비치고 있는 햇살도 다소 부드럽고 밝게, 차츰 건강을 되찾고 있는 사키코의 뺨을 따뜻하게 담홍색으로 물들이고 있었다.

내가 그렇게 밝은 빛 속의 소녀를 보며 푸근한 마음이 되어 있을 때, 쾅하고 큰 소리가 나서, 돌아다보니까 열린 반침 문턱에, 마쓰코의 몸이 축 늘어져 쓰러져 있었다. 그 큰 소리는 반침 속의 칠기함 뚜껑이 닫히는 소리 같았고, 약간 떨어진 곳에서 보기에는, 마쓰코가 그 뚜껑에 머리를 부딪쳤는지, 아니면 그 틈에 낀 것처럼 생각되었다. 마쓰코는 지난 번처럼 의식을 잃고 쓰러져 있었기 때문이다. 그렇지만 이번에는 별 일 아니었는지, 내가 그 차가운 몸을 안고 안방까지 끌고 오려고 하자, 고개를 저으면서 억지로 내 팔에서 빠져 나갔다. 그리고는 흐트러진 옷매무새를 바로잡으면서 부엌으로 가 뜨거운 물을 마시고 나서, 또다시 반침으로 가서 칠기함을 열려고 했다. 내가 고집스럽게 도우면서 뚜껑을 받치고 있자, 마쓰코는 그 빈 칠기함 속을 손가락으로 가리키면서 말했다.

"이것 좀 보세요. 이젠 아무것도 안 남았어요. 확실히 어젯밤 사이에 마지막 남은 제 소지품까지 도둑처럼 가지고 나간 거예요. 어머니의 유품인 기모노도 이젠 한 벌도 없어요. 오늘 병이 완쾌된 걸 축하하려던 사키코의 단 한 벌 있는 나들이옷도 없어졌어요. 그래도 어제까지는 이 밑바닥까진 절대로 손대지 않았는데."

나는 가몬이 도박을 하러 갔을 것이라고는 차마 말할 수 없었다. 단지 가몬의 성경해석법이 조금 도가 지나친 거겠죠라고 말하며, 그 칠기함에 유일하게 남아 있는, 낡은 신문지에 싸여진 히나인형 꺼내는 것을 도와주었다. 시큼한 먼지 냄새가 나는 몇 개의 인형은 잠시 후 사키코의 머리맡 방바닥에 진열되었다. 마쓰코의 할머니 때부터 전해 내려온 것이라는, 그 크고 고풍스러운 인형 중에, 남자인형은 쥐가 뜯어 먹었는지 코가 떨어져 나갔고, 여자인형은 머리장식이 떨어져 나간 데다 볼에는 홈이 나 있었다. 고닌바야시(五人 囃子, 노래, 피리, 큰 장구, 작은 장구, 소고를 가지고 다섯 사람이 합주하는 음악인데, 이를 본떠서 만든 작은 인형을 3월 3일의 히나 명절 때 장식함)도 손이 부러진 것, 머리가 한쪽이 없어진 것, 옷이 흐트러진 것, 피리가 빠진 것 등 온전한 것은 하나도 없었다. 그보다도 나는 그 히나인형들의 얼굴에 칠해진 하얀 도료색깔이, 시간의 작용으로 깊이를 알 수 없는 노르스름한 색으로 변해 있다가, 모처럼 보는 빛 속에서 괴이하리만치 교교하게, 바래기 시작한 주홍색, 자색, 황금색의 옷들과 반사하고 있는 데 전율을 느꼈다. 그래도 마쓰코는 재빠르고 솜씨있게 그 인형들을 늘어놓고, 마침 집에 있는 소금 전병(쌀가루를 반죽해 얇게 펴서 소금을 쳐 구운 과자)을 접시에 담아 인형 앞에 놓으면서, 나에게도 권했다.

마쓰코와 사키코는 어느새인가, 사키코가 모르는 조모, 증조모 등의 이야기를 하고 있었다. 마쓰코의 친정집은 가몬이 살던 고향의 해안에서 강을 거슬러 올라간 산골짜기의, 푸른산으로 둘러싸이고 맑은 시내가 흐르는 분지의 작은 성하도시(城下町 : 에도 시대 때 지방 제후의 거성을 중심으로 생겨난 도시)였다. 교토 지방의 풍습이 남아 있다고 하는 그 지역에서, 마쓰코의 집안은 대대로 국학(國學 : 불교와 유교에 대항하여 에도 시대에 생겨난 학문. 주로 일본의 사상, 문학 등을 연구함)을 연구한 가문이었고, 일족 중에는 지방에서 유명한 도쿠가와(德川) 말기의 국학자도 나왔고, 메이지 유신(明治維新) 때는 탈번(脫藩 : 에도 시대에 무사가 자기가 속했던 藩을 뛰쳐나와 낭인이 되는 것)하여 근왕(勤王)을 위해 일하다 죽은 이도 있었다. 마쓰코의 증조부는 메이지 시대 최초의 물리학자 중의 한 사람이었다. 이 순결한 혈통에 대해서 딸에게 얘기할 때, 마쓰코의 얼굴에는 체념할 수 없는 쓸쓸함도 있었지만, 어딘지 모르게 과거의 영광에 취한 듯한 기쁨의 빛이 희미하게 떠올랐는데, 그 말을 듣는 사키코에게는 좀더 어두운 표정이 어려 있었다. 스스로 알아차려서 그렇게 느끼고 있는 건 아니겠지만, 비록 어린아이라 하더라도 그 마음속에는, '어째서 그런 훌륭한 피를 이런 혼탁한 피에 섞어 버린 걸까, 이 일을 어디에다 호소하면 좋겠느냐'고 원망하고 싶은 부분이 있었음에 틀림없었다.

"나도 나가서 꽃이든 인형이든 뭔가 사다 줄게." 나는 허전한 마음으로 일어났다. "아니, 그것보다 사키코야, 건강해지면 4월이나 5월에 어디 바다에라도 하루 놀러 가자"고도 말했다.

"정말이에요?" 뜻밖일 만큼 갑자기 사키코는 기쁜 듯한 표정이 되었다.

내가 이렇게 해서 사키코의 마음을 조금은 들뜨게 하는데 성공했다고 생각하고 있을 무렵, 현관에서 "기리시마 씨, 기리시마 씨" 하는 굵은 남자 목소리가 거리낌없이 울려왔다. 마쓰코는 당황하며 나가서 뭔가 입씨름을 벌이고 있었는데, 곧 안으로 되돌아와서 나에게도 나와 달라고 했다. 나가 보니 제복을 입은 이 구역의 경관과 건장해 보이는 검은 양복의 형사가 고에 관해서 마쓰코에게 물어 보고 있었다. 어디 갔느냐 주소는 모르느냐며 마쓰코와 내게 번갈아 집요하게 물었다. 형사는 집안으로 들어와 고가 있던 방을 뒤지러 갔는데, 그 방에는 고의 물건은 아무것도 없었다. 어젯밤 가몬이 부랑자를 데리고 왔던 흔적이 그대로 남아 있었기 때문에, 이것을 설명하는 데에도 시간이 많이 걸렸다. 결국 그 방에 대한 그들의 의심은 충분히 풀리지는 않았지만, 어쩔 수 없이 돌아갔다. 그들이 나가려고 할 때, 도대체 고가 무슨 잘못을 했느냐고 마쓰코가 묻자, 이것이 도리어 그들의 마음에 걸렸는지, 잠시 동안 또다시 질문이 계속되었는데, 마지막으로 "아주머니, 정말로 모르는 거요? 오늘 조간신문을 읽지 않은 모양이군. 어찌 됐든 할 수 없지. 지금부터라도 고한테서 무슨 소식이 있든지, 고의 친구라도 들르면 즉시 알려 주세요"라고 제복을 입은 사람이 다짐을 주고 나갔다.

마쓰코도 나도 조간신문을 읽지 않았다는 것을 깨닫고, 나는 내 방에 올라가서 신문을 가지고 내려왔다. 뒷문에서 몰래 엿듣고 있던 데루오가 낚아채듯이 펼쳐서 제일 먼저 3면 기사 아래쪽에서 그것을 발견했다. '대설이 내린 날 밤, 동아인도협회가 경영하는 자선병원의 화재는 방화'—보험금을 노린 방화였다. 이 사실이 그 후 병원의 종업원들 사이에서 일어난 불화 때문에, 어떤 사람의 입에서 발설되었다. 주인인 이(李)는 강제 연행되어 조사를 받고 있는데, 그는 자선사업을 한다는 명목으로 일본과 조선의 유지들로부터 원조를 받고 있었지만, 다른 한편으로는 증권에 손을 댔기 때문에 그런 일을 기도했던 것이다. 그러나 방화의 공모자가 외부에 있는 것이 확실해서, 병원의 전직 종업원들이 속속 검거되고 있다고 신문은 냉혹한 필치로 쓰고 있었다. 고의 이름은 나와 있지 않았지만, 그도 같은 일당으로서 추적당하고 있음에 틀림없었다.

"수상한 사람이라고 생각했어." 데루오는 말했다.

마쓰코는 잠자코 고개를 숙이고 눈을 감은 채, 기도라도 하는 듯이 입술을 달싹거렸다. 나는 사키코에게 뭔가 사 주기로 한 약속도 있었고, 그 자리에 있으면서 마쓰코가 강한 환멸을 느끼는 것을 차마 볼 수가 없어서 일어나려고 했다. 태연자약하고 평화로운 얼굴을 하고 있는 사람은 사키코뿐이었다. 병에서 회복된 사키코에게는 도저히 납득할 수 없을 정도로 강인한 생명력 같은 것이 몸 안에서 불타고 있음을, 이럴 때도 볼 수 있었다.

"오빠, 내가 건강해지면 가마쿠라에 데려가 달라고 할 거야"라고 분위기를 살리려는 듯이 명랑하게 말했다.

"아, 그래? 나도 일행 속에 끼워 주겠지?"라고 묻고, 데루오는 여느 때처럼 아래서 위로 쩨려보는 듯한 눈초리로 내 얼굴을 쳐다봤다. 나는 잠자코 밖으로 나갔다. 밖은 따뜻했고 울타리와 돌담 주위에는 봄다운 새싹들이 어느새인가 여기저기서 움트기 시작하고 있었다.

…거대하고 시커먼 큰 곰 같은 것을 상대로 나는 필사적으로 격투를 하고 있었다. 그것은 내 몸 위로 먹구름처럼 덮쳐 왔다. 나는 숨이 막힐 지경이 되어 큰 소리로 외치려고 했지만, 아무리 외쳐도 목소리가 나오질 않았다. 품속에서 예리한 단도를 꺼내어 몇 번이나 그것의 옆구리를 향해 푹푹 찔렀지만, 칼날은 단지 시커먼 털 속으로 아무런 반응도 없이 쑥쑥 들어갈 뿐이었다. 내 몸은 으스러질 것 같았다. 큰 손바닥이 내 머리를 움켜잡았다. 내 몸은 빙빙 돌려져 당

장에라도 목이 빠질 것만 같았다.

식은 땀에 흠뻑 젖어서, 나는 그것이 꿈이었음을 알고 안도하며, 반쯤 깬 상태로 얼마간 그대로 있었다. 그 몽롱한 정신 상태가 갑자기 격렬하게 하나의 초점을 향해 집중되었다. 그리고 나는, 가몬을 죽이고 싶어하는 마음이 어느 틈엔가 꿈속에서 나타났음을 깨달았다. 시커먼 곰 같은 것이 가몬으로 상징되어 있었던 것이다. 나는 밤새도록 그 가몬 같은 것과 맞붙어 싸우고, 그것을 살육하려고 발버둥쳤지만, 오히려 내가 짓눌려서 으스러질 뻔했다.

그러다가 그런 꿈을 꾸었다는 확실한 기억만을 남기고, 완전히 잠을 깨어 시계를 보니 새벽 3시가 조금 지나 있었다. 몸은 식은 땀으로 몹시 차가워져 있었다. 나는 그런 꿈을 꾸었다는 기억도 꿈 그 자체와 함께 암흑 속에 묻어 버려야 한다고 결심한 듯이, 이불을 뒤집어쓰고 다시 잠 속으로 빠져들었다.

"이 놈아! 이 바보야! 불량 학생! 일어나." 갑자기 자고 있는 내 옆구리를 세차게 걷어차는 사람이 있었다. 소리를 지르려고 발버둥치면서, 이건 또 무슨 꿈인가하고 생각했다. 다시 한 번 "이 놈아! 일어나!" 하는 소리가 울려퍼졌다. 그리고 나는 똑바로 눈을 뜨고는, 꿈이 아니라는 걸 알았다.

벌써 아침이었다. 한쪽이 열린 덧창문으로 환하게 밝은 햇살이 흘러 들어왔다.

머리맡에는 가몬이 장승처럼 우뚝 버티고 서서 나를 매섭게 쏘아보고 있었다. 이 기괴한 상황에, 벌어진 입이 다물어지지 않았다. 그러나 확실히 미친 듯이 화가 난 형상을 하고 그곳에 서 있는 사람은, 부랑자와 함께 집을 나간 채 이틀 낮 이틀 밤을 돌아오지 않았던 도테라 차림의 가몬이었다.

"아, 예. 곧 일어날게요. 언제 돌아오셨습니까?" 가능한 한 침착하게 머리맡에 바로앉아, 상대의 표정을 제대로 관찰하려고 했지만, 머리가 마비되고 안면 근육이 굳어져 버리는 것 같았다. 단지 흥분한 가몬의 핏발선 눈만이, 멋대로 자라란 수염투성이 얼굴 속에서 반짝반짝 빛나고 있었다.

"네 놈같이 괘씸한 녀석은 악마다. 사자,⋯사자 몸 속의 벌레다."

"도대체 무슨 이유인지 자세히 말해 주세요. 느닷없이 나에게 악마라느니, 벌레라느니 하면 어처구니가 없어서 말이 안 나오잖아요."

"뭐라구?⋯" 가몬은 갑자기 몸을 부르르 떨며, 팔을 번쩍 치켜들며 내게 다가왔지만, 어떻게 된 일인지 때리려고도 하지 않고, 그대로 주먹을 허공에 휘두르면서 내 바로 앞에 털썩 책상다리를 하고 앉았다. "뭐라구⋯" 그는 여전히 떨고 있었다.

"네 놈은… 간통을 하려고 했어!" 그는 이 최후의 말을 울려퍼질 듯한 큰 소리로 폭발시켰다.

"그런 말도 안 되는 소리는 하지 마세요. 남이 들을까 봐 겁나네요. 이른 아침부터."

"남이 들을까 봐 겁나면 제대로 행동해. 내가 그만큼 애정을 가지고 대해 줬더니만, 막 기어오르고 대드는 그 꼬락서니는 뭐야. 한 대 맞아 볼래? 때려 볼까."

"때리려면 때려 봐. 하지만 함부로 터무니없는 말을 지껄이면 나도 가만 안 있겠어." 나는 이 거한이 미친 듯이 설쳐대면, 도저히 못 막을 거라고 체념하고, 오히려 태세를 갖추면서, 가능한 한 피해가 적도록 때리면 맞아 주자, 그리고 이 큰 몸집의 허점을 노려 도망가자고 각오하고 똑바로 쳐다보고 있었다.

하지만 가몬은 역시 오래 사귀어 온 친근감 때문인지, 입으로만 계속해서 미친 듯이 소리를 쳐댔다. "무슨 말을 하는 거야? 내 말이 거짓말이란 말야? 증거가 있는 줄도 모르고."

"증거가 있다면 어디 한 번 들어봅시다."

"첫째, 그 눈이 많이 내리던 날 밤, 너는 불이 꺼진 아래층 방에서 뭘하고 있었지? 적어도 불 꺼진 밤중에 남의 아내가 있는 델 들어가선 안 되는 거 아냐?"

"누가 그런 말을 했는데?" 나는 문득 고를 떠올렸다. 고가 말한 걸까, 그렇다면 가몬은 언제 그 말을 고한테서 들은 것일까.

"누가 말했든 그건 상관없잖아. 거기에 대해 변명하려면 해 봐? 난 그때 거기서 있었던 일을 모조리 다 알고 있단 말이야. 어둠 속에서 내 아내가 '도와주소서'라고 목소리를 짜내어 신에게 매달렸지? 어때?…두번째로 내가 없을 때, 하루종일 아내와 함께 어딜 갔다 해질 무렵이나 되서 택시를 타고 돌아왔지? 그때야말로 무슨 짓을 했는지 알게 뭐야, 그때 아내는 창백한 얼굴을 하고 있었겠지?"

고는 아니다, 그렇다면 마쓰코가 말한 걸까? 아니, 데루오라고 나는 순간적으로 확연히 깨달았다. 이젠 뭐라고 해명해 봤자 소용없다고 포기해 버렸다.

"하하아, 드디어 입을 다물어 버렸군. 마음속으로 간음을 범한 자는…이라는 가르침 몰라? 아니, 너는 그 이상이야. 니가 처음에 이 집에 왔을 때, 내가 그만큼 분명히 '자주 집을 비운다'고 다짐해 둔 걸 잊진 않았겠지? 본래 네 놈은 여자가 갖고 싶은데, 한 사람도 네 것으로 못 만드니까, 하필이 집 안에서 살금살금 도둑놈 같은 흉내를 냈던 거야."

나는 이젠 굳게 입을 다물고 이대로 끝까지 버틸 수밖에 없다고 생각했다.

"이 자식, 너 말 안 할 거야?" 가몬은 나의 침묵을 보자 점점 더 안달을 했다.

"맞지?" 몇 번인가 가몬이 고함친 뒤에 나는 입을 열었다.

"당신은 도박에서 돈을 잃은 화풀이로 그런 소릴 하고 있는 거야."

"뭐라구!" 끝내 그의 주먹이 내 머리를 스쳤다. 내가 머리를 옆으로 피했기 때문에 어깨뼈를 세게 맞았다. 그러자 마치 봇물이 터진 듯이 그의 팔은 나를 습격해 왔다. 나는 일어나서 방어 자세를 갖추고, 역시 일어서서 덮쳐오는 가몬이 몹시 흥분해 있는 틈을 타서, 그의 정강이를 걷어차고는 빠져 나가 아래로 내려가려고 했지만, 그의 큰 손이 내 어깨를 움켜쥐고 연달아 몇 대인가 나를 후려갈겼다. 그때, 여태까지 층계참에 숨어서 몰래 엿듣고 있던 마쓰코가 방으로 들어와서, 가몬을 뒤에서 껴안으며 말렸다.

"너도 이 놈 편을 드는 거야? 좋아, 너도 여기서 함께 심판해 줄게."

가몬은 마쓰코를 뿌리치고는 두세 번 그녀의 어깨 부근을 때렸다. 나는 완전히 잊어버린 듯, 가몬은 마쓰코에게 심하게 호통치고, 마쓰코는 우는 소리를 내며 말다툼을 벌이고 있었다. 때때로 그의 주먹은 마쓰코의 볼이랑 어깨랑 가슴을 때리고 있었다. 그때마다 그녀의 몸은 휠듯이 휘청거렸다. 나는 그 사이에 서둘러 양복으로 갈아입고, 당장에 필요한 것만을 작은 슈트케이스에 넣어 이곳에서 도망치려고 했다. 처음에는 두 사람의 격투를 말리고 나의 희생양이 되어 있는 마쓰코를 구하려고 했지만, 그렇게 하기에는 가몬의 행동이 너무나 난폭했다. 그렇게 보고 있는 사이에 이 두 사람의 싸움이 엎치락뒤치락하는 동안에 일종의, 불이 끊임없이 타오르고 있을 때 확 일어나는 광채와 비슷한 것이 어른거리고 있는 것을 느꼈다. 두 사람의 얼굴 표정, 아니 육체 전체의 표정에는, 마치 술에 엉망으로 취한 듯한, 이상한 격정의 황홀감이 끊임없이 불꽃처럼 번쩍였다가는 사라지고 사라졌다가는 번쩍이고 있었다. 나는 마쓰코의 눈빛 속에서 그 황홀감을 본 순간, 절망적인 심정이 되어 버렸다. 그 눈빛은 분노만으로 불타고 있는 것은 아니었던 것이다. 하나의 본능적 도취로 여겨질 만한 기괴한 것이 거기에 있었다.

내가 슈트케이스를 들고 계단까지 왔을 때, 두 사람은 완전히 녹초가 되어 싸움을 그만두었다. "가지 마세요" 마쓰코가 내게 말했고, 가몬도 뭔가 입 속에서 으르렁거리는 듯한 소리를 낸 것 같았지만, 그때 나는 이미 계단을 다 내려와 있었다. 계단 밑에서 하얗게 질려 덜덜 떨며 쭈그리고 앉아, 이층의 동태를 살피고 있던 사키코의, 눈물을 머금은 그 큰 눈동자를 보고, 한 손을 그 가늘고 약간 불그스럼한 머리

위에 얹고, "안녕"이라고 말하고는, 뒤도 돌아보지 않고 밖으로 나와 버렸다. 밖은 미적지근하게 따사로운 날씨였다.

　대문 앞에 데루오가 서 있었는데, 나를 보자 갑자기 몸을 획 돌려 옆에 있는 생울타리 뒤에 숨었다. 그때 살짝 나를 엿보고 있던 그 애의 얼굴에는 짓궂은 웃음기로 가득 차 있었고, 눈은 즐거워서 견딜 수 없다는 듯이 반짝반짝 빛나고 있었다. 결국 그 일을 가몬에게 고자질한 것은 저 아이임에 틀림이 없다고 나는 수긍했다. 택시가 다니는 큰길까지 비탈길을 오르내리면서, 나는 언제쯤부터인지 데루오가 탐정처럼 쭉 내 뒤를 쫓아다니면서, 나의 일거일동을 몰래 관찰하고 있었구나, 그것을 내가 알아차리지 못했구나 하는 생각을 했다. 그 순간 데루오와 나의 교섭이, 필름을 거꾸로 돌리는 것처럼 차례차례로 마음속에 재생되었다. 그 눈보라치던 날 밤, 잠자고 있다고 생각했던 그 애, 하루 종일 고를 찾아서 마쓰코와 여기저기 돌아다니다 돌아왔을 때의 그 애의 표정, 그 외 여러 장소와 시간에서의, 데루오의 표정과 말과 몸짓이 지금까지와는 완전히 달라졌다. 무서운 의미로 채색되어 되살아나는 것이었다. 예를 들면, 언젠가 저녁 무렵에 이런 일도 있었다. 이런 작은 주택들이 빽빽이 들어선 일곽의 막다른 곳에, 꽤 높은 벼랑이 있고 그 위에는 큰 저택들이 늘어서 있었다. 어느 해빙기의 저녁, 내가 그 벼랑길을 걷고 있었을 때 곁의 대나무 수풀 속에서 바스락바스락 움직이고 있는 것이 있었다. 자세히 보니 소학교 교복을 입은 데루오가 뭔가를 열심히 찾고 있었다. 벼랑 위에는 예쁜 외투를 입은, 사키코 정도의 나이로 보이는, 언덕 위의 부르주아 주택에 사는 소녀가 둘 서 있었는데, 그들이 데루오에게 찾도록 시킨 듯했다. 그는 간신히 하얀 고무공을 작은 대나무 뿌리참에서 찾아내어, 그 공을 가지고 길도 없는 벼랑을 타고 올라가려고 했다. 몇 번이나 미끄러져 진흙투성이가 된 끝에, 미소를 띤 소녀가 있는 곳까지 겨우 올라갔다. 그때 그는 빨개진 얼굴로 주위를 둘러보다, 뜻밖에 내가 근처에 서 있는 것을 알아차렸다. 그때 그 애의 표정을 나는 여태껏 단지 득의양양한 표정이라고만 생각하고 있었으나, 실제로는 부끄러움과 원한으로 불타고 있었던 것임에 틀림이 없다. 그로서는 그런 비굴한 장면을 나에게 들켰다는 모욕감에 대해서, 한시도 잊지 않고 복수심을 품고 있었음에 틀림없다. 이것은 하나의 예지만, 이렇게 해서 데루오에 대한 나의 추억은 지금은 의식 표면에 나타난 일로서의 기억과 지금까지 깨닫지도 못했던 의식하의 기억으로, 이중적인 의미로 떠오르는 것이었다. 어쩐지 기분나쁜 것은, 이런 식으로 모든 인생에는 잠들어 있는 기억이 깨닫지 못하는 사이에 쌓여서, 파악하기 어려운 악의 뿌리를 키워 가는 건 아닐까 하는 생각이, 내 마음속에 돌연히 일어난 것이었다.

언제쯤부터 나와 그의 반발이 시작되었던 걸까? 첫날부터
인지도 모른다. 분명히 말하면, 그는 나를 질투했던 것이다.
이 민감한 소년은 나를 어머니의 그 자신에 대한 애정에 맞
서는 경쟁자라고 믿어 버린 것이다. 어쩌면 나도 또한 그에
게 그런 질투를 느끼고 있었던 건 아닐까? 그렇지 않다는 것
은 의식하의 세계에서는 단적으로 말할 수 없다. 이렇게 해
서 나와 그 사이에는 뿌리깊은 질투와 적대시하는 마음이
서로 존재하고 있었던 것이다. 민감한 그는, 그래서 초조해
져 언젠가 때가 되면, 내게 복수를 하고, 나를 쓰러뜨려 이
집에서 쫓아내려고, 내가 깨닫지도 못하는 사이에, 나의 모
든 거동을 관찰하며, 그것을 심하게 왜곡시켜 가문에게 밀
고했던 것이다. 조금 전 생울타리 뒤에서 반짝이던 눈빛은,
승리의 눈빛 바로 그것이었다. 그의 이 집요하고 정밀한 계
획이 멋지게 성공했다고 해도 과언이 아닐 것이다.

"M씨,… M씨."

내가 겨우 큰길까지 내려왔을 때, 뒤에서 여자 목소리가
나를 불러 세우길래 돌아다보니, 마쓰코가 나를 쫓아서 뛰
어내려오고 있었다. 머리도 조금 흐트러져 있었고, 당황하
고 흥분돼 있음은 한눈에 알 수 있을 정도였기 때문에, 우리
옆을 지나던 사람들은 나와 그녀를 번갈아 쳐다보며 멈춰서

기도 했다.

내 옆까지 오자, 숨을 헐떡거리며 괴로워하면서, 몸을 바짝 갖다대듯이 다가와, "잠깐만 기다리세요. 다시 돌아갑시다. 가몬도 이제는 잘못했다고 빌고 있어요"라고 반복했다.

실제로 나도 두세 걸음 되돌아가는 방향으로 걸었다. 그러나, 나는 그때, 도대체 무엇 때문에 그런 어처구니없는 곳으로 되돌아가려는 걸까, 지금까지 그런 불편한 하숙집에 있었다는 것 자체가 납득이 안 갔다. 내가 나가 버리면, 내 뒤에 그 이층 방에 들어오려는 괴짜는 없을 것이라는 친절한 마음에서였는지, 그렇지 않으면 그 집의 누군가에게, 마쓰코에게 혹은 사키코에게 혹은 가몬에게 끌리기라도 했다는 건지, 이제 그런 짓은 그만둘 좋은 기회라고 생각했다.

"왜 돌아가야 합니까?"라고 나는 매정하게 물었다.

"이제 우리 집을 나가시는 걸 막을 도리는 없습니다. 그러나 저희들 모두의 사과를 받으신 연후에 나가셔도 되지 않겠어요?"

"사과할 사람은 오히려 접니다." 창백한 여자의 얼굴을 바라보고 있자니, 또 빈정거리는 감정밖에 떠오르지 않았다. 인간은 벌레를 보면, 곧 밟아 짓이기려 하고, 사나운 사자를 보면 금방 찬미해 버린다, 그와 마찬가지로 약하디 약한 자에게 냉혹해지는 본능이 그때의 나를 움직였던 것이리

라. "하지만 나는 하숙비는 떼어 먹지 않습니다. 양일간에 반드시 보내드리겠습니다. 짐은 나중에 사람을 보내겠습니다. 정말로 남편에게 맞아서 속이 후련해졌습니다."

마쓰코는 내 말을 다 듣고 있지 않았다. 잠자코 입술을 꽉 깨물고 잠시 나를 응시하고 있더니, 이윽고 고개를 숙이고 홱하니 방향을 바꿔 원래 온 쪽과 반대쪽 언덕길로 걸어올라갔다. 그 비탈을 올라간 곳에는 교회가 있었다. 그녀는 그곳에 들어가 몸을 내던져 기도라도 할 테지.

나는 그 뒷모습이 사라질 때까지 선 채로 바라보고 있었는데, 마쓰코는 한 번도 뒤돌아보지 않았다. 나는 그 길로 큰아버지댁으로 갔다. 큰어머니가 내 얼굴의 긁힌 자국을 발견했기 때문에, 학교 운동장에서 축구를 하다 다쳤다고 했지만, 큰어머니는 술에 취해서 싸움이라도 한 거겠지라며 웃었다. 나는 시험도 끝났고 해서, 갑자기 고향에 한 번 다녀오고 싶어졌다며 돈을 좀 빌리고, 누군가 사람을 고용해서 짐을 이쪽으로 옮겨놔 달라고 부탁해 두고 나왔다. 근처 우체국에서 돈의 일부를 기리시마네로 보내고 나서, 역으로 가 아무 기차나 탔다.

기차가 점심때를 지나서 도쿄역에서 출발, 요코하마를 지나 사가미까지 오자, 내 눈에 확 뜨인 것은 봄이라는 계절의 색깔이었다. 이 약간 흐린 날씨조차 봄의 포근함이 느껴졌다. 들에는 보리가 파랗게 움터 있었고 소나무들도 아직 싹이 트지 않은 것까지도 어딘지 모르게 밝은 초록 색조를 띠고 있어 싱싱해 보였다. 대나무숲에는 미세한 빛이 서리어 있었고, 그 옆에는 하얀색과 담홍색의 매화꽃이 활짝 피어 빛나고 있었다. 하늘은 더없이 부드러운 미광을 발하며 흐려 있었다. 빛은 하늘에도 지상에도 고요히 흐르면서 점점 넘치려 하고 있었다. "이런, 나 원 참." 창문에 얼굴을 대고 있던 나는 중얼거렸다. 이 순간까지 혹독하게 춥고 창백한 겨울의 한가운데서 움츠리며 살아가고 있었는데, 벌써 바깥 세상은 따뜻한 빛으로 넘치고 있었던 것이다. 냉혹한 겨울이 그 한 집에만 도사리고 있었다니. 그곳에서 해방되었다는 건 사실이었다. 그러고 나서 잠깐 있다가, 따끔따끔하게 아픈 관자놀이의 긁힌 자리를 쓰다듬으면서 희안한 일이라고 중얼거렸다. 정말로 가몬에게 맞고 차인 것은 후련한 느낌밖에 남아 있지 않았다. 진짜 축구를 해서 차였더라도, 이런 후련한 느낌은 들지 않았을 것이다. 단지 욕심을 부리자면, 좀더 과격하게 내쪽에서도 덤벼들어 맞붙어 싸웠으면 좋았을지도 모른다. 내 마음속에 어둡게 쌓여 있는 응어리 같은 것이 산산조각으로 부서져 버린 느낌이었다. 무서운 꿈의 뒷맛도 이 때문에 사라져 버렸다. 내 가슴은 여느 때와 달리 몹시 거칠고 강하게 호흡하고 있었고, 혈관은 기차바

퀴의 진동을 타고 기운 차게 흘러서, 피부에는 신선한 빨간 피색깔이 붉게 드러나고 있었다. 기분좋은 온기가 후두부 부근에서 느껴졌고, 눈알은 생기있게 움직이면서 사물을 비추고 있었다. 야만적인 육체의 투쟁만이 줄 수 있는 기쁨이 후두부 주변에서 숨쉬고 있었던 것이다. 이 순간의 나를 누군가가 조금만 끌어당기든가 부추기기만 하면, 어떤 난폭한 행위라도, 목숨을 걸고 할 수 있을 것 같았다.

솔밭 끝쪽에 있는 언덕배기 초원에 나는 웅크리고 앉아 있었다. 늦은 오후의 하늘은 당장이라도 비가 내릴 것처럼 우중충하게 구름을 드리우고 있었다. 바다 위에도 짙은 안개가 깔리고 있었다. 그런데도 구름이고 안개고 묘하게 바닥 쪽에는 우유빛을 띠고 있었다. 단지 바다만이 벌써 밤바다처럼 어둡게 가라앉은 색깔을 띠고 있었는데, 그보다도 이상한 것은 미적지근한 바람이 이따금 살랑살랑 불고 있었을 뿐인데도, 해면 전체가 끊임없이 바쁘게 삼각파(방향이 다른 두 개 이상의 파도가 겹쳐 생긴 높은 파도)를 일으켜, 거품이 일듯이 새하얗게 부서지고 있었다.

내 몸과 마음에도 이미 아까의 흥분은 사라졌다. 아니 사라졌다기보다도 그 반동의 피로로 녹초가 되어, 그 일은 우스꽝스러웠다고밖에 여겨지지 않았으며, 이대로 이 마른풀

위에 해체되어 버리는 게 아닐까 생각될 만큼 나른해져서 몸을 움직일 기력도, 무엇을 생각할 여력도 없었다. 왜 갑자기 이런 해안으로 내려온 건지 생각해 보려고도 하지 않았다. 단지 이 솔밭을 빠져 나가 언덕길을 올라가면 이하라 하마에가 있는 결핵요양소가 있다는 것을 아까부터 망연히 의식하고 있었는데, 좀처럼 그쪽으로는 발길이 떨어지지 않았다. 언제까지나 수동적인 감각 상태로, 새하얗게 거품이 출렁이는 해면을 주시하고 있었다. 이 만을 둘러싼 산도 곳도 안개에 숨어 있었고, 바람은 거의 불지 않았다. 왜 바다만이 이렇게 소란한 것일까. 바다가 생물이어서 그 배 속에서 뭔가가 미쳐날뛰고 있기라도 하는 걸까. 아니, 그런 일은 있을 리가 없다. 어딘가 먼 곳에서 심한 폭풍이 생긴 것이다. 그것이 이제 곧 이곳으로 올지도 모른다, 그럴 것이 틀림없다고 생각하자, 나는 얼른 옷에 묻은 모래를 털며 일어나 슈트케이스를 들고, 벌써 어두워지기 시작한 솔밭 속으로 걸어갔다.

제11장

이하라 하마에와의 면회는 이미 예측하고 있던 대로 냉랭했다. 결핵요양소 입구에 닿는 순간까지, 나는 몽유병 환자처럼 아무런 자각적인 의지도 없이, 어둡고 차갑고 눅눅한, 금방이라도 비가 올 것 같은 솔밭 속의 언덕길을 걸어올라갔다. 뒤에서는 나를 위협하고 재촉하듯이 바다 밑바닥에서 들려오는 해명(海鳴)이 계속되고 있었다. 우리들 생활 속에는 때로는 동기와 목적의 자각이 전혀 없는 행동을 일으키는 경우가 있는 것은 아닐까. 그리고 꿈속의 충동 같은 것이야말로, 한층 필연적이고 광기와 같은 강인함을 갖고 있는 게 아닐까. 그리고 그러한 것으로 인해 인간이 움직였을 때에 운명이라 불리는 그림자를 느끼는 것이리라. 과장해서 말한다면, 내가 그때 방문한 것을 나중에 생각해 보면, 이러한 것이었다고밖에 할 수 없다.

이하라 하마에의 방에 불은 아직 켜지지 않았다. 언덕 아래에서 들려오는 해명의 반사로 끊임없이 미세하게 흔들리고 있는 유리창과 우유빛 커튼을 통해 엷은 빛이 사방의 하얀 벽을 푸르스름하게 물들이고 있었다. 창틀에 놓인 붉고 흰 제라늄 꽃까지 왠지 한결같이 푸르스름한 것처럼 보였다. 단지 천장에 무수하게 매달려 있는 큰 약주머니(藥玉 : 사향, 침향 등의 향료를 비단주머니에 채우고 약초와 조화로 이것을 묶어 오색실을 드리운 장식. 단오 때 부정을 씻고 액막이가 된다 하여 장식함)의 홍, 자, 녹, 백 등의 색깔이 흔들거리면서 화려한 색채로, 마치 발광체이기라도 한 듯이 보였다.

"이걸 전부 이분과 함께 제가 만들었어요. 아름답지요?"라고 하며, 머리를 두 갈래로 땋아 늘어뜨린, 화살깃 무늬가 있는 가스리(飛白, 물감이 살짝 스친 것같이 군데군데 무늬가 있는 천 또는 그런 무늬)의 자색비단에 노란 허리띠를 맨 하마에가 옆에 있던 혈색 좋은 아름다운 간호사를 가리켰는데, 그것이 방에 들어선 나에 대한 첫인사였다. 나는 하마에의 그 모습을 보고 소녀의 방에 들어온 듯한 착각을 일으켜, 순간적으로 사키코를 생생하게 떠올렸지만, 자세히 보니 하마에의 흰 볼에는 분을 바른 흔적이 있었고, 눈썹도 그리고, 입술도 선명한 색으로 발라, 역시 짙은 '여자'의 색깔을 느끼게 했다. 단 옛날과 비교해 본다면 놀랄 만큼 납작해진 가슴만이 소녀를 느끼게 했다. 내가 말없이 고개를 끄덕이자, "왜 왔어요?"라고 날카롭게 물으며 침대에서 일어나, 가늘고 흰 장딴지를 옷자락 사이로 보이면서 내 앞에 있는 등나

무의자까지 왔다.

"그저 오고 싶어져서"라고 대답했을 때, 간호사는 방금 뜨다만 분홍색 털실을 두 손으로 퍼올리듯 모아들고 사람 좋은 미소를 띠면서 살그머니 방을 빠져 나가려고 했다.

"자마 씨, 나가지 마세요. 나갈 필요 없어요, 웃지 마시고 요." 하마에의 목소리는 한층 날카로워졌고, 간호사는 미소를 띤 채 근육을 경직시켜, 보조개는 볼에 여전히 남아 있었지만, 겁을 먹은 듯한 눈빛으로 걸어나가며, "볼일이 있어서요"라고 대답하고, 옆방으로 갔다.

"미워요, 미워, 오빠는 가뭄에 콩 나듯이 1년에 한 번씩 나를 놀리러 오는 거죠. 모욕당했다고 생각해도 틀리지 않겠죠? 자마 씨까지도 도망가 버리니" 하마에는 상기된 볼에 눈물을 글썽거렸다. "오빠는 올해 겨울 눈보라 치던 날을 기억하고 있어요? 여기도 내렸어요. 바다가 눈을 빨아들이는 것처럼 저 창으로 보였어요. 오늘도 어쩐지 그런 느낌이 드는 날이군요. 나는 조금 전부터 그날처럼 죽는 일만 생각하고 있었어요."

"괜찮아, 너는 매우 좋아진 것 같아. 이건 정말이야."

"거짓말, 오빠는 그렇게 거짓말만 하지, 자마 씨는 아까부터 날씨 탓이라고 하지, 그런 입에 발린 말은 소용없어요."

"오지 않았던 건 정말로 미안해. 겨울에는 진짜 바빴어, 게다가 왠지 조심스러운 탓도 있었고."

"조심? 아, 겐모치 선생님에게? 우연히 마주치는 것도 괜찮지 않아요? 그 사람, 눈 내리는 날에는 반드시 와 주었어요. 성의라는 것이겠지요. 하지만 그런 날은 오히려 혼자인 편이 좋아요. 조금 전 그런 날에는 죽음을 생각했다고 말했지만, 사실은 반쯤 거짓말이에요. 죽음과 어딘가에서 격렬하고 엉망진창인 파티라도 할까 하고…. 술을 마시며 춤추고 떠들어 대는 일과 죽는 일을 반반씩 생각하고 있었어요. 눈 내리는 소리를 들으면서, 오빠 기억하고 있나요? 재작년 눈 오던 날 밤 우리 집에서 했던 크리스마스 파티를?"

그때 하마에는 빨간 이브닝드레스를 입고, 어머니가 말리는 것도 듣지 않고 술을 마시며 닥치는 대로 남자들과 뜨거운 뺨을 맞대고 춤을 추었다. "야아, 나는 지금부터 야간 열차로 갑니다, 스가다이라로로", "당신이 싫증났다고 한 로드스타는 전부터 우리 형님이 탐내고 있었는데", "어이, 그저께 독일클럽의 파티에서 도중에 그 여자와 사라졌지?", "이번에 우리 집에서 열리는 파티에 와 주시겠죠? 우리 함께 밴드를 해요. 당신 색소폰 불 수 있지요?", "파리에서 H의 그림 엽서가 왔어요", "나에게도" 주위로부터 들리는 이러한 대화에 식상해, 옆에 있는 식당으로 가서 포도주만 마시고 있던 나에게, 하마에가 갑자기 달려와서 삼각 종이모자를 씌우며, "자, 맥빠진 얼굴 하지 말고 춤춰요"라며 끌어냈다. 그때 일을 말하는 것일 게다. 그런 장소에 가끔 초대되어 간 사촌 여동생과 나는 구제불능인 속물이었다. 귀가할 때면, 나는 사촌 여동생이 너무 즐거워서 어쩔 줄 모르는 것을 경멸하며, 너 때문에 밤새도록 어처구니없는 꼴을 당했다는 듯 빈정댔고, 그녀 또한 싫으면 안 가면 되지 않느냐, 사실 오빠는 그런 곳을 동경하고 있지 않느냐고 지지 않고 대들었다. 마침내 공통된 경멸의 대상이 하마에가 되어, 그녀의 천박함을 웃는 점에서 두 사람은 일치했다. 그러나 그 웃음은 곧 뭐라고 형용할 수 없는 자기 혐오라는 비참함이 되어 되돌아왔다. 그러나 지금 생각하면, 이런 병으로 창백해져 신경을 곤두세우고 있는 하마에보다는, 그런 하마에가 얼마나 나은지 모른다. 그 후로 나는 여름에 산에서 말을 타고 있는 그녀라든가, 호텔 옥상에서 미국인에게 기대어 영화를 보고 있는 그녀를, 오히려 그립고 정감이 가는 풍경으로서 떠올리고 있었다.

"뭘 생각하고 있어요?"

"그날 밤의 일을."

"거짓말, 거짓말이야, 오빠는 크리스찬인 하숙집 아주머니를 좋아하게 되어 겨울 내내 그녀에게 푹 빠져 있었다고 하던대요, 그 여자라도 생각했겠지요?"

"누가 그런 말을…."

"호호호" 하마에는 처음으로 웃는 모습을 보였다.

나는 방을 나왔다.

길에는 비가 내리고 있었다. 바람이 불고 바다 쪽으로 잿빛 안개구름이 내리깔리고 있었다. 비에 눈이 섞여 있는 것은, 슈트케이스를 든 내 손에 떨어지는 빗방울 속에 하얀 모양의 차가운 것이 있었으므로 알게 되었다. 불은 켜져 있었지만, 어두운 해안 마을 쪽으로 서둘러 내려간 나는, 곧 변두리에 있는 자그마한 호텔을 발견하고 들어갔다. 갈색 페인트가 거무스름해지고 현관 입구에는 비가 새기조차 했다. 식당으로 가 보니, 단지 뿌옇게 안개 낀 바다에 면한 구석진 테이블에 회사원 같은 남자와 댄서인 듯한 여자가 마주보고 있었고, 그 반대쪽에는 소설가 같은 중년 남자가 멍하니 먹고 있을 뿐이었다.

내 방은 해안 쪽 뒷문이 내려다보이는, 왼쪽편 이층이었다. 식사가 끝나자 방으로 돌아와 낡은 침대에 걸터앉아서, 자욱이 안개낀 바다를 응시하고 있었다. 유리창에 부딪히는 비는 창틈으로 흘러들어와 바닥 위에 얼룩처럼 번져갔다. 휙 하고 바람이 불 때마다 유리창 전체가 심하게 흔들렸다.

아니, 호텔 전체가 흔들려 울렸다.

보이가 노크한 것이라고 생각했는데, 하마에가 들어왔다. 비옷을 입고 털목도리를 두르고 있었지만, 묶은 머리와 뺨이 비에 젖어 있는 것이 어슴푸레하게 붉은 기를 띤 전등빛에도 보였다. 놀라는 나를 애써 외면하며, 곧바로 좁은 방 안으로 걸어 들어와서, 침대에 나와 나란히 걸터앉아 목도리를 벗어던지고 코트를 벗었다.

"무슨 일이야?"

"아까는 잘못해서 사과하러 왔어요."

"하지만, 병원은?"

"몰래 빠져 나왔어요."

"왜?"

"몰라요."

나는 아까와는 정반대의 문답을 하고 있음을 느꼈다. 내가 하마에를 방문한 것이 수면중의 충동과 같은 것이라면, 하마에가 나에게 온 것도 같은 경우일 것이다. 내가 진짜로 그녀를 만나고 싶어했던 것인지를 모르는 것처럼, 하마에도 '나' 라는 사람을 만나고 싶었기 때문만은 아니었던 것이다. 단지 두 사람의 맹목적인 충동이 우연히 겹친 것뿐이었다.

"그렇지만 네 몸이…."

"내 몸? 그런 곳에 있어도 어차피 마찬가지에요. 비를 맞아 오히려 기분이 좋아요"라고 말했지만, 심하게 기침을 하기 시작했다. 유리창이 덜컹거리는 소리에 맞추기라도 하듯 어깨와 가슴이 흔들렸고, 그 기침은 좀처럼 그치지 않았기 때문에, 끝내는 침대 위에 드러누웠다. 나는 젖은 까만 머리카락과 가늘고 흰 목덜미에 눈길을 주면서, 조심조심 그 등을 쓰다듬었다. 손바닥에는 차가운 전율이 전해졌다.

"그런데 어떻게 돌아갈 참이야? 차라도 부를까?"

"돌아가는 일 같은 건 아무래도 좋아, 아니면 오빠는 내가 돌아갔으면 좋겠어요?" 기침이 멎자, 몸을 비틀며 일어나서 나에게 기대려고 했지만, 또 기침이 나기 시작하자, 엎드려 손수건으로 입을 막았다. 나는 어깨에 손을 걸친 채 몸을 침대 위에 안정된 자세로 눕히려고 했다.

"내가 무서워요? 기침이…"

"무섭지 않아." 그렇게 말했을 때에, 이미 우리들은 침대 위에 몸을 바싹 붙인 채 누워 있었다. 하마에는 나와 반대쪽으로 얼굴을 돌려 입을 막고 있었다. 나는 두 팔로 그녀의 몸을 감싸안으면서, 외풍에 흔들리는 커튼 사이로 바다 쪽을 바라보았다. 바다는 이미 캄캄해 졌고, 단지 파도 소리가 비바람에 섞여 요란하게 울리고 있었다. 실내는 매우 추웠다. 우리들은 점점 가까이 몸을 밀착시켜 갔다. 그녀는 손수건을 내밀며, "자, 봐"라고 하며 처음으로 웃는 듯한 표정을 지으며 나를 쳐다보았다. 손수건에는 붉은 색이 묻어 있었다. "하나도 안 무서워"라며, 내가 한층 강하게 그녀의 어깨를 끌어당겨, 아직도 기침을 머금은 입술에 내 입술을 갖다대려고 하자, 하마에는 두세 번 피하려고 했지만, 곧 나의 입술은 차갑고 촉촉한 입술에 맞닿았다. 그녀의 눈은 잠시 경멸과 감사로 번갈아 빛났지만, 나중엔 꼭 감아 버렸다. 그리고 오랫동안 우리들은 폭풍과 파도와 방이 덜컹거리는 소음 속에서 그런 채로 껴안고 있었다. 하마에의 온몸은 차가웠지만, 그녀는 미친 듯한 기세로 그 몸을 나에게 밀착시키려고 했다. 한 치의 빈틈도 없이, 몸을 내 몸에 밀착시키지 않으면 안 되는 것 같은 필사적인 힘이었다. 나는 그 가슴의 고동을 느꼈다. 그것은 한없이 연약하고 또 한없이 절박한 격렬함을 지니고 있었다. 그러고 나서 우리들은 몸을 감싸고 있던 젖은 옷을 벗기 시작했고, 나도 미친 듯이 가늘고 흰 그녀의 몸을 강하게 끌어안기 시작했다. 기침 때문에 산산조각으로 부셔져 버리려 하는, 이 깨지기 쉬운 물건 같은 몸을 필사적으로 부지하려고 하는 것 같았다. 시간이 흐름에 따라, 하마에의 얼굴에는 아니 온몸에는 욕정이 밑바닥에서 불타오르려고 했다. 그것은 정욕의 불길이라기보다는 훨씬 근본적인 생명에 대한 욕망이라고 하는 편이 옳을지도 모른다. 오로지 이것에 의해서 생명의 실감을 지속시키고,

설령 상대가 누구이든 그 욕망의 불꽃을 다 태워 버리고 나서야 살든 죽든 각오가 설 것이라는 표정이 여자의 전신에 흐르고 있었다. 그러나 그 욕망의 불꽃은 피부 표면까지 채 오지도 못하는 사이에 식어 버린 듯, 얼음 밑바닥에서 타고 있는 배출구 없는 불꽃과 같았다. 그것이 우리들을 더할 나위없이 조바심나게 했다. 하마에는 육체의 표면까지 끓어오를 힘도 없는 그 연약한 열기에 안달났고, 나는 이 여자의 몸을 따스하게 해 줄 힘도 없는 자신의 무능력에 안달이 났다. 나는 여자의 육체를 능숙하게 쾌락에까지 이끄는 방법 같은 걸 알지 못했지만, 알고 있다고 해도 그때 어떻게 할 수가 있었을까? 그러한 것으로 충족될 만한 욕구가 아니었던 것이다. 나는 거의 한밤중까지, 폭풍 소리와 함께 기침 소리를 내며 발버둥치고 있는 하마에를 안고 있었다.

지쳐서 내게서 떨어져, 자신의 생명력의 연약함에 절망해 버린 듯이, 침대 모퉁이에 엎드려 있는 하마에의 머리맡에서, 내가 담배를 연달아 피우고 있었을 때, 현관 쪽에서 떠드는 소리가 비바람과 파도 소리에 섞여 들려왔다. 하마에는 갑자기 일어났다.

"오빠에게 폐는 끼치지 않겠어요"라고 말한 채, 몸단장을 하자 뛰쳐나가듯 방을 나갔다. 복도에 발소리가 뒤섞여 들려왔다. 병원에서 그녀를 찾으러 온 사람일 것이다. 모두 가 버리고 나서도 한 사람의 발소리만이, 들어갈까 말까 망설이듯 내 방문 밖에서 서성거리고 있는 듯했는데, 잠시 후 폭풍우 속으로 사라져 버렸다. 마음 약한 병원 의사나 누군가가 악마 같은 나를 두려워하여 가 버린 것일 게다. 침대에는 붉은 피가 묻은 손수건이 남아 있었다. 나는 그날 밤 거의 뜬눈으로 지새다가, 어느새인가 꾸벅꾸벅 졸다가 눈을 떠보니 창밖은 파랗게 빛나고 있었다. 바다 위에는 아직 흰구름이 아침 햇살에 황금색 띠를 두르고 질주했고, 파도는 새하얗게 솟아나고 있었지만, 비는 그쳐 하늘과 바다는 푸른 빛을 발하고 있었다.

아침에 보이가 와서, 내가 상상했던 대로 하마에는 병원 사람들이 데려갔다고 말했다. 하마에는 호텔에 저녁을 먹으러 왔다가, 비가 내려서 하룻밤 묵으려고 했던 거라고 변명했다고 한다. 나는 짐을 챙겨 서둘러 역으로 갔다.

제12장

　내 고향은 따뜻한 지방의, 작은 도시 근교의 강 근처에 있다. 아버지는 수십 년이나 그곳의 시청에 근무하고 있었다. 온동네 사람들의 인척 관계, 성격, 경력 등을 다 알고 있어서, 매일 밤 저녁 반주를 할 때, 나에게 얘기해 주었다. 그러한 무수한 사람들의, 대강은 뻔한 일신상의 이야기를 지겨울 정도로 듣고 있자면, 인생에 대한 격한 분노도 회의도 그리고 희망도 모두 그 평범한 물결 속에 녹아들어 버리는 느낌이었고, 무엇보다도 마음이 평온해지는 자장가 같았다.

　어린 시절부터 들어온 뒷편의 졸졸졸 흐르는 강물 소리와, 그 강가에 있는 대나무숲이 흔들리는 소리에 눈을 떴다. 어머니가 일찍 문을 열어 놓았기 때문에, 유리 창문 밖에는 보랏빛이 감도는 봄다운 포근한 하늘이 보이고, 그 속에서 종달새가 지저귀는 소리가 들렸다. 고개를 조금 들면, 보랏빛의 둥근 산이 안개에서 벗어나려고 하는 것이 보였다. 내 머리맡에는 어젯밤 내내 하마에게 쓰려던 사죄 편지의 파지가 구겨진 채로 겹겹이 쌓여 있었다. 결국 쓰지 않기로 했다기보다는 쓸 수 없었다고 생각하면서, 머리맡의 담배를 집어들어 피우고 있는데, 어머니가 편지를 가져다 주었다. 부전지가 붙은 두꺼운 편지였다. 받아들고 보니, 기리시마 집 주소로 되어 있었는데, 마쓰코의 글씨로 부전지가 붙어 있을 뿐, 이면의 발송인은 적혀 있지도 않아서 전혀 짐작조차 가지 않는 필적이었다. 뜯어 보니 맨 마지막에 K라고 쓰여 있었다. 고였다. 소인은 나라(奈良)로 되어 있었다.

"오랫동안 격조했습니다. 이 편지를 보고 놀랐겠지요. 지금 나는 고도(古都) 나라에서 형씨에게 편지를 씁니다. 거의 각오는 섰기 때문에 이젠 마음이 홀가분합니다. 잊지는 않으셨겠지요. 그 폭풍치던 날 밤을. 형씨도 어쩐지 흥분되어 있었고, 나도 죄악감이라느니 뭐니 하면서 흥분했었지요. 분명히 죄악이었어요. 형씨는 논외로 둔다고 치더라도(형씨는 그 말을 어떻게 받아들였는지 모르겠습니다만), 나는 그 대설속에서 인도병원에 불을 지른 일당이었으니까요. 눈이 내리고 있는데 불이 타겠느냐고 형씨는 물으시겠지만 탑니다. 아니 그대로 두면 되는 것을 소방차가 와서 눈을 긁어치우기 때문에, 치우면 치울수록 불은 더 활활 타올랐습니다. 사상도 역시 눈을 긁는 것처럼 파헤치면 점점 더 불타오르는 것을 그때 나는 느꼈습니다만, 이제 그런 감회를 느낄 자격은 상실됐고, 그것은 나의 옛날 동료들—나 역시 바로 최근까지 그런 사상을 위해서 일했습니다—에게 양보해야겠지요. 내가 왜 이번에 나쁜 짓을 하는 무리에 가담했는지, 그 이유는 다음과 같습니다. 우선 이렇게 말할 수 있습니다. 나는 어린 시절 크리스찬이었습니다. 크리스찬이란 죄를 미워하는 사람이라기보다 무엇 하나를 하는 데도 죄의식을 가지는 사람입니다. 젓가락을 올렸다 내렸다 하는 것도, 이것이 나쁜 일인지 좋은 일인지 반성합니다. 나는 그것이 괴롭고 싫어서 크리스찬이기를 포기했습니다. 포기했지만 그 버릇은 남아 있어서, 그 후 발 하나 움직이는 데에도 그런 선악의 반성을 합니다. 그러자 나는 그 '죄'라는 놈이 미워서 견딜 수가 없게 되었습니다. 이 죄라는 놈에게 싸움을 걸지 않으면 안 되었습니다. 높은 곳에 서서 한 발자국 헛디디면 추락한다는 생각에 반발하여, 왠지 내 발이 제멋대로 그 끝에 서서, 떨어지고 싶은 본능을 느낀 것입니다. 나는 한 번 떨어져 보지 않고서는 아이 때부터 느껴온 공포감을 해결할 수 없었던 것입니다. 형씨, 인간은 이렇게 나쁜 일을 저지르는 본능, 아니 자기 파괴의 본능을 가지고 있습니다. 인간은 잘 되어야겠다고만 생각하기 때문에, 그것이 뜻대로 안 되면 그 때문에 더 나빠졌다는 잘못된 생각을 갖고 있는데, 사실은 잘 되려고 하는 본능과 똑같이 잘못 되려는 본능도 있는 것입니다. 기리시마 가몬 씨를 보세요.

이것이 첫번째 이유이지만, 이렇게 추상적으로 말해서는 어물쩍 넘기는 것밖에 되지 않겠지요. 두번째로, 나는 앞서 말했듯이 사상운동의 근처까지 갔었습니다. 나에게 조선인들이 여러 명 찾아왔었지요. 그들은 그 일당으로, 도망치기 위해 일부러 기리시마 씨 댁으로 들어간 나를 다시 데려가려고 찾아왔던 것입니다. 그중에는 나를 배신자라고 꾸짖으러 온 사람도 있었습니다. 그러나 나는 그런 운동에는 부적당한 인간이었기 때문에 도망쳤습니다. 그런데 하나의 위험에서 빠져 나오면, 이번에는 또 다른 위험에 대한 경계심이 해이해져 버리는 게 인간 심리의 약점입니다. 두 개의 선로 중앙에 서 있다고 칩시다. 오른쪽에서 열차가 옵니다. 그것을 간신히 피했습니다. 피했다고 생각하는 순간, 왼쪽에서도 한 대의 열차가 달려오면, 이전의 경계심이 막 풀린 참이어서, 이번에는 이전만큼 악착같이 피하질 못해 기차에 치이고 맙니다. 내가 사상운동에서 빠져 나와 안심하고 있던 순간에 찾아온, 두번째 유혹에는 저항력이 약해져 있었던 것입니다.

또 하나는, 나의 참회를 잘하는 크리스찬 같은 버릇이 초래한 소치입니다. 사상운동 패거리에서 빠져 나오자 나는 나쁜 짓을 저질렀다는 것이 수치스러웠고 슬펐습니다. 그러자 이 나쁜 놈인 '나'는 뭔가 좀더 나쁜 짓을 저질러서, 온 천하의 창피를 당하지 않으면 안 된다는 잠재의식이 발동한 것입니다.

그 외에도 이유는 또 있습니다. 나를 꼬드겨, 보험금을 노리고 그런 짓을 한 사람들은 내 은인이었습니다. 나의 유약함 때문에 나는 그 사람들의 의뢰와 권유를 거절할 수가 없었습니다. 하지만 이것은 고상한 자기 변호가 될 것 같아서 이유 중에 넣을 수도 없겠지요. 내가 그렇게 의리심이 강한 인간이라고 해도 사람들은 믿지 않을지도 모르기 때문에. 그러므로 이상과 같은 심리적인 이유는 제쳐두고, 한 가지 확실한 것을 보여 드리겠습니다. 나는 돈이 필요했던 것입니다. 그저 약간 가담했을 뿐이니까 나의 죄는 가볍겠지요. 종범(從犯)으로서 약간 벌을 받을 뿐이겠지요. 그 대신에 나는 상당한 보수를 받았고, 지금 내가 나라 같은 곳에 와 있는 것도 그 때문입니다. 아, 참 댄스홀에서는 실례했습니다. 사실은 빠져 나온 후, 잘못했다(또 반성이군요)는 생각에, 밖에서 한 일 분 정도 서서 기다리고 있었지만, 유감스럽게도(아니, 이것은 실례) 형씨는 아름다운 아가씨와 춤추고 계셔서 나오지 않더군요. 그건 그렇고, 나는 감옥에 갔다오면 더욱더 좋은 보수를 받기로 약속되어 있습니다. 나의 동포로 도쿄에 있는 사람 중에는 상당한 보스가 있는데, 그 사람한테서 나는 신임받고 있기 때문에, 어쩌면 몇 년 후 형씨와 어딘가에서 마주칠 때, 나도 상당한 보스가 되어 금줄을 달고 수염 정도는 기르고 있을지도 모르겠습니다. 그 속사정은 지금 말할 수 없지만, 요컨대 돈이 필요했던 것입니다. 나는 여러모로 생각해 보니, 무엇을 하든 자기를 위해서도, 동포를 위해서 진력하는 데도 돈입니다. 나는 유대인같이 되자는 결심을 몇 년 전부터 하기 시작했습니다. 이것이 나뿐만 아니라 우리 동포들이 가야 할 하나의 길, 아니 커다란 하나의 길이라고 생각합니다.

우리들이 유대인처럼 된다, 우습다고 형씨는 말하겠지요, 나도 처음에는 그렇게 생각했습니다. 은자왕국(隱者王國)으로 불린 조선 사람이 유대인으로? 그러나 우리들은 정치, 군사에서 손발을 뺏겨 버려 강대한 국민은 될 수 없습니다. 땅은 메마르고 인구는 적어서 강성한 국가는 만들 수 없습니다. 따라서 방법은 유대인처럼 세계의 강성한 민족 속에 파고들어가, 그런 힘을 갖는 것입니다. 형씨는 우리들에게 그러한 힘이 있느냐, 유대인과 같은 경제인이나 대과학자가 될 수 있느냐고 반문하겠지요. 그러나 생각해 보세요, 유대인이 그렇게 된 것은 유럽 역사에 있어서 중세 이후에 속하는 일이지요. 고대로부터 수백 년 간 그들은 그저 약소 민족에 불과했고, 상업 민족으로서는 페니키아인은 물론이고 이집트인, 그리스인보다도 뒤떨어졌고, 과학에서도 페니키아, 이집트, 그리스에 비견될 만한 것은 아무것도 가지고 있지 않았습니다. 예술 또한 마찬가지입니다. 신(神)만 생각하는, 그야말로 은자왕국이었던 것입니다. 그것이 수세기 후에는 세계의 정치경제와 과학과 예술 세계에서 그와 같이 된 것입니다. 내가 성서를 읽은 것은 이러한 지혜를 주었습니다.

기리시마 씨네 가족들에게도 안부 전해 주세요. 있는 그대로 전해도 상관없습니다. 그리고 마지막으로 형씨에게 사죄를 해야 할 일이 있습니다. 실은 그 때문에 이 편지를 쓰는 것으로, 지금까지의 일은 말문을 열기 위한 것이었습니다. 나는 형씨 이름을 도용하여, 도쿄에서 도주했습니다. 우선 대부분의 우리 동포들이 도망치는 반대 방향을 택해 동북 지방으로 달아났습니다. 아직 눈이 많이 쌓여 있었지만, 사실은 어떤 여자와 둘이서 동북 지방의 온천 등지에 머물며 돌아다닌 것은 정취 깊은 일이었습니다. 그리고 서쪽해안으로 가서 해변가를 따라 남쪽으로 옮겨가다, 관서(關西) 지방에 와서는 지금 남도(南都)의 초봄을 음미하고 있습니다. 여자와는 도중에서 헤어지고 지금은 혼자입니다. 그 여행 내내 형씨의 이름으로 지내는데, 놀랄 만한 것은 형씨는 정말로 좋은 이름을 가지고 있다는 사실이었습니다. 인간의 이름에도 인품과 뼈대 같은 것이 있다는 걸 느꼈습니다. 사인을 할 때, 그 이름을 보기만 해도 어쩐지 어설픈 느낌을 주는 이름도 있고, 진짜 어설픈 사람이 사인해도 자명공정(自明公正)한 느낌을 주는 이름도 있습니다. 형씨의 이름은 나 같은 사람이 사용해도, 조금도 수상하다라는 의심을 일으키지 않을 만큼 자명공정한 것이었습니다. 그 이름을 쓰면 왠지 모르게 사람들은 안심했습니다. 그래서 실례라고 생각하면서도 마침내 한달 간의 여행 동안 줄곧 형씨의 이름을 빌렸습니다. 또 한 사람의 '형씨'가 어떤 때는 여자를 데리고, 또 어떤 때는 혼자서 눈이 많이 쌓인 동북 지방에서 초봄의 남도까지 여행한 셈입니다. 그러나 이제 나의 명맥도 다한 것 같아, 당장 내일이라도 체포될지 모르겠습니다. 그러나 물론 그때는 내 이름으로 붙잡힐 테니까 안심하세요. 건강과 행복과 학업의 융성을 기원합니다."

며칠 후, 이전부터 부탁해 두었던 사람에게서 일자리가 있을 것 같다는 전보를 받았다. 동해도(東海道)는 벌써 봄이 찾아왔다. 이하라 하마에가 있는 해안으로 가는, 지선(支線)이 갈라지는 부근은 특히 아름다웠고, 솔밭 사이로 보리밭이 파랗게, 유채꽃이 노랗게, 복숭아꽃이 빨갛게 피어 있었다. 나는 애써 외면하면서 그곳을 지나 도쿄로 돌아왔다.

일자리는 어느 중학교의 강사나 어느 부호의 도서 정리 담당 중 하나가 가능성이 있다는 정도여서, 나는 좀더 알아보지 않으면 안 되었다. 며칠 동안 큰아버지댁에 있었지만, 큰아버지는 나를 경멸하는 기색을 보였기 때문에, 이전에 기리시마네에서 옮겨 온 짐을 풀지도 않은 채 며칠을 지내다가, 이번에는 학교 근처의 하숙집으로 들어갔다. 이름에 자명공정성(自明公正)이라는 것이 있다면, 하숙집에도 그런 것이 있어서, 학생이나 월급쟁이 상대의 이런 하숙집 같은 곳은 진짜 자명공정할 것이라고, 나는 쓴웃음을 지었다. 큰아버지댁에서 나올 때, 사촌 여동생이 하마에의 건강이 많이 악화되었다고 가르쳐 주었다.

하숙집에서 짐을 풀어보니, 꼼꼼한 기리시마 마쓰코의 손에 의해 정리되어 심부름꾼에게 건네진 듯, 이불, 의류, 서적류에서 오래된 편지류까지 무엇 하나 분실된 것 없이 가지런히 정리된 채 짐꾸러미 속에서 나왔다. 단 한 가지 책 사이에 손때가 묻은 작은 성서가 한 권 끼여 있었다. 그것은 정말로 잘못 섞여 온 것일까, 그렇지 않으면 마쓰코가 일부러 넣은 것일까 하는 생각을 하면서, 나는 그 책을 훌훌 넘겨 보고 나서 책상 서랍 깊숙이 던져 넣었다.

제13장

책을 읽다 피곤해져서 나는 하숙방 창가에 걸터앉아서 밖을 바라보고 있었다. 동네 지붕들 위로는 벌써 벚꽃이 필 조짐을 보이는 흐린 날씨, 짙은 잿빛 하늘이 드리워졌고, 바로 맞은 편의 함석지붕에는 희미한 한낮의 아지랑이가 아물아물 피어올랐으며, 그 빛 속에서 인부 한 사람이 배를 땅에 대고 엎드려 꽝꽝 쇠망치를 두드리고 있었다. 옆방 창문에서도 어젯밤 늦게까지 장기를 두고 있던 법과대학생이, 지금 막 일어난 듯한 얼굴로 멀거니 나처럼 바라보고 있었는데, "인간은 근면해야 되는군요"라며 말을 걸어왔다. 나는 "맞아요"라고 대답한 채, 오른쪽에 거무스름한 기와지붕이 골짜기처럼 옴푹 패인 곳에 어느 틈엔가 연분홍색으로 벚꽃이 피기 시작한 데로 시선을 옮겼다.

전화가 왔다고 하녀가 부르러 왔기에, 아래층으로 내려가 보니 사촌 여동생에게서 온 전화였다. 수화기에도 확실하게 떨림이 느껴질 정도의 목소리로 하마에가 죽었다는 것이다. "…그저께 갑자기 죽었대, 그리고 오늘 오후에 장례식이래,

모르고 있었지? 좌우지간 나는 1시 반까지 집에서 기다리고 있을 테니 빨리 와요, 와서 함께 가요." 너무나 순식간에 일어난 일이라, 나는 적당한 대답을 찾지 못해 잠자코 있었다. "…왜 그래? 왜 아무 말도 안 하는 거야? 가고 싶지 않은 거야?", "가고 싶지 않은 건 아니지만…", "어쨌든 1시 반까지 기다리고 있을게, 빨리 준비하고 와, 만약에 안 오면 오빠는 정말 나쁜 사람이야"라며 사촌 여동생은 전화를 끊었다. 방으로 돌아오자 옆방 창문에서 "무슨 일입니까? 애인이랑 꽃구경 갈 약속이라도 했습니까?"라며 묻기에, "예, 그렇습니다"라고 대답하자, "아, 그렇습니까?"라고 말하고는 그 법대생은 비누통을 딸그락거리면서 "인간은 근면해야 된다"고, 이번에는 고함치듯 말하며 목욕탕으로 갔다. 나는 맛없는 점심밥을 씹지도 않은 채, 단지 열심히 입에 쑤셔넣고 있었다. 그때 복도에서 하녀를 밀어제치면서, "오, M군" 하고 쩌렁쩌렁한 목소리로 기리시마 가몬이 육중하게 미닫이문 사이로 걸어 들어왔다.

거무스름한 수염투성이 얼굴에, 핏발선 눈은 탁한 갈색으로 흐려 있었다. 수위 시절의 나사로 만든 검정바지에, 닳아해어져 반들반들거리는 알파카 여름 상의를 입고, 더러워진 셔츠의 목에는, 그의 집에 있을 때 내가 선물로 받았지만, 너무 화려해서 내다버린 연지색의 넥타이를 비스듬하게 매고 있었다. 그의 집 이층에서 서로 욕설을 퍼부으며 싸운 지 벌써 한달 가량 지났지만, 그를 본 순간, 내게는 그때의 동물적인 공포와 증오가 조금도 수그러들지 않고 본능적으로 되살아났기 때문에, 먹다만 밥상을 사이에 두고 나는 약간 뒤로 물러났다. 두 사람 다 고개를 숙이고, 몸을 약간 비틀어 비스듬히 마주 앉은 채 한마디도 하지 않았다. 그러나 꽤 오래 그렇게 묵묵히 마주 앉아 있는 동안에, 쌍방의 공기에 살기가 없다는 것을 차츰 알게 되자, 그 공포와 증오의 외측에서인지 내측에서인지 물질의 부패작용 같은 것이 전해져와서, 어느새인가 그것은 쑥스러움, 우스꽝스러움으로 서서히 변화해 가는 것이었다. 그러나 '그리움' 같은 감정과는 여전히 거리가 있었다. 그러자 가몬은 잠자코 오른손, 그때 나를 때린 손을 주머니에 넣더니, 흰 봉투 같은 것을 끄집어 내어 밥상 위로 내게 불쑥 내밀었다. 나는 또 당황해서 그것을 잠시 바라보고만 있다가, 문득 눈을 들어 가몬의 굳어 있기는 하나 악의 없는 안색을 보고 안심한 듯이, 그 털투성이 손에서 봉투를 받아들고 뜯어 보았다. 가몬의 집주소로 내게 온 이하라 하마에의 사망통지였다.

이것을 가지고 와 준 것은, 이러한 단순한 인간에게 흔히 있는 인간의 죽음에 대한 매우 순수한 감동에 의한 것인지, 아니면 나와 화해하고 싶어서, 이것을 이용해 쑥스러움을 얼버무리려고 하는 것인지 판단하기 어려웠다. 그러나 나는 이미 사촌 여동생의 전화로 알고 있었으므로, 이 통지장을 가지고 와 준 것에는, 사실상 아무런 고마움도 느끼지 못했으나, 자못 그 친절한 행위에 의해 비로소 여자의 죽음을 알게 되었다는 듯한 표정을 지어 보인 것은, 누가 뭐래도 내쪽에서 한걸음 화해적인 제스처를 취한 셈이 되었다. '2시구나, 아오야마(靑山)에서' 가몬은 눈치빠르게, 나의 태도의 일각이 흐트러진 것을 알아챈 듯이 말문을 열었다(그는 내게 온 편지를 몰래 훔쳐 보는 버릇을 처음부터 가지고 있었다). "빨리 가지 않으면…"

나는 그다지 가고 싶지도 않은 듯이 망설이는 기색을 보였다. 그러자 그는 갑자기 가슴에서 폭발하는 듯한 소리를 질렀다.

"연인이 죽었어. 만사 제쳐두고 가야지!" 그 외침은 하숙집 구석구석에까지 또렷하게 울려퍼졌음에 틀림없었다.

나는 새빨개져서 무의식적으로 발딱 일어나서 갈 채비를 했다. 이미 완전한 패배였다. 그런 나를 보고, 가몬은 적이 안심했다는 듯 큰 호흡을 한 번 하고, 내 책상 위의 담배를 집어물고 불을 붙였다. 그가 연달아서 네다섯 개비나 피웠을 때, 나는 옷을 갈아입는 것을 마쳤다.

현관에서 킬킬거리며 속삭이고 있던 하녀들의 앞을 둘이

서 빠져 나와, 문 앞의 따스한 햇살 속으로 나왔을 때는, 사촌 여동생이 약속한 1시 반을 조금 지나 있었다. 큰길로 나와 택시를 잡으려고 서두르자, 가몬은 "잠깐만" 하며 내 앞을 가로막으면서, 부드러운 목소리로 "돈을 좀 빌리고 싶은데"라고 말했다. 어제부터 경마장에 나가고 있다, 오늘은 정말로 가망이 있다, 만약 돈을 잃더라도 이삼 일 내에 큰돈이 들어올 확실한 길이 있다고 기세등등하게 말했다. 얼마나 능숙하고 소박한 말투였을까. 아마 그는 통지장을 가지고 온 속셈이, 이것으로 간파될 것이라든가, 모처럼의 순수하고 친절한 행위가 무효가 될 것이라든가 하는, 우리들이라면 반드시 해야 되는 반성 따위는 그 거대한 체구 속에 손톱만큼도 갖고 있지 않았다. 이건 이거고 그건 그거다라는 식으로 정말 멋지게 살아갈 수 있는 것이다. 이 단순무비한 정신에 나는 또 황홀하게 한방 먹고 한 장의 마권을 살 돈을 그에게 건넸다.

"너무 재밌어. 언제 한 번 같이 가자"라고 그가 내 어깨를 두드리고 있을 때, 좁은 길을 서행하며 스쳐 지나가려던 자동차가 우리 옆까지 와서 급하게 멈춰 서더니, 검은 예복을 입은 사촌 여동생이 반쯤 열린 창문으로 가몬에게는 얼굴을 보이지 않도록 하면서, 살그머니 내게 손가락과 눈으로 신호를 보냈다. 나는 "실례"라고 말하자마자 차에 올라

타고, 멍하니 길 한복판에 서 있는 거한을 뒤로 하며 차를 출발시켰다.

"기다리고 있다가, 오지 않으면 오빠를 몹시 경멸하면서 혼자 가려고 생각했지만 경멸하는 것만으로는 분이 풀릴 것 같지 않아서, 데리러 온 거야"라고 사촌 여동생이 말했다.

"아니, 가려고 마음먹고 있었으니까 됐잖아." 나는 반쯤 거짓말을 했다.

사촌 여동생은 그 말에는 대꾸하지 않고, 잠시 밖을 바라보고 있다가 갑자기 이쪽으로 얼굴을 반쯤 돌려 심하게 찡그리면서 말했다. "조금 전에 그 남자, 나 누군지 알아. 오빠의 전번 하숙집 주인이죠?"

"어떻게 알았지?"

"직관이에요, 이따금 듣는 둥 마는 둥하며 들은 이야기로 알았지."

"대단하군."

"놀리지 마. 굉장히 기분나쁜 사람 같아. 난 진짜 어이가 없어. 그 남자에 대해 말하는 게 아니라, 오빠가 어쩌면 그렇게 그 남자와 늘상, 마치 형제처럼 친하게 지낼 수 있는지 기가 막혀, 정말 사이가 좋은 것 같네, 어쩐지 오빠까지…."

"내 인상까지 나빠졌다는 말야?"

"응" 사촌 여동생은 내뱉듯이 말했다. "나는 말야. 아까

길 한복판에 서서 씨익 웃고 있는 그 남자를 봤을 때 소름이

다 끼쳤어."

"악마라도 서 있다고 생각했나 보지?"

"악마, 악마라는 말에서 받는 느낌은, 좀더 긴장되고 날

카로운 것이에요. 그 사람은 악마 따위가 아닌, 뭔가 미끈미

끈하고 끈적끈적한 그저 이상한 기분을 느끼게 할 뿐이야.

저런 남자가 많은 여자를 속였다니, 그런 바보 같은 여자도

이 세상에 있는 걸까?"

나는 그때 마쓰코를 마음속에 떠올렸다. 그러자 사촌 여

동생에 대해 이유를 알 수 없는 반감에 사로잡히게 되었다.

"하지만 그렇게까지 말할 건 없잖아. 네가 속한 세계의 사람

이 아니니까, 아무튼 너희들과는 사는 세상이 다르니까…."

"아아, 그래서 오빠는 우리들의 세계를 경멸하고, 천박하

다느니 어떻다느니 하면서 그 남자의 세계로 들어갔구나.

잘 알겠어. 그래서 오빠는 하마에 곁에서도 도망쳐 버린 거

지? 재미있고 심각한 세계가 잔뜩 있었나 보지. 또다시 뻔뻔

스레 돌아오려고 해도 이번에는 우리들 쪽에서 거절할 테니

까, 그 점만은 잘 기억해 둬."

"아니 또 천연스레 돌아갈지도 몰라. 아니 돌아가려고 했

었어." 내가 그렇게 말했지만, 사촌 여동생에게 별다른 표정

도 나타나지 않았던 것을 보면, 그 폭풍우 치던 밤의 일은

아직 모르고 있다는 생각이 들었다. 꽤 시간이 지나서 사촌 여동생은 갑자기 하마에가 생각난 듯 차분한 목소리로, 그녀의 죽음에 관한 전후 이야기를 꺼냈다. 그런 성격의 소유자였기 때문에, 반년이나 입원해도 병세가 호전되지 않는데 견디다 못해 안달이 나서, 작년 말부터 요양소에서 보인 하마에의 행위는 점점 비상식적이고 제멋대로가 되었다. 그 점에는 착실하고 이지적인 겐모치 강사도 매우 애를 먹은 것 같았다. 그러던 중 지금부터 한달쯤 전에 갑자기 병세가 악화되어 심한 열이 나고부터는 마치 언덕길을 굴러내려가는 것처럼 죽음으로 다가가고 말았다.

이 사촌 여동생의 이야기를 들으면서, 나는 아무렇지도 않은 채, 마침 지나고 있던 신궁(神宮) 외원(外苑)에 하얗게 피어난 목련꽃과 그 아래로 줄지어 봄 스포츠라도 시작된 것처럼 밝은 복장으로 걷고 있는 사람들을 창밖으로 바라보고 있었지만, 마음속으로는 이제 의심할 여지도 없이 명료하게 하마에가 죽은 직접적인 원인은, 그 폭풍우 치던 날 밤의 미치광이 같았던 어리석은 행위였다라고 느끼고 있었다.

고별식이 시작되는 시각이 훨씬 지나서, 아오야마 묘지 뒤쪽의 좁고 구불구불한 비탈길 모퉁이에서 차를 내렸지만, 그 비탈의 미로 여기저기에는 몇 개나 되는 절이 제각각의 방향으로 불규칙하게 서 있었기 때문에 방향을 잃어버린 우리들은, 거기서 또 시간이 지체되어 안절부절 못하면서 걸어갔다. 사촌 여동생의 얼굴에는 노여움과 슬픔 같은 것이 나타나 있었다. 나는 매우 우울했다. 그러나 인간의 마음이라는 것은, 도대체 어떤 구조를 하고 있는 것일까. 찾던 절을 겨우 발견하고, 바삐 비탈길을 오르고 있었을 때, 길 옆의 고지대의 공터에서 공던지기를 하고 있던 볼이, 돌담 위에서 내 발밑까지 굴러 떨어졌기 때문에, 나는 그것을 주워 공을 따라 고지대 아래까지 온 청년의 글로브를 향해 던졌다. 그 공이 꽤 먼 거리를 허공에 활모양을 그리며 휙하고 날아가 정확하게 청년의 글로브에 기분 좋은 소리를 내며 들어간 찰나에, 지금까지 두 시간이나 계속되던 우울함이, 상쾌한 근육운동의 감각 작용으로 지워져 버린 것처럼 날아가, 나는 그 후 꽤 오랫동안 홀가분한 마음을 지속시킬수 있었다. 이러한 마음의 움직임은 심리 구조가 어처구니 없을 정도로 간단한 것이라는 걸 나타내고 있는지, 아니면 무서우리 만큼 복잡하다는 것을 나타내고 있는지 나는 알 수 없었다.

죽은 그 여자에게 전혀 걸맞지 않는 선종의 장례식이 이미 끝나가고 있었다. 그래도 승려들이 큰 소리로 염불을 외우고 있는 어두운 내진(內陣 : 신사 절에서 신체나 본존을 안치

한 곳)의 향 연기로 매캐해진 공기 속의 관(棺) 위에, 수많은 계절의 꽃이 화사하게 빛나고 있는 것이, 그 장례식의 주인이 젊은 아가씨라는 것을 말해 주는 것 같았다. 우리들이 식장의 뒷편에 섰을 때에는 이미 분향이 시작되고 있었다. 화학공장 사장인 하마에의 아버지, 젊고 아름다운 어머니, 큰 은행에 근무하는 오빠, 대학생인 남동생, 그리고 육군 장성, 꽤 유명한 국회의원, 우편 회사원 등 그녀의 친척들이 잇달아 분향하러 제단으로 나갔다. 그것이 끝나갈 무렵, 친척도 아니고 친구도 아닌 듯한 사람들이 앉아 있는 곳에서, 겐모치가 고지식한 얼굴로 일어서서 제단으로 향했다. 나는 그 표정을 읽으려고 생각했지만, 어두워서 보이지 않았다. 그러나 이윽고 우인 차례가 되었을 때, 하마에가 건강했을 때 그녀 주변에 몰려들어 떠들썩하게 놀던 젊은 남녀 친구들이 거의 없었던 것에는 놀라지 않을 수 없었다. 여자 친구들은 그래도 사치스러운 양장 상복을 입은 사람이 서너 명 분향하러 나가는 것이 보였지만, 남자 친구는 적어도 일곱 명이나 여덟 명은 하마에의 주위에서 문제를 일으키기도 하고, 일으킬 뻔하기도 한 사람이 있었을 터인데도, 그중에서도 가장 불쌍한 위치에 있었고, 꼬마라고 불리던 키가 작은 화가 지망생만이 모닝코트를 입고 정색한 얼굴로 분향하러 나갔을 뿐이었다. 다른 청년들은 이런 곳에는 볼 일은 없다는 식으로, 한 사람도 모습을 보이지 않은 것은 얼마나 명쾌한 하이칼라적인 몰인정함인가.

사촌 여동생이 가볍게 쿡쿡 찌르기에, 순서가 되어 나도 나갔다. 나가는 도중에 겐모치와 내 눈이 딱 마주쳤지만, 나는 절망적으로 뻔뻔해져서 분향할 때도 마음속에서는 공중에 활모양을 그리며 날아간 흰 공을 떠올리기도 했다. 제자리로 돌아올 때에도 뒤에서 온 사촌 여동생과 부딪칠 뻔하여 몸을 피했을 때, 부자연스럽지만 필연적인 인력(引力)에 의해 그의 눈과 또 마주쳤다. 그의 표정은 굳어 있었다. 자리로 돌아와서 사촌 여동생을 남겨둔 채 정원 쪽으로 나가려고 했다. 그러자 등뒤에서 달려오는 듯한 발소리가 나고, "어이, 자네, 잠깐 기다리게"라는 그의 목소리가 매우 강한 어조로 들려 왔다.

"잠깐 좀 보세"라고 하며, 나를 이끌듯이 정원 구석의 인기척이 없는 검은 노송나무와 아직 싹이 작은 백일홍 사이로 걸어갔다. 도망치려는 마음은 생기지 않았다. 조금 떨어진 뒤에서 네모진 그의 어깨를 바라보며 걷고 있는 동안에, 나는 이 기회를 놓쳐서는 안 된다, 한달 동안 마음속에 응어리져 있던 것, 그 폭풍치던 밤의 행위를 솔직하게 고백하지 않으면 안 된다는 마음과, 아니 이제 와서 사실을 말해 그를 고통스럽게 해서 무슨 소용이 있겠는가, 그것은 결과적으로는 자신의 마음을 가볍고 개운하게 만들려는 이기적인 행위 밖에 되지 않는다는 마음이 싸웠지만, 마침내 백일홍 가지의 그늘 밑까지 와서 그가 뒤돌아섰을 때, 나의 마음속에는 정직한 의지 쪽이 이기게 되었다.

"선생님, 꼭 드릴 말씀이 있습니다."

"아니, 알고 있어." 그는 팔을 내저으며 나를 제지시켰다.

"자네가 하려는 말을 알고 있어. 어떻게 알았느냐는 얼굴을 하고 있군. 그건 나의 평상시의 탐색적인 기질에서 병원 사람들에게서 꼬치꼬치 캐냈다고 생각해도 좋고, 하마에가 결국은 나에게 고백했다고 생각해도 좋아. 그걸 내가 자네에게 가르쳐 줄 필요나 의무는 없지. 나는 매우 화가 났어. 지금도 자네를 보니까, 화가 나서 견딜 수가 없군. 하지만 진부한 표현이 되겠지만, 용서해 줄 수밖에 없겠지."

나는 묵묵히 고개를 숙인 채, 그의 구두 끝에 꽃잎 모양으로 붙어 있는 뿌연 흙먼지를 보면서 치욕스런 감정으로 가득차 있었다. 이 남자에게 졌다. 물론 이 연극 같은 대사 따위는 우습다고 하면 우스운 거지만, 나는 그것을 비웃을 자격은 없었던 것이다. 그는 계속해서 말했다.

"자네는 악질이고, 어쩔 수 없는 놈이야. 하지만 이제 와서 아무리 증오한들 무슨 소용이 있겠는가. 이것도 진부한 표현이지만, 이런 결과가 되어 버린 지금 어쩔 수 없는 일이라고 생각할 수밖에 없어. 어쨌든 내가 이렇게 말하며 자네를 용서하는 것이 무책임한 거짓말이 아닌 증거로는, 그 사건은 내가 병원 사람들의 입을 단단히 막아 놓았고, 하마에 가족들도 아무도 몰라. 그러므로 자네가 떠들어대지 않는 편이 좋겠지. 오히려 모든 사람의 마음을 혼란스럽게 할 뿐이니까, 이 말을 자네에게 한마디 해 두기 위해서 여기로 불렀어."

그는 이렇게 해서, 기회를 봐서 부딪쳐 보려는 내 마음을 한 자락씩 진정시켜 갔다.

"또 그 일만 해도, 자네가 저지른 일이라 해야 할지, 하마에가 저지른 일이라 해야 할지 모르는 것이고, 그렇다 하더라도 자네가 되먹지 않은 녀석이라는 건 부정할 수 없는 사실이지만 어쨌든 오늘 자네가 여기 와 준 것만은 훌륭한 태도라고 말해 두겠네."

사촌 여동생이 그때 이쪽으로 걸어오고 있었는데, 그가 마지막에 말한 '여기에 와 준 것…'이라는 말만은 들렸을 거리에 와 있었기 때문에, 잠깐 흐뭇한 표정을 지었다. 나는 오히려 "애인이 죽었어. 가 봐야지"라고 하숙집 전체에 울려퍼진 가몬의 말을 떠올렸다. 그는 사촌 여동생이 다가오는 걸 보자, 화제를 바꾸었다. "…나는 말야. 지금의 견딜 수 없이 답답한 기분을 좀더 높은 단계로 끌어올리려고 해. 친했던 한 인간을 폐병에서 구해 내지 못했다는 사실은 정말 한심한 일이야. 그러나 나는 하마에가 살아 있었을 당시, 뭔가 참고가 될 거라고 생각해서, 그 방면의 책을 이것저것 읽었는데, 그때는 요법이라든지 약 이름 따위에만 정신이 팔려, 거의 읽고 지나친 사항들이 요즈음 갑자기 생각나서 지금으로선 그게 내 기분을 점령하고 있어. 무슨 말이냐 하면, 이런 거야. 일본에는 지금 백 이삼십만 명의 폐병 환자가 있고, 일년에 십 이삼만 명이 죽어. 이건 의사의 진단서에 확실히 쓰여 있는 경우에 한한 거지. 실제로는 그 배나 되는 환자가 있을지도 몰라. 15세부터 30세까지의 젊은이들의 사망의 절반 이상은 이 병 때문이야. 소학교 선생은 매년 오백 명씩이나 이 병으로 죽어가고 있어. 그런데도 그에 대한 일본의 치료 시설 등은 진짜 화가 날 정도로 빈약해. 그런 점에서 일본은 절대적으로 삼류나 사류국이야. 나는 이런 무시무시한 사실 속에서 한 인간의 죽음에 대한 슬픔이나 그것에 대한 어떤 특정한 인간에 대한 원한을 해소시켜 하나의 보편적인 사실로서 이 병을 생각하려고 해. 그러면 슬픔의 성질도 달라져. 어느쪽도 슬픈 건 마찬가지지만, 보편적인 사실쪽을, 이 참에 나는 한 차원 높은 슬픔이라고 생각하려고 노력하고 있어. 무슨 속임수를 꾸미려는 건 아니야. 구체를 추상 속으로 집어넣는 것은 지식인의 나쁜 버릇일지도 모르지만, 이 추상 속을 단지 헤매는 게 아니라, 추상적인 사유 위에서 자신의 전체를 향상시켜 나가려고 하는 것은 어려운 일이지만, 훌륭한 일이야. 이런 걸 자네들 앞에서 말할 생각은 아니었는데…"

그가 한 이 말은, 만약 제 삼자가 거기서 들었더라면 신파극 같은 일종의 감상이라고도 생각했을지도 모르겠다. 하지만 나는 그것을 진지한 기분으로 듣고 있었다. 적어도 진지하고 긴장된 기분으로 들으려 노력했다. 그뿐만이 아니었다. 사촌 여동생은 옆에 서서 우러러보듯이, 그를 위로 쳐다보면서 너무나 감동받았다는 표정을 짓고 있었다. 그리고 한참 지나고 나서 겨우 생각이 난 듯, 화장터로 갈 차가 기다리고 있기 때문에, 부르러 온 것이라며 이곳에 온 용건을 말했다. 겐모치는 그러냐고 말하고는 걷기 시작했다. 사촌 여동생도 그의 뒤를 따라가 절 문 쪽에 서 있는 한 대의 차에 두 사람은 올라탔다. 나도 거기까지는 함께 갔지만, 두 사람 모두 나보고 타라고 권하지 않은 건, 더 이상 비참한 일을 당하지 않도록 위로해 줄 작정이었는지, 나에게는 화장터에 따라갈 자격이 없다고 따돌린 것인지 알 수 없었다. 움직이기 시작한 차 속에서도 사촌 여동생은 그의 옆에서 계속 존경하는 듯이 눈을 반짝이며 그를 쳐다보고 있었다. 지금까지 놀기 좋아하는 어린아이로밖에 생각하지 않았던 사촌 여동생이 갑자기 그런 진지한 기분이 된 것은, 친구의 죽음에서 받은 충격이 작용하여 불가사의한 변화나 성장이 일거에 일어난 것일까. 아니 더 이상한 것은, 내게 지금까지 어린 아이로밖에 느껴지지 않았던 이 소녀가 그때의 눈의 반짝임으로 갑자기 하나의 여자로 보이고, 여자다운 매력조차 느껴진 것이다. 이것은 검은 예복을 입어서 갑자기 어른스럽게 보였기 때문만은 아니었다. 여자라는 존재가 갖고 있는 변화무쌍한 성격과 생명력이 거기에 뚜렷이 나타나고 있는 것은 사실이었다. 차가 움직이고 나서도, 나는 그 눈의 반짝임을 떠올리면서 겐모치가 그것을 어떻게 생각하고 있는지는 모르지만, 그에게 일종의 질투마저 느끼기 시작했다. "아아! 나는 또 그와 관계를 가지며 대립하지 않으면 안 되는 건가. 인생은 잘도 이렇게 잠깐의 휴식도 없이 계속 잇달아 함정을 만들어 가는 거구나"라는 생각이 머리속에서 번뜩였지만, 그것은 마음 한쪽 귀퉁이로 밀려나 버렸다.

다만 영구차가 언덕 모퉁이로 사라지고, 사람들이 모두 뿔뿔이 돌아가 버렸을 때, 뭐라고도 말할 수 없는 고독감이 밀려 왔다. 화장터에까지 가지 않은 것이 오히려 다행이라는 기분이 들었지만, 이 비할 데 없는 고독감은 어떻게 된 것일까. 여기까지 온 것만으로도 됐다는 말인가? 보통 때 같으면 틀림없이 일어났을 반감이나 냉소도 생겨날 여유가 없을 만큼, 나는 그때 쓸쓸한 기분이 되어 버렸다. 문득 그 기분의 밑바닥에서 가몬의 목소리가 들려왔다. 가몬, 나는 그의 모습을 마음속에 떠올렸다. 뛰듯이 큰길로 나가 택시를 불러 세워 전철역으로 갔다. 경마장은 동남쪽의 교외에 있기 때문에, 지금 서북의 들판 쪽으로 달리고 있는 장례식 일행과는 정반대 방향으로 나는 도망치듯이 서두르고 있었던 것이다.

제14장

경마장에 도착했을 때에는, 이른 봄의 구름 낀 하늘은 이미 어두워지기 시작해, 근처 해안 쪽에서 모래 먼지와 안개가 섞인 바람이 차갑게 불어오고 있었다. 광장에는 삼삼오오로 무리를 진 사람들이 검게 득실거리고 있었다. 끌려온 말을 바라보며 고개를 끄덕이며 웃고 있는 사람, 얼굴과 얼굴을 가까이 맞대고 비밀스럽게 소곤소곤 이야기하고 있는 사람, 무엇인가 심하게 말다툼하고 있는 사람, 화가 난 듯이 외치고 있는 사람, 깔깔 웃기 시작하는 사람, 찌푸린 얼굴을 하고는 고개를 숙이고 있는 사람, 그들은 단 한 사람도 가만히 있는 사람은 없었다. 피로의 비지땀으로 번들거리는 얼굴과 손에 모래먼지를 묻히면서, 탐욕과 유희심이 뒤섞인 흥분으로 중추신경이 파열돼 버린 몸을, 중심을 잡는 실이 끊어져 버린 꼭두각시 인형처럼 제각기 충동적으로 움직이면서 잠시도 멈춰서지 않고 흘러가고 있었다. 나도 그 군중 속으로 파묻히면서, 두꺼운 층을 이루고 있는 군중의 한가운데로 파고 들어가 보기도 하고, 달려오는 여자와 부딪칠

240

뻔하기도 하고, 바쁜 듯한 행렬을 가로질러 보기도 하고, 일부러 밀담하고 있는 사람들 사이를 가로지르기도 하며, 잠시도 가만있지 않고 이리저리 뛰어다니며 가몬을 찾고 있었다. 지금쯤 어둑어둑해진 들판에서 하마에의 뼈가 타고 있을지도 모른다. 그 감각을 지우기 위해서는 이 인파 속에 완전히 파묻혀 움직이고 다니는 수밖에 없었다. 가몬은 찾아내지 못했지만, 나중에는 이 군중 속에서 밀치락달치락거리는 것만으로 완전히 만족한 것처럼, 그냥 맹목적으로 전후좌후로 움직여 갔다.

사람들이 하나의 방향으로 쏠려 간다. 나도 그 물결을 타고 간다. 말이 달리고 있었다. 한순간 모든 사람들이 하나의 초점을 향해 몸을 돌려 정신을 투사시키고 있었지만, 승부가 끝나면 또 그것이 무너져 이전과 같은 난잡한 소용돌이가 광장 가득히 생겨났다. 나는 또 그 속에 들어가 빙빙 돌아다녔다. 그러자 사람이 뜸한 마권 매표소에서 마권을 받아 손에 쥐고서 행렬을 가로질러 사람들을 발로 차 날릴 것처럼 하며 의미도 방향도 없이 그냥 광장을 매진해 오는 가몬의 체구가 군중들 건너편에 보였다. 그때, 나에게는 어린 시절 마을 축제에 아버지를 따라갔다가 해질녘의 신사 마당의 군중 속에서 아버지를 잃어버려, 울면서 정신없이 사람들의 허리와 허리 사이를 쓰러질 듯이 뛰어다니며 아버지를 찾았던 불안함, 그 후 겨우 큰 삼나무 그늘에서 아버지의 모습을 찾아냈을 때의 기쁨, 그러한 감각이 확실히 되살아났다.

"가몬 씨!" "M군!" 나와 그는, 자갈 위에서 제자리걸음을 하면서 동행한 남자에게 욕을 퍼붓고 있는 작부 같은 여자를 밀어젖히면서 겨우 대면할 수 있었다. 가몬은 나의 어깨를 세게 두드렸다. 그는 모자를 쓰지 않은 머리부터 얼굴, 알파카 상의, 구두까지 온통 먼지투성이가 되어 있었고, 눈만이 핏발이 서 반짝반짝 빛나고 있었다. "이번에는 이길 거야, 자네." 구겨진 예상표인 듯한 종이조각을 두세 장 주머니에서 꺼내, 어두컴컴한 가운데서 내 앞에 들이대면서 오늘 오후부터의 성적을 설명했다. 그것에 의하면 그가 마권을 사는 방법은, 다크호스를 항상 단식으로 사고, 물론 다른 사람과 상담하거나 공동으로 사는 일 없이, 또 단 한 경주라도 그냥 지나치는 일도 없이, 마냥 계속해서 돈을 건다는 것이었다. 그런 셈치고는 오늘 이 최후의 마권을 살 정도의 돈이 남아 있다는 것은 행운이라고 말할 수밖에 없었다. "이번에는 확실한 놈에게 걸었어. 내일의 군자금도 필요하니까 말이야"라고 그는 말했지만, 그가 조금 전에 서 있던 매표소에 사람이 적었던 걸 봐도, 예상표로 봐서도 역시 다크호스의 일종임에 틀림없었다.

또 말이 달리기 시작했다. 조금 어두침침해진 공기 속을 여섯 마리의 말이 날으는 새처럼 달려갔다. 가몬이 건 말은, 빨간 옷을 입은 기수를 태운 밤색 말이었다. 그것이 선두의 세 마리 속에 끼여 있었지만, 맨 끝의 말도 그다지 떨어져 있지는 않았다. 공기는 안개가 낀 듯, 그 한 무리 속에서 어느 말이 이기고 있는지 분간할 수 없었다. 가몬은 빽빽하게 늘어선 사람들을 밀어 제치고 맨 앞줄로 가려고 했지만, 도중에서 아무리 해도 더 이상 앞으로 나아갈 수 없게 되자, 옆에 서 있는 남자의 어깨에 왼손을 걸치고, 오른손은 주먹을 쥐고 공중에 휘두르면서, 단지 "으왁, 으왁" 하고 절규했는데, 그 목소리는 주위의 소란 속에서도 압도적으로 강하게 울려 퍼졌다. 왼쪽 코너 가장 먼 모퉁이를 돌았을 때, 빨간 옷을 입은 기수는 조금 뒤쳐졌다. 가몬은 한층 격하게 "으왁" 하고 외쳤다. 이윽고 말들은 왼쪽으로 돌아 사람들의 어깨 때문에 전혀 보이지 않게 되어 버렸다. 그 사이에도 그는 하늘을 쳐다보면서 주먹을 휘두르며 약간의 휴식도 없이 외쳐댔다. 또 한층 더 크게 "으왁" 하고 외치면서 내 머리를 잡고 흔들어댔다. 말들은 군중 앞에 다시 나타나 최후의 직선코스로 접어들고 있었다. 지금은 단지 두 마리만이 뒤의 말들과는 꽤 떨어져 각축전을 벌이고 있었는데, 그중 한 마리는 분명히 가몬이 돈을 건 말이었다. 그의 목소리가 "아아아아"라고 웃음 소리인지 울음 소리인지 알 수 없는 것으로 바뀐 순간, 골인 지점에 달려 들어온 것은 빨간 기수를 태운 그 말이었다. 가몬은 여전히 계속 소리쳐대다가, 이윽고 쏜살같이 인파를 비집고 돈을 받으러 갔다.

이번에는 확실한 말이라고 한 것이 전혀 거짓말은 아닌 듯했으나, 배당금은 120엔 가량밖에는 되지 않았다. 약간은 낙심한 듯 했으나, 그래도 몇 번이나 축하한다고 내 어깨를 두드리며, 그중에서 30엔을 꺼내 이자가 십 엔이라며 나에게 되돌려주었다. 그러고 나서 우리들은 나란히 경마장 밖으로 나왔다. 모래먼지가 날리는 길가에는 커다란 포장마차가 늘어서 있었다. 온통 먼지를 뒤집어쓰고 기분 나쁠 정도로 새빨갛게 빛나고 있는 참치 초밥을 늘어놓은 곳이 있었다. 오뎅을 삶고 있는 솥이 있었다. 문어발이 진열된 가게가 있었다. 뱀장어도 소라도 굽고 있었다. 닭꼬치도 있었다. 돈가스를 튀기는 기름 냄새도 났다. 찐 만두, 튀김, 그리고 어느 가게에나 위스키병이랑 데운 청주가 진열되어 있었다.

공기는 그것들을 뒤섞어 냄새라고 하기보다는, 얼얼하리만치 자극적으로 코를 찌르는 수증기로 자욱히 흐려져 있었다. 가몬이 이것을 못 본 체 그냥 지나칠 리가 없었다. "이봐"라며 나를 잡아 당겨, 그 가게들 거의 모든 집을 한 집 한 집 들어가서 튀김, 초밥, 찐 만두, 문어 등, 그때마다 술로 음식물을 뱃속으로 흘려 넣었다. 그리고 호주머니에 쑤셔넣어 둔 약 백 엔 가까운 돈 가운데서 대충 손으로 집어서 놓고 나가고, "이겼다, 이겼어"라고 소리를 지르면서, 우울한 얼굴을 하고 있는 낯선 손님이라도 있으면, 선심을 쓰며 한턱을 냈다. 마지막으로 소라양념구이집 가건물로 들어갔을 때는 이미 날은 완전히 저물어버렸고, 고주망태가 되어 버렸는데, 작년에 경마 때문에 생선가게를 날려 버렸다. 그리고 오늘도 돈을 잃었다고 푸념하고 있는 한 남자가, 엎드리듯이 벤치에 기대어 있었다. 가몬은 그 남자를 상대로 또다시 마시기 시작했는데, 잠깐 동안에 팔다 남은 소라를 일곱개 정도 후벼 파먹었다.

돌아가자고 내가 말하자, 기다리라고 말하고 일어나서, 어두워진 들길을 내 팔을 끌고 오랫동안 걷다가, 낮은 처마가 늘어선 등불이 어두운 마을로 들어가서 좁은 골목길을 몇 개인가 돌고, 다시 마을 변두리로 왔다고 생각될 무렵, 시골티 나는 한 채의 음식점 안으로, 억지로 나를 뒤에서 밀어 넣었다. 경마장에 왔다가 귀가하는 길에 종종 들렸던 모양으로, 조금은 안면이 있는 듯, 가몬의 목소리를 듣자, 서른 정도의 햇빛에 그을린 얼굴을 목에서부터 희게 분을 바르고, 색바랜 보라색 인견 옷을 입은 붉은 머리의 여자가 나와서, 우리들을 계단 밑의 구석 방으로 안내했다. 그 방에는

통통하게 살찐 잉어가 그려진 족자가 걸려 있었고, 다다미
는 불그스름한 갈색으로 퇴색되어 있었다. 가몬의 몸은 이
좁은 방에는 넘칠 듯이 보였다. 이런 형편없는 방으로 안내
하는 법이 어디 있나. 경마에 이겨서 돈은 있으니까, 요전의
빚은 갚을 것이고, 손님도 모시고 왔는데라고 그는 호통쳤
지만, 오늘은 경마 손님으로 만원이라 어쩔 수가 없다며 그
여자는 친숙한 듯이, 내 앞임에도 불구하고, 가몬의 옆에 앉
아 그의 굵은 목에 두 팔을 감고, 손바닥으로 부드럽게 그의
볼을 쓰다듬으면서, 내가 있으면 되잖아요라며 애교를 떨었
다. 가몬은 황홀한 듯 눈을 감고 기분 좋은 표정을 지었지
만, 여자가 일어나서 가려고 하자, 이 손님에게도 젊은 여자
하나 불러달라고 했다. 여자는 다시 돌아와서, 그의 볼을 쓰
다듬으면서, 오늘은 다 나가고 아무도 없을 것이라고 말했
다.

　여자가 술이랑 안주를 가지러 가자, 가몬은 위엄을 자아
내듯이 딱 몸을 젖히고 나를 주시하고 있었다. 이런 백수생
활을 언제까지나 할 생각은 없고, 실은 친구의 권유로 만주
로 가서 아편 장사를 할 작정이다. 지금 고향의 숙부에게 그
자금을 교섭하고 있는데, 숙부도 솔깃해서 아마 복숭아밭이
있는 산 뒤편의 논을 팔든지, 아니면 그걸 담보로 해서 돈을
빌리든지, 근일중으로 좋은 소식을 보내 줄 것 같다. 지금의

놈팽이 같은 생활은 잠시 일본을 떠나는 기념이며, 경마도 그 때문에 조금이라도 자금을 손에 쥐기 위해서이다. 만약 만주에 가서 성공이라도 하면, 자네가 지금같이 직업이 없다는 따위로 슬프게 만들지는 않겠다. 자네가 평생 동안, 좋아하는 예술에만 정진할 수 있도록 후원을 해 주겠다. 그것은 지금 당장 약속할 수 있다.

그러나, 여자가 들어와서 술을 따르기 시작하자, 또 한 바탕 경마에서 돈을 딴 자랑을 계속 떠벌렸는데, 마지막으로 결론처럼 말했다. "오늘은 처음부터 자신이 있었어. 경마를 하는 데, 겁쟁이같이 미적지근한 방법은 바보들이나 하는 짓이야. 아까 그 마지막 말만 해도 처음부터 똑똑히 눈여겨 보고 있었으며, 자신은 경마에 대해서는 일반적인 의미로는, 초보라면 초보라고 할 수 있지만, 근본적으로 말해서 말과 여자의 몸값어치를 보는 눈은 있는 셈이다." 그렇게 말하고, 가몬은 옆의 여자에게 곁눈질을 하며, 청주를 컵에다 따라 마시고, 그러고 나서 또다시 계속했다. "말과 여자는 같은 것이야. 한 번만 보면 정확히 알 수 있어…. 아아, 그래서 생각났는데, 자네 내 마누라 몸은, 어땠어?"

나는 드디어 우려하던 화제가 드디어 부닥쳐왔음을 느끼고, 조금 마신 술의 취기가 일시에 확 달아나 버린 기분이었다. 어떻게 설명하여, 그의 의심이 얼토당토 않다는 것을 납득시켜야 할지 전혀 감이 잡히지 않았다. 자칫하면 또 야만적인 격투가 여기에서 벌어질지도 몰랐다. 자포자기가 된 나는, "말도 안 되는 소릴. 그만 돌아가야겠어. 사람을 우습게 보다간 큰코 다쳐"라고 말하고 일어섰다. 그러자 그것이 오히려 효과가 있었다. 가몬은 단순하게 감동된 안색이 되어 "그래, 그렇게 속시원하게 말해 주니 고마워, 잘 알겠네"라고 말했다. 나는 그대로 돌아가려고 했으나, 어느새 전차도 끊어진 시각이 되어 버렸다. "여기서 자고 가자"라고 가몬은 일어나서, 겁날 정도의 힘으로 나를 붙잡고 놓지 않았다. 그리고 또 한동안 술을 마시고 있다가, 졸리는지 하품을 하는 여자를 끌어당겨 안고서는, 그대로 질질 끌듯이 다른 방으로 가 버렸다.

술상을 치운 방안에 이불이 깔려져, 나는 불을 끄고 누웠다. 문득 소나무가 바람에 흔들리는 소리가 들렸다. 그것은 집 근처에 있는 것 같기도 했고, 먼 곳에 숲을 이루고 있는 것 같기도 했는데, 어쨌든 끊임없이 조용하게 새벽 공기 속에서 귀에 스며드는 음향을 내고 있는 것이었다. 귀를 기울이고 언제까지나 그 소리를 듣고 있었다. 무슨 연상을 가지고 들은 것은 아니었다. 여러 가지 연상에 의해 슬픔이랑 적적함을 느끼며 듣는 것보다도, 단지 그 소리만을 공허한 마음 상태로 듣는 편이 훨씬 사람을 견딜 수 없게 만드는 것이었다.

이튿날 아침, 복도 세면장에서 요철이 심한 거울에 넓적하게 일그러져 눈도 코도 입도 제각각이 되어 비치고 있는 자신의 얼굴을 보면서, "이것이 지금 나의 초라한 마음 그대로의 면모이다. 어제 사촌 여동생과 절에서 헤어지고 나서 이렇게 어리석게 시간을 보낸 것은, 단지 이하라 하마에의 죽음에서 받은 심적인 충격에서 벗어나려고 하는, 하나의 잠재적 의식에 의해 움직이고 있었던 것이라고 자신을 위로했다. 그러나 도대체 이런 식으로 어디까지 가몬과 팔짱을 끼고 가려는 것일까?"라고 생각하고 있던 참에, 매우 밝은 표정으로 가몬이 무릎까지 오는 단젠(丹前 : 방한용 실내복)을 입고, 수건을 어깨에 걸치고 다가왔다. 어젯밤엔 미안했다고 형식적으로는 사과했지만, 그의 기분은 전혀 그렇게 보이지 않았다. 아직 돈은 많이 남아 있다, 오늘 열리는 최종일 경마야말로 재미있다, 우승할 거라고 점찍어 둔 다크호스는 얼마든지 있다며, 당연히 나도 함께 가야 된다고 채근했다.

그날도 약간 흐린 데다가, 기온은 어젯밤부터 갑자기 뚝 떨어져 겨울이 되돌아온 듯이 차가웠다. 그런데도 사람들은 아침부터 들뜬 발걸음으로 운집해 있었다. 가몬은 내가 도 망치지 못하도록 시종 내 팔을 꼭 붙들고 있었는데, 오늘은 곧장 일등석 쪽으로 당당하게 들어갔다. 경마가 시작되자, 역시 어제처럼 엄청난 횡재를 노리기도 하고, 끌어내 오는 말의 눈매랑 다리랑 피부색을 보고 직관적으로 판단하여, 단식만 사면서 한 번도 쉬지 않고 계속 걸었다. 한 번도 쉬지 않았을 정도가 아니라, 내 입장권을 사용하면, 한 번에 두 장씩 마권을 살 수 있음을 두번째 경주 때 겨우 깨달은 그는, 확신이 있다고 생각될 때에는 반드시 같은 마권을 두 장씩 샀다. 그가 가장 확신이 있다고 하는 것은 가장 터무니없는 독단과 같은 말이었다. 그랬기 때문에 돈은 순식간에 사라져 버렸다. 내가 강제로 두 번 정도 우승 확률이 가장 높은 말에 걸어 밑천의 수명을 조금 연장했지만, 경주가 반도 끝나지 않은 점심때 지나서는 이미 어제 나에게 돌려준 삼십 엔에 손을 대는 수밖에 없었다. 그 돈도 써 버렸다. 그러나 오후 최초의 경주에서, 그의 뱃속에서 짜내는 듯한 '으왓' 이라는 외침도 마지막이 되었다. 그의 이상한 외양과 괴성에 미간을 찌푸리고 있던 일등석의 남녀들 속에서 우리들은 맥없이 도망쳤다. 경마장을 나왔을 때, 등뒤에서는 또 다음 경주가 시작된 듯 활기찬 함성이 터져나오고 있었다. "음, 이번 경주야말로 내가 노리고 있었던 그 말이 이길 게 틀림없어. 지금 분명히 이기고 있을 게야." 그는 자갈길 위에서 빙빙 몸을 돌리며 "으왓" 하고 소리쳐 보았지만, 이미 그것이 환상에 불과하다는 것을 깨닫자, "에잇, 신경질 나"라고 한마디 했을 뿐, 그 후로는 완전히 입을 다물어 버리고 묵묵히 정류장 쪽으로 내게 기대듯이 하며 걸었다.

시내로 들어온 후, 정류장에서 나는, 여기서 헤어지자고 단호하게 말하고 잠시 걷다가, 문득 뒤돌아보니 가몬은 집 쪽으로 가는 전차를 타려고 하고 있는 것도 아니고, 그렇다고 해서 어디로 가려고 하는 것도 아닌, 그저 치매 상태가 된 인간처럼, 전혀 의식이 없는 발걸음으로 달려 오는 자전거들에 몇 번이나 충돌할 뻔하면서, 같은 길모퉁이를 빙빙 정처없이 곁돌고 있었다. 그것을 보자 또 나는 다가가서, "집에 안 가요? 내가 함께 가 줄까요?"라고 묻자, 가몬은 잠자코 나를 보며 멍한 표정을 지었지만, 거기에는 희미한 감사의 빛이 떠올랐다. 내가 그런 제안을 한 것은, 가몬은 지금 심한 장난을 친 아이처럼 집에 돌아가는 것이 두려워진 상황으로, 이대로 방치해 두면 어떻게 될지 모르겠다고 걱정이 되었기 때문이었다. 그러고 보니, 그가 어제부터 지금까지 나를 놓아 주지 않았던 탓도 있지만, 나 혼자서는 괴로워서 견딜 수 없었기 때문임에 틀림없었다. 그러나, 내게는 그 외에 한 번만 마쓰코, 그 아이들, 그리고 그 집을 보고 싶다는 마음이 이것을 기회로 움직이고 있었을 것이다.

가몬은 나의 뒤에서 전차를 탔지만, 공허한 표정으로 입

을 꾹 다물고, 얼빠진 눈빛으로 창밖으로 지나치는 거리풍
경을 멍하니 바라보고 있었다. 전차에서 내려 언덕길을 올
라갔을 때, 갑자기 멈추어 서서 주먹을 휘두르면서 "으으
으"라고 신음했다. 아마도 머리의 상태가 안 좋은 아이처럼,
백일몽이라도 꾸고 그 반사적인 행동을 했던 것이겠지만,
그때의 백일몽이 경마였음에 틀림없었다. 문득 내가 자기를
보고 있음을 알아차리고, 멋적은 듯이 피식 웃고는, 다시 내
옆에서 걷기 시작했다. 비탈길의 전망은 한달여 만에 많이
달라져 있었다. 집집마다 정원수는 파릇파릇 새싹이 움트
고, 매화는 지고 빨리 피는 벚꽃이 벌써 피기 시작하고, 울
타리 뒤에는 흰 색과 푸른 색의 가루 같은 풀꽃이 반짝이고
있었다. 이윽고 가몬 집 뒤의 커다란 느티나무가 보였다. 흐
린 하늘 아래서 젖은 듯한, 더할 수 없이 부드러운 녹색의
어린 새싹을 가득 싹 틔우며 고요히 물결치는 것을 보니, 나
는 정말로 그리운 기분에 빠져 버렸다. 옆의 가몬을 보니 집
이 가까워졌음을 알자, 언제나 그가 아내 앞에서 하던 대로,
허세 부리듯 몸을 뒤로 젖히기 시작했지만, 오늘은 그 자세
를 제대로 취할 수 없을 정도로 사실은 완전히 풀이 죽어 있
었다.

현관에는 문패도 없었고 안으로 들어가자 신발장도 없었
다. 그리고 입구 방에서 거실에 걸쳐 옅은 남빛의 큰 보자기

에 싸인 짐과 몇 갠가의 부서진 고리짝과 다리가 부러진 책상, 식탁 등이 어지럽게 흐트려져 있는 것이 나를 놀라게 했다. 가몬도 그것을 보고 놀라고 있었다. 거실의 큰 보자기 꾸러미의 뒤에서 여느 때처럼 창백한 마쓰코가, 언젠가 나와 스사키의 마른 초원을 걸었을 때 입었던 파란 옷을 입고 앉은 채로, 어쩐지 나른한 듯이 이쪽으로 반쯤 몸을 돌렸지만, 나를 보자, 그것도 가몬과 함께 들어온 것을 보자, 도대체 어찌된 걸까라는 듯한 표정으로 일어서려 했지만, 영리한 그 머리에는 한순간에 모든 짐작이 갔을 것이다. 다시 앉아 버리고는 그저 묵묵히, 그러나 매우 정중하게 인사를 했다. 나는 그녀가 그것으로 경멸과 야유와 극히 조금의 감사를 섞은 마음의 표시를 하고 있다고 느꼈다.

"이건 도대체 어찌 된거야?"라고 가몬은 있는 힘을 다해 큰 소리로 고함쳤으나, 그것은 마음속에 있는 약점을 쉽게 꿰뚫어볼 수 있는 듯한, 부자연스러운 허세에 불과했다.

"지금 R마을로 이사갈 거예요. 이 집은 나로서는 도저히 감당할 수 없어요." 마쓰코는 '나로서는'이라는 말을 묘하게 힘주어 말했다.

"조금만 더 기다리라고 내가 어제 그만큼 말했지? 한 가정의 가장으로서의 권위를 의심하는 거야?"

마쓰코는 냉소를 띤 채로 대답하지 않았다.

"일단 고로에몬(五郎右衛門) 숙부에게 부탁해 놓은 만주행 비용이 올 때까지 조금만 더 기다려 보면 되잖아. 오늘도 아직 안 왔나?"

마쓰코는 웃음이 터져나올 것 같다는 듯이, 점점 더 냉소의 빛을 짙게 드러냈다.

문득 데루오도 사키코도 없는 것을 깨달았기 때문에, 나는 "아이들은?"이라고 말을 걸 듯이 마쓰코에게 물어 보았다. 데루오는 봄방학이 되어 고로에몬 숙부댁에 맡겼고, 사키코는 언젠가 방문한 적이 있는, 마쓰코의 사촌 언니 부부에게 어제 급히 맡겼다고 마쓰코는 대답했다.

"아니, 사키코까지! 점점 제멋대로군." 가몬은 고함쳤다.

마쓰코는 그 말에는 대꾸하지 않고, 둘 다 지금 매우 건강하며, 당분간 이 집에 돌아오는 일은 없을 거라고 숙연한 어조로 내게 말했다.

"모든 게 엉망진창이야. 누가 도대체 내가 없는 동안, 멋대로 아이들을 데려가고 이사를 한단 말이야. 게다가 R마을 같은 곳에서 어떻게 산단 말인가." 가몬은 차츰 무너져 가는 허세를 수습하려고 열심히 발버둥쳤다. R마을은 이 언덕 뒤의 골짜기에 있는 도쿄의 유명한 빈민굴이었다. 그러나 이미 기리시마 가족이 거기까지 가지 않으면 안 되는 것도 당연하다고 생각되었다. 단지 놀라운 것은, 가몬을 떠받치면서 그곳으로까지 가려고 하는 마쓰코의 굳은 결심이었다.

나는 내가 여기에 있으면, 가몬의 허세의 파탄은 또 여느 때처럼 폭행으로까지 악화되어야만 수습될 것이라고 생각했기 때문에, 살며시 자리를 벗어나 이층으로 올라가 보았다. 내가 있었던 방도, 고가 잠시 있었던 방도, 손상된 벽과 퇴색한 다다미 외에는 아무것도 없었고, 평소 문을 꼭 닫아 두었기 때문일까 곰팡이 냄새가 진동을 하고 있을 뿐이었다. 벽 한 부분이 희끄무레하게 흙이 벗겨져 있어 오랫동안 내가 늘 바라보았던 마티스의 판화가 걸려 있던 흔적을 나타내고 있었다. 나는 그저 그 흰 흙자국을 가만히 바라보며 담배를 피울 뿐, 더 이상 어떤 감상도 새삼스럽게 떠오르지는 않았다.

짐수레가 오는 소리가 났다. 곧 가몬이 올라와서 "덧창문을 달으러 왔어"라고 말했다. 철저하게 재기불능의 타격을 받은 듯한 얼굴을 보고, 내가 담배를 내밀자 그는 힘없이 담배를 피우면서, 난폭하게 두 방의 덧창문을 닫기 시작했지만, "애석한 경주였어"라고, 이미 어두워지기 시작한 하늘을 향해 또다시 소리쳤다. 다 닫고는 또 담배를 얻으러 왔는데, 내가 여태 벽에 난 자국을 쳐다보고 있는 것을 보자, "하하, 그 그림은 태워 버렸지. 예쁘장한 여자가 다리에서 허리 쪽으로 활활 불타오를 때, 뭐라고 형용할 수 없는 성적 매력이 풍겼지. 이럴 줄 알았다면 오늘까지 기다렸다가 보여 줄 걸 그랬군" 이라고 말했다. 나는 그 가느다란 나무들의 숲이 불타고, 온화한 얼굴과 자태를 한 프랑스인 남녀가 불 속에서 연기가 되는 광경을 마음속에 그리며 전율했다.

내려가 보니, 마쓰코는 현관에 서서 잠자코 가몬에게, 뒹굴고 있는 짐과 누군가가 빌려 준 듯한 손수레를 가리켰다. 가몬은 서투르게 보따리, 고리짝, 찬장, 책상 등을 싣고 새끼줄로 묶었는데, 이 집의 궁색해진 살림살이는 그 작은 수레조차 다 채우지 못할 정도였다. 그러고 나서 그는 마루에 두었던 중산모와 상의를 맨 위에 싣고, 마지못해 그 손수레를 끌기 시작했지만, 남들이 보면 창피스러울까 봐 그랬는지, R마을에 가기에는 우회로가 되는 한적한 골목 쪽으로 끌고 갔다.

마쓰코와 나는 묵묵히 그 뒤를 따라갔다. 언덕을 다 올라가자, 거기서부터는 좁고 급한 비탈길이 큰 공터 사이를 지나 R마을 쪽으로 뻗어 있었다. 흐린 하늘 아래 두 개의 언덕 사이에 위치한 R마을은, 이미 해가 져 완전히 어두워져 버렸고, 한 무더기의 누더기를 깐 것처럼 까맣게 땅에 납작 들러붙어서, 그저 군데군데 그을린 함석지붕 사이로 가는 연기를 뿜어내고 있었다.

고개 꼭대기에서 손수레를 세운 가몬은 한 번 허리를 펴고, "앙-앙-" 하고 마치 칭얼거리는 아이 같은 소리를 내며 하늘을 올려다보았다. 마쓰코는 싱싱한 풀이 빈틈에서 어린 싹을 틔우려 하고 있는 돌담 그늘에 멈춰서서, 잠시 하늘을 건너오는 차가운 저녁바람을 피하고 있었지만, 이윽고 가만히 골짜기 밑을 바라보고 나서 하늘 한 곳을 응시한 뒤, 눈을 꼭 감고 오랜 묵념을 시작했다. 가몬도 손수레 손잡이에 걸터앉아 망연히 고개를 숙이고 있었다. 나는 그것을 보면서, 옛날 아름답고 천진난만했다고 하는 창백한 마쓰코는, 지금 도대체 어떤 생각을 하고 있는 걸까고 생각했다. 모든 죄와 오욕에 의해 지옥의 맨 밑바닥까지 추락해 가는 악마 곁에서, 그를 끝까지 뒤따라가서 확인해 보려는 애정과 인자함이 가득한 천사의 모습일까. 그렇지 않으면, 잠시도 채찍을 놓지 않고 원수를 닦달하는 복수의 여신의 모습일까. 아니 이것은 그리스도의 가르침인지 동양의 습속인지 모르겠지만, 단지 "정숙"이라는 단순한 한마디로 끝나는 마음인지 전혀 가늠할 수 없었다. 그리고 지금 칭얼거리고 있는 가몬은 또 무엇이란 말인가. 그도 역시 마쓰코에 대해 한 줄기 사랑을 그래도 갖고 있는 것일까. 아니 그렇지는 않을 것이다. 그는 단 한 시간 뒤의 일에 대해서도 어떤 의지도 계획도 없는 어린 동자와 같은 인간으로, 환경과 충동 이외에는 아무것도 지니지 않는 인생을 보내고 있을 뿐이었다. 그리고 나는 어떤가, 나는 배가 침몰할 때에 떼지어 몰려드는 갈매기와 같은 인간이다. 며칠씩이나 음식 냄새와 사람 냄새를 뒤따라, 바다 위를 배를 따라 날아간다. 배가 무슨 사고로 깊은 해저로 침몰해 간다. 마지막 돛대의 꼭대기 부분이 파도 위에 남아 있을 때까지는 그 위를 빙빙 돌고 있다. 드디어 전부 파도 속으로 사라지면, 또 훨훨 하늘로 날아올라 어디랄 것도 없이 날아가, 어딘가에 또 떠가고 있는 새로운 배를 찾아가는, 그 긴 날개와 흰 색으로 상징되는 부동성(浮動性)과 냉정함. 그러나 그 배에는 한 쌍의 남녀가 있다. 악연이라는 것을 훨씬 초월한 그 어떤 것으로 몸을 서로 붙들어 매면서 심해 속으로 침몰해 간다.

　"이만, 실례!" 하고 가몬이 외치고, "안녕히 계세요" 하며 마쓰코가 머리를 숙이며 나지막히 말했다. 그 순간 손수레는 돌덩어리가 많은 울퉁불퉁한 고갯길을 덜컹대며 내려가기 시작했다. 무서울 정도의 속도였다. 그 거대한 가몬의 덩치도 그 속도에는 이기지 못한 듯, 두세 번 마치 지렛대로 튕기듯이 공중에 둥실 뜨는 것이 보였다. 그것을 그가 힘껏 누르자, 또 무서울 정도로 가속도가 붙어 쏜살같이 손수레는 아래로 굴러 내려갔다. 마쓰코는, 그때 수레에서 튕겨져 나와 고갯길을 뒹굴고 있던 중산모를 주워 겨드랑이에 끼고는 종종걸음으로 걸으면서, 뒤도 돌아보지 않고 열심히 손수레와 가몬의 뒤를 쫓아 내려갔다. 이윽고 길모퉁이의 돌담 뒤로 먼저 가몬이, 그리고 마쓰코가 들어가 버려 그 모습은 보이지 않게 되었지만, 손수레 소리는 얼마 동안 계속해서 들려 왔다.

작품 소개

　소설가이며 평론가, 영문학자이기도 했던 아베 도모지(阿部知二)는, 1930년에 최초의 평론집『주지적 문학론』을 간행하여 문단의 주목을 받았으며, 자신의 문학적 궤도를 깔았다고 할 수 있다. 그 자신의 문학에 대한 기본적 생각이,『주지적 문학론』에서 거의 변화되지 않았다고, 훗날 스스로도 밝히고 있다시피, 그의 문학 세계를 관통하고 있는 통주저음(通奏低音)이라고 해도 좋겠다. 이후 아베 도모지는 주지파문학의 대표 작가로 일컬어지는 것이다.

　'주지적 문학론' 을 간단히 요약하면 다음과 같다. 즉, 문학이란 지성을 방법으로 삼아 인간 감정의 전후좌우에 펼쳐지는 미지의 세계를 탐구하고, 그것에 질서를 부여하며 재현하는 행위라는 것이다. 정서의 표출을 가급적 배제하고 지적인 처리를 강조했다고 할 수 있다.

　이러한 작가의 문학 세계가 가장 잘 나타나 있는 작품이, 바로 이『겨울집』(冬の宿)이다. 도모지는 1935년 여름에 중국의 북경과 만주 지방을 여행하게 되는데, 특히 북경에 매력을 느끼고 남다른 인상을 받았다. 당시 그가 직면해 있던

문학적 딜레마, 즉 예술과 실생활과의 괴리에 고민하던 그는, 북경에서 받은 인상을 작품화해 발표함으로써 이 딜레마를 타개해 보려고 했다. 그러나 "그전에 한 번쯤 내 자신의 생활과 그 주변으로 회귀하여 침잠해 보지 않으면 안 되겠다고 느끼게 되어서" 1936년 1월부터 12월까지 잡지 『文學界』에 연재한 것이 바로 이 『겨울집』이었다. 이 작품으로 도모지는 작가로서의 위치를 확고히 하게 되었으며, 그런 의미에서 도모지의 출세작이자, 대표작이라고도 할 수 있다.

따라서 이 작품에는 작가의 정신적 자화상이 그림자를 드리우고 있다고 할 수 있겠으나, 정확한 자전소설은 아니다. 작가 스스로 밝히고 있듯이, 인생의 본질을 그리면서 지식인의 삶의 방식과 모럴을 탐구하고자 하는 것이, 이 작품의 집필 의도였다.

이 작품이 발표된 것은 좌익사상이 퇴조하고, 파시즘이 대두하기 시작한, 중일전쟁 직전이었다. 전쟁이라는 어두운 시대가 시작되려고 하는 시대였지만, 그 어두움이란 암흑이 아니라 어두침침한 회색이었다. 이 소설의 화자인, 회의적이고 방관자적이며, 내향적인 대학생 '나'는, 이 시기의 일본 지식인들의 정신 풍토를 상징하는 인물로, 이 작품이 널리 읽히게 된 이유가 되기도 한 것이다.

다이쇼(大正, 1912~26) 말기, 다이쇼 데모크라시라고 할 만큼, 휴머니즘—약간의 기독교적인 요소도 포함하여—이 일세를 풍미하고, 많은 청년들에게 끼친 영향이 적지 않았다. 그러던 것이 사회가 급변하여, 쇼와(昭和, 1926~1989) 초기가 되자, 마르크시즘의 물결과 뒤이은 가혹한 탄압, 파시즘의 대두와 전쟁에 대한 두려움 등이 생겨나고, 그 이면에서는 퇴폐와 허무가 만연하는 세태가 되어 버렸다. 다이쇼 말기에 청년기에 접어들었던 도모지는, '그러한 세태 속에서는, 휴머니즘은 창백한 인도주의가 되어 신음하든지, 육체적 본능의 숭배가 될 수밖에 없었으며, 거기에 기괴한 분열과 혼돈이 일어났다'고 말하고 있는데, 이 '창백한 인도주의'와 '육체적 본능 숭배'의 분열과 혼돈을 기리시마 가몬 부부, 데루오와 사키코, 조선인 의사 고(高)를 통해 조형하고 있는 것이다.

평소 셰익스피어를 좋아했던 도모지가, 호색한 팔스타프에서 힌트를 얻었다고 하는 기리시마 가몬은, 육체적 본능 숭배를 상징하는 성격 파탄자이며, 이에 대해 그의 아내 마쓰코는 영성(靈性)을 대표하는 크리스찬이다. 또 '나'는 기리시마 집안의 일을 도와주면서도, 한편으로는 이 부부를 싸우도록 부채질하는 소악마적인 역할, 즉 '빈약한 야곱' 역을 담당하고 있다.

도모지는 이 소설에서 인생의 본질을 그림으로써, 시대
풍조를 초월하여 '냉철한 방관자인 나'에게 휴머니스틱한
자유사상가의 면모를 부여하려고 했다고도 생각된다. 문예
비평사 강사인 겐모치와 자선병원의 조선인 의사 고 등을
조연으로 등장시키고 있는 것도, 그런 맥락에서 이해할 수
있겠다.

저자／아베 도모지(阿部知二, 1903~1973)

1903년 오카야마현 출생

1927년 도쿄대학 영문과 졸업

1930년 『일독대항경기』로 문단에 데뷔

최초의 평론집 『主知的文學論』으로 본격적인 작가 생활 시작

1933년 니혼대학 강사.

주지파 문학의 대표 작가, 평론가로서도 활동

주요 작품 : 『겨울집』, 『인공정원』, 『하얀 탑』, 『아르트 하이데르 베르히』등

번역 작품 : 『젊은 예술가의 초상』, 『백경』등

역자／이원희(李元熙)

1957년 대구 출생

영남대학교 일어교육과 졸업

일본 도호쿠(東北)대학 대학원 문학연구과 박사과정 수료

현재 영남대학교 문과대학 동양어문학부 부교수

저서 : 『일본문화입문』

역서 : 『일본문명의 이해』, 『일본인의 性』

논문 : 「일본고전문학에 나타난 죽음의 양상」 외 다수

한림신서 일본현대문학대표작선을 발간하면서

한림대학교 한림과학원 일본학연구소에서는 1995년에 광복 50년, 한일국교 정상화 30년을 기념하면서 일본학총서를 출간하기 시작했다. 그 성과에 대해서 한일 양국의 뜻있는 분들이 높이 평가해 주신 데 깊은 사의를 표한다.

본 연구소는 한국이 일본을 더욱 잘 알게 되고, 한일간의 문화교류가 활발해진다는 것이 한일 양국을 위하는 것일 뿐 아니라 21세기를 향한 동북아시아의 평화와 새로운 질서를 수립하는 데 크게 이바지한다고 생각한다. 그런 뜻에서 일본학총서도 발간해 왔던 것이다. 앞으로도 그 사업을 계속할 것이며 연륜을 더해감에 따라 큰 발자취를 남기게 될 것을 의심하지 않는다.

그런 확신을 가지고 지금까지 일본학총서 발간에 보내 주신 한일 양국 여러분의 성원에 보답하는 의미에서 여기에 새로이 한림신서 일본현대문학대표작선을 발간하기로 했다. 일본 문학은 이미 세계 문학사에서 확고한 자리를 차지하고 있다.

일본은 전통적으로 문학 속에 사상을 담아 왔기 때문에 일본 사회를 알기 위해서는 일본 문학을 알아야 한다고들 흔히 말한다. 그럼에도 불구하고 지금까지 상업성을 위주로 하는 일반적인 출판사업에서는 일본 문학의 전모를 알리기에는 어려운 사정이 많았던 것이 사실이다. 그러므로 본 연구소는 일본을 바로 이해하기 위하여, 한일간의 문화교류를 더욱 촉진하기 위하여 여기에 일본현대문학대표작선을 간행하기로 했다.

이러한 노력이 우리 문화발전에도 크게 이바지할 수 있기를 바라면서 일본에서도 한국 문화를 일본에 알리기 위한 노력이 일어나서 한일간에 새로운 세기를 좀더 밝게 전망할 수 있게 되기를 바란다.

여러분들의 계속적인 성원을 기대해 마지 않는다.

1997년 11월
한림대학교 한림과학원 일본학연구소

한림대학교 한림과학원총서

小花 서울 영등포구 영등포동 94-97 전화 677-5890, 675-7809 팩스 636-6393

한림신서 일본학총서

小花 서울 영등포구 영등포동 94-97 전화 677-5890, 675-7809 팩스 636-6393